मुन्नालाल का लोक-तंत्र

(व्यंग्य-संग्रह)

वाणी प्रकाशन

21-ए, दरियागंज, नई दिल्ली-110002

फोन : 011-23273167, 23275710, 41562622

फैक्स : 011-23275710

e-mail : vani_prakashan@yahoo.com

मुन्नालाल का लोक-तंत्र

राजेन्द्र त्यागी

वाणी प्रकाशन का लोगो
विख्यात चित्रकार मकबूल फिदा हुसेन
की कूची से

P.B : 81-8143-475-7

वाणी प्रकाशन
21-ए, दरियागंज, नयी दिल्ली-110002
द्वारा प्रकाशित

प्रथम संस्करण : 2006

मूल्य : 95.00

आवरण : वाणी चित्रांकन

शुभम् आफॅसेट, दिल्ली-110032
द्वारा मुद्रित

MUNNALAL KA LOKTANTRA
by **Rajendra Tyagi**

लेखकीय

दुनिया ने तजुर्बात-ओ-हवादिश की शक्ल में
जो कुछ मुझे दिया है वो लौटा रहा हूँ मैं
– साहिर लुधियानवी

मेरे व्यंग्य लेख, निबंध अथवा कहानी के किसी पात्र का लेआउट जाने-अनजाने यदि आपके लेआउट से मेल खाने लगे तो माफ करना। उसके लिए मुझे उत्तरदायी न ठहराना। आईने का उसमें क्या दोष यदि आपका चेहरा ही वैसा है, जैसा कि आईने में प्रतिबिंबित हो रहा है। आईना झूठ नहीं बोलता है, वह तो आपको आप ही का चेहरा दिखलाता है। आपको आपकी ही सच्चाई से अवगत कराता है। आपके बारे में यदि सच यही है तो उसमें बेचारे आईने का कसूर क्या? वह तो आपका बिंब ही प्रतिबिंबित कर रहा है, बिना लागलपेट के कर रहा है, निर्लिप्त भाव से कर रहा है। आपके बिंब को कोण भी आईने ने नहीं दिया है। आईने में आप जिस करवट अपना चेहरा देखना चाहते हैं, वह उसी करवट दर्शन करा देता है। अत: प्रतिबिंब के लिए आईना उत्तरदायी नहीं। अपनी इन रचनाओं के माध्यम से मैंने भी नया कुछ नहीं कहा है। वही सब कुछ तो कहा, जो घटित हो रहा है, दुर्घटित हो रहा है। आईने की तरह ईमानदारी के साथ वैसा का वैसा ही प्रतिबिंबित किया है। **'जो कुछ मुझे दिया है वो लौटा रहा हूँ मैं'** जैसा देखा है, जैसा पाया है, उसे ज्यों का त्यों लौटा रहा हूँ। बिना किसी लागलपेट के लौटा रहा हूँ, निर्लिप्त भाव से लौटा रहा हूँ। न सकारात्मक और न ही नकारात्मक, कैसा भी श्रेय नहीं चाहिए, मुझे। केवल आपकी सकारात्मक दृष्टि चाहता हूँ। आप सकारात्मक दृष्टि से देखने का प्रयास तो करें, फिर स्वत: ही आपको अपने चेहरे पर दाग

नजर आने लगेंगे, अपनी बनाई सड़कों में गड्ढे नजर आने लगेंगे, तन पर पड़े कुर्ते में धब्बे नजर आने लगेंगे क्योंकि सकारात्मक दृष्टि सूक्ष्म-ग्रही होती है और आईना सूक्ष्मदर्शी।

व्यंग्यकार पर कभी-कभी आरोप लगता है कि वह नकारात्मक दृष्टिकोण का बंदा होता है। प्रत्येक विषय का अवलोकन नकारात्मक दृष्टि से करता है। अब इसमें व्यंग्यकार क्या करे, जब यत्र-तत्र-सर्वत्र नकार ही नकार हो। क्या नकार को नकारना उचित होगा? यदि नहीं तो फिर नकार को नकार कहना अनुचित क्यों? इमली को आम कैसे कहा जाए, नीम की निबोली को रसभरी क्योंकर कहा जाए? इमली को खट्टा और निबोली को कड़वा ही कहना सकारात्मक होगा। गणित में भी माइनस+माइनस = प्लस होता है। माइनस नकारात्मक व प्लस सकारात्मक ही तो होता है। दरअसल व्यंग्यकार नकारात्मक दृष्टिकोणी नहीं अधिकतमकोणी होता है। विभिन्न विषयों को यह व्यापक दृष्टिकोण से देखता है, इसलिए उसका दृष्टिकोण नकारात्मक नहीं सकारात्मक होता है। मेरी आपसे यही प्रार्थना है, मेरी क्या किसी भी व्यंग्य रचना को सकारात्मक दृष्टिकोण से पढ़कर तो देखना चहुँओर आपको वैसा ही वैसा नजर आएगा।

व्यंग्यकार पर आप परचित्तानुरंजक होने का भी आरोप लगा सकते हैं, किंतु मेरा मानना है कि वह परचित्तानुरंजक नहीं स्वचित्तानुरंजक होता है। वह स्व-चित्त को व्यथित कर अपना मनोरंजन करता है न कि पर-चित्त को व्यथित कर। दरअसल व्यंग्य वेदना की परिणिति है। सड़क के गड्ढों की तरह वेदना जब गहरी से गहरी होती जाती है, तब उसमें से गहरे गड्ढों से जल स्रोत के समान व्यंग्य की धारा फूटती है। जिसका चित्त व्यथित नहीं, जिसके मन में वेदना नहीं, उसके हृदय से व्यंग्य-धारा फूटना असंभव है। वह व्यंग्य नहीं जो पर-चित्त को व्यथित करे। व्यंग्य तो वह है, जिसे पढ़ने पर वैसा ही आनंद आए जैसे खाज में खुजली करने पर आता है। एक बार खुजलाना क्या शुरू किया कि हाथ फिर हटता ही नहीं है। अतः व्यंग्यकार परचित्तानुरंजक नहीं स्वचित्तानुरंजक होता है। वह तो स्वयं दुखी आत्मा है, वह पर-आत्मा को कष्ट क्या देगा। पर-आत्मा तो उसका परमात्मा होता है।

मेरे एक प्रशंसक ने कहा और तो सब ठीक है, मगर इनसान होते हुए भी आप इनसान के पीछे हाथ धो कर क्यों पड़े रहते हैं? आपने अपने व्यंग्य में कहीं न कहीं इनसान को टारगेट किया है। लगता है आप इनसान विरोधी हैं। हमने कहा बड़े भाई, आपको गलतफहमी है। मैं इनसान कहाँ, मैं पत्रकार हूँ या फिर व्यंग्यकार, क्योंकि जहाँ-तहाँ मेरा परिचय इनसान के रूप में कभी किसी ने नहीं कराया। मेरा परिचय कहीं पत्रकार के रूप में कराया गया तो कहीं व्यंग्यकार के रूप में, जिसे जैसी सुविधा रही। मैं ऐसे महानुभावों का हृदय से आभारी हूँ, जिन्होंने मेरी शक्ल-ओ-सूरत देखकर सहज भाव से कभी मेरे इनसान होने का अनुमान लगाया होगा। वास्तव में मेरा मानना है कि किसी के इनसान अथवा जानवर होने का अनुमान सूरत से नहीं सीरत से लगाया जाना चाहिए। एक बार ऐसा कर देखिए तो सही, इनसान की सूरत वाले कई जीव आपको जुदा नजर आएँगे। फिर मुझ पर यह आरोप क्यों? वास्तव में मैं तो इनसानवादी हूँ, तभी तो मेरे अधिकांश व्यंग्य-लेखों के केंद्र में इनसान है। इनसान ही यदि कथित हो तो इसमें मैं क्या करूँ!

इनसानियत के लक्षण यदि गधे में हों उल्लू में हों और यदि किसी कुत्ते में मिल जाएँ तो इसमें मैं क्या करूँ। मैं यदि गधों से मेहनत, कुत्तों से निष्ठा और उल्लुओं से अपरिग्रह जैसे इनसानी सद्गुण लेने की किसी कथित इनसान को नसीहत देता हूँ तो इसमें मैं इनसान विरोधी कैसे? सवाल केवल सकारात्मक दृष्टिकोण का है, अधिकतम दृष्टिकोण का है। मुझे आशा और विश्वास है कि मेरे व्यंग्य पढ़ते समय आप ऐसे ही दृष्टिकोणी होने का परिचय देंगे, 'कथित' नहीं इनसान होने का परिचय देंगे।

यह मेरा सौभाग्य रहा कि श्रद्धेय डॉ. बलदेव वंशी, डॉ. श्याम सिंह शशि, दयानंद वर्मा, डॉ. कमल किशोर गोयनका, प्रख्यात कहानीकार डॉ. महीप सिंह, हिमांशु जोशी, व्यंग्य शिरोमणि डॉ. अशोक चक्रधर, व्यंग्यकार प्रेम जनमेजय व डॉ. राजेन्द्र धोड़पकर जैसी साहित्यिक विभूतियों का समय-समय पर सान्निध्य मिलता रहा, आशीर्वाद मिलता रहा। आपके हाथों में यह मेरा तीसरा व्यंग्य संग्रह, इन्हीं ज्येष्ठ भ्राताओं के आशीर्वाद का सुफल है। अनुज व्यंग्यकार आलोक पुराणिक के बारे में मैं कुछ नहीं कहूँगा। मेरी व्यंग्य गाड़ी

की गति जब-जब धीमी पड़ी, तब-तब वे किस तरह गेयर बदल-बदल उसे गति प्रदान करते रहे, इस संबंध में मैं मौन ही रहूँगा। मैं विशेष रूप से आभारी हूँ दैनिक जागरण के संपादक आदरणीय संजय गुप्ता जी का जिन्होंने प्रिय व्यंग्य पात्र 'मुन्नालाल' को पुनर्जीवित करने के लिए प्रेरित कर मुझे सकारात्मक दृष्टिकोण से परिचित कराया। सम्मानित दैनिक जागरण में व्यंग्य रचनाएँ प्रकाशित करने का अवसर प्रदान कर मुझे उत्साहित किया। आभारी हूँ वाणी प्रकाशन के मालिक अरुण माहेश्वरी सहित उन सभी प्रकाशकों का जिन्होंने मेरी रचनाओं के बिकाऊ लक्षण को पहचाना और संग्रह प्रकाशित करने का साहस दिखलाया। अनजान उन सभी प्रशंसकों का हृदय से आभार व्यक्त करता हूँ, जो मेरी रचनाएँ पढ़ते रहे और पत्र व दूरभाष के माध्यम से मेरा उत्साहवर्धन करते रहे हैं और करते आ रहे हैं।

– राजेन्द्र त्यागी

अनुक्रम

बन्धक आजादी

सूरज 15 अगस्त के दिन लाल किले की तरफ से अकसर आँखें फेर लेता है, मगर मुन्नालाल की आँखें उस दिन वहीं खुलती हैं। यह सिलसिला पिछले 14-15 साल से लगातार चला आ रहा है। उसके घर टी.वी. आया, मगर ध्वजारोहण उसने लालकिले के मैदान पर ही जाकर देखा।

कोई खब्ती दिमाग उससे पूछते, ''मुन्नालाल हर बार एक ही तरह का तो झण्डा फहराया जाता है फिर हर साल वहाँ क्या करने जाता है?'' हर बार उसका एक ही जवाब रहता, ''भइया! आजादी के दर्शन करने।''

लोग पूछते, ''दर्शन हुए।''

मुन्नालाल कहता, ''अबकी बार तो नहीं भइया! अगली बार सही।''

'अगली बार सही' यह मुन्नालाल के धैर्य, आशा और विश्वास का प्रतीक था। मुन्नालाल के इस महान देश के करोड़ों लोग इसी मन्त्र का जाप कर जीवन व्यतीत करते हैं, 'इस बार न सही, अगली बार सही।'

भारत के लोग स्वभाव से ही धैर्यवान हैं। धैर्य नामक सद्‌गुण उन्हें विरासत-दर-विरासत मिलता आया है। हमारे महान धर्म-ग्रन्थ भी धैर्य का ही पाठ पढ़ाते रहे हैं। विश्व के महानतम इस लोकतन्त्र की सफलता का राज भी यही धैर्य है। मुन्नालाल का धीरज इस बार जवाब दे गया और इसके साथ ही उसने लालकिले कभी न जाने का संकल्प ले लिया। पतझड़ के कारण पात विहीन वृक्ष-सा लुटा-पिटा मुन्नालाल इस बार जब लालकिले से लौट रहा था, सरे-राह वह हमसे टकराया। उसे देख हमारे अन्तर्मन का दया भाव लावे की तरह फूट कर बाहर आया और हमारे मुँह से बरबस ही निकल पड़ा, 'अरे, यह क्या हाल बना रखा है, कुछ लेते क्यों नहीं?'

मोती से दो आँसू मुन्नालाल की आँखों से निकले और पलकों की सीमाएँ लाँघ झड़बेरी के सूखे पात से गालों पर आकर चिपक गए। फिर उसकी खुरदरी हथेली हरकत में आई और गाल रगड़ती-रगड़ती पीठ पर जाकर रुक गई।

गोलाई लिए लम्बे-लम्बे कुछ निशान उसकी पीठ पर उसी तरह चस्पा थे, जिस तरह समन्दर के रेत पर खारे पानी की लहरों के निशान

हम आगे कुछ बोल पाते, इससे पहले ही वह बोल उठा, ''भइया! आजादी

के दर्शन करने गया था, ना ये उसी के निशान हैं। आजादी और डण्डों के बीच वर्षों पुराने सम्बन्ध हैं। आजादी की जो बात करेगा, उपहार में वह डण्डे खाएगा।''

मुन्नालाल जबरन हँसी हँसा और बोला, ''फर्क बस रंग का है, आजादी माँगने वालों ने गोरों के डण्डे खाए, आजादी के दर्शन की इच्छा रखने वाले कालों के डण्डे खा रहे हैं।''

माहौल कुछ नरम-गरम करने की मंशा से हमने परम्परागत शैली में वही परम्परागत सवाल उसके सिर पर पटक दिया, ''आजादी के दर्शन हुए कि ना?''

''नाऽऽ भइया! होते भी कैसे, आजादी तो बुलेट प्रूफ शीशों में कैद है। हम सोचते रहे, भइया! इस साल नहीं अगले बरस तक तो वह आजाद हो ही जाएगी, इसलिए ही हर साल जाते हैं, मगर अब उम्मीद नहीं रही।''

हम बोले, ''मुन्ना! आजादी कैद सही, मगर कैद प्रधानमन्त्री बात तो चोक्खी-चोक्खी करे हैं, आश्वासन भी खूब देवें हैं।''

हमारी बात सुन मुन्नालाल इस बार मुस्करा दिया और बोला, ''लालकिले के आश्वासन को भी पुण्य कर्मों की तरह समझो, भइया। कर्म इस जन्म में और फल अगले जन्म में, अब हम कभी लालकिले नहीं जाएँगे, भइया।''

तुषार पात से पीड़ित लुटे-पिटे वृक्ष से मुन्नालाल ने तो आजादी-दर्शन झाड़ अपनी राह पकड़ी। मगर सवालों का एक घना जंगल हमारे मन में खड़ा कर गया। सवालों के उस घने जंगल को लेकर हम कांग्रेस के एक वरिष्ठ नेता के पास पहुँचे और बोले, ''सुना था आजादी आजाद हो गई है।''

नेता बोला, ''हाँ, हाँ, कोई शक।''

हम बोले, ''मगर कहाँ! वह तो आज भी बुलेट प्रूफ दड़बे में कैद है?''

गम्भीरता का लबादा ओढ़ नेता जी बोले, ''बरखुरदार! बहुत बलिदान दिए हैं, बहुत कीमत चुकाई है, आजादी हासिल करने के लिए। बहुत कीमती है, आजादी इसलिए उसे बुलेट प्रूफ शीशों और स्विस बैंकों में सुरक्षित रखा गया है, उसे कैद कहते हो। कैद नहीं, सुरक्षा है, वह।''

हमने कहा, ''मगर आम आदमी...।'' हमारी बात बीच ही में काटते हुए नेता जी ने पलटवार किया, ''फिर वही मूर्खों की-सी बात! बच्चों का झुनझुना नहीं है आजादी, चाहे जिसके हाथ में थमा दी जाए। आम आदमी सँभाल पाएगा बेशकीमती इस आजादी को?''

पिटा थोबड़ा उठाए अब हमने रुख किया समाजवादी नेता की तरफ और अपना मन्तव्य उनके सम्मुख प्रस्तुत किया, ''माननीय! सुना था आजादी जब आई थी तो अपने संग समाजवाद लाई थी। समरसता लाई थी। मगर यह सब...?''

नेता जी ने हमें आड़े हाथों लिया और बोले, ''लगता है, सर्वहारा वर्ग से हो, साम्यवादी चिन्तन धारा में बह रहे हो। साम्यवादी चश्मे से समाजवाद देखने

की चेष्टा करते हो! कैसे नजर आएगा? चश्मा बदलो बरखुरदार और फिर देखो।

समाजवाद की पवित्र धारा ही तो भारत की समूची राजनीति को जीवन्त बनाए हुए है। हम सब मिल-बैठकर बाँटते हैं, मिल-बाँटकर खाते हैं। समाजवाद का इससे अनुपम उदाहरण और क्या होगा?

रूढ़िवादी आदर्श और सिद्धान्त समाजवाद की राह में अवरोध उत्पन्न कर रहे थे, इसलिए उन्हें संग्रहालयों में सुरक्षित रख दिया है और समरसता और सहकारिता के आदर्शों को अपनाया है। गठबन्धन की सरकारें निर्बाध रूप से अपना कार्यकाल पूरा कर रही हैं, सहकारिता व समरसता का इससे नायाब उदाहरण और क्या होगा?''

''और आम आदमी?'' हमने आम आदमी से जुड़ा वही पुराना सवाल उनके सामने भी दोहराया

''समाजवाद की धारा ऊपर से नीचे की तरफ प्रवाहित है, इन्तजार कीजिए! अभी समय ही कितना हुआ है?'' नेता ही ने हमारा भ्रम दूर किया।

सवालों के घने जंगल में कैक्टस के पौधों की संख्या बढ़ती जा रही थी और उन्हें उठाए हम एक के बाद एक दरवाजा लाँघते हुए राष्ट्रवादी नेता के द्वार पहुँचे।

''आजाद देश की विदेश नीति अमेरिका, पाकिस्तान और चीन से भयभीत और अर्थ नीति विश्वबैंक, डब्ल्यूटीओ व अमेरिका की व्यवस्था से संचालित, यह कैसी आजादी!'' तीसरे नेता के सामने ये हमारे नए सवाल थे।

हमारा सवाल सुन नेता जी ने ठहाका लगाया और यूँ बोले, ''वत्स! वह विदेश नीति ही क्या, जिसके संचालन में विदेशी हाथ न हो? हमें यदि यथार्थ में विश्व का नेता बनना है तो एकांगी विचारधारा त्याग वसुधैव कुटुम्बकम् का सिद्धान्त साकार करना होगा।''

अर्थनीति के सवाल पर नेता जी बोले, ''महाजनों ये न गतः स पन्थाः। विश्वबैंक हमारा महाजन है, अमेरिका हमारा महाजन है और डब्ल्यूटीओ भी। नीतिशास्त्र कहता है, महाजनों के बताए मार्ग पर चलना ही श्रेयस्कर है और हम उन्हीं के मार्ग का अनुसरण कर रहे हैं। इसमें हर्ज क्या है?''

नेता जी ने अपना प्रवचन झाड़ा और गाड़ी में बैठ हवा हो गए। नीतियों की धूल उड़ाता आजाद भारत का काफिला हमारे सामने से गुजर गया और हम धैर्य धारण धर गुबार देखते रहे।

मुन्नालाल पता नहीं कहाँ होगा, किस हाल में होगा मगर हम अवश्य बेहाल हैं। हम तभी से कैक्टस का घना जंगल काटने का प्रयास कर रहे हैं और राजनीति हम पर पर्यावरण विरोधी होने का आरोप लगा रही है।

करवट बदल संस्कृति

मैं कहाँ हूँ, मुझे कहाँ ले आए पुत्र। कुछ बोलते क्यों नहीं पुत्र? क्यों मौन हो पुत्र? मेरा ब्लड प्रेशर हाई-फाई हो रहा है, पुत्र। धैर्य जवाब दे रहा है, मस्तिष्क शून्य होता जा रहा है।

क्या कह रहे हो पुत्र, बस देखता रहूँ। अर्धनग्न बालाओं को कब तक निहारता रहूँ? अब और नहीं देखा जाता। मुझे यहाँ से ले चलो।

वेदना से ओतप्रोत बापू की विनती सुन मुन्नालाल बोला, "बापू, धैर्य रख और बदलते दौर का बदलता रूप देख। देख! अपनी खादी की लोकप्रियता देख, उसका सम्मान देख।"

बापू बोले, "ये चकाचौंध, नृत्य करती अर्धनग्न बालाएँ! पहले यह तो बताओ पुत्र कि यह सब क्या है?"

तसल्ली देते हुए मुन्नालाल ने बापू को समझाया, "बापू! यह खादी प्रमोशन के लिए फैशन शो है। बालाएँ अर्धनग्न नहीं अर्धवस्त्रा हैं।

ये सत्य के प्रयोग हैं, बापू। सत्य हमेशा पारदर्शी होता है, इसलिए यहाँ सभी कुछ पारदर्शी है। ये बालाएँ सत्य का अनुपम उदाहरण प्रस्तुत कर रही हैं। तेरा अनुसरण कर रही हैं, तेरे सत्य का अनुसरण कर रही हैं।

तू ही तो कहता था बापू, मनुष्य को मन से, कर्म से, वचन से सत्यवादी होना चाहिए, पारदर्शी होना चाहिए। अतः अर्धवस्त्रा ये बालाएँ पारदर्शिता के माध्यम से सत्य का प्रदर्शन कर रही हैं। तू उन्हें अर्धनग्न कहकर घृणा का पात्र न बना, बापू।"

बापू बोले, "नहीं, नहीं, खादी के चन्द चिथड़े! यह कैसा प्रमोशन?"

मुन्नालाल ने समझाया, "बापू! अपने दिन याद कर, तू लाख चिल्लाता रहा मगर तेरे चन्द अनुयायियों को छोड़, किसी ने तेरी खादी नहीं अपनाई। तेरी मेड इन इण्डिया खादी पर अब पश्चिम की मोहर लग कर आई है, तेरे वक्त की अपेक्षा अब ज्यादा पापुलर हो गई है और तू कहता है, यह कैसा प्रमोशन!"

बापू ने पुनः आग्रह किया, "नहीं, नहीं पुत्र! तुम मुझे यहाँ से कहीं और ले चलो। अब मैं यहाँ पल-भर भी रुकना नहीं चाहता।"

बापू के आग्रह पर मुन्नालाल उसे दूसरे फैशन शो में ले जाता है। हाल के

बाहर एक बैनर टँगा है, उस पर ऊपर लिखा है 'अहिंसा परमोधर्म' और मोटे अक्षरों में नीचे की तरफ लिखा है, 'शाकाहार प्रमोशन फैशन शो'।

मुन्नालाल बापू को बैनर दिखाता है। बापू खुश हो जाता है। मुँह से निकल पड़ता है 'अहिंसा परमोधर्म' हाँ, हाँ यहाँ ले चल। और इसी के साथ बापू तेज कदमों के साथ हाल में प्रवेश करने लगा।

एक अन्तराल के बाद रंग-बिरंगी रोशनियों से हाल जगमगाने लगा और मादक संगीत की धुन गूँजने लगती है। एक-एक कर पंक्तिबद्ध इठलाती बालाएँ रैम्प पर पदार्पण करती हैं। उनके अंग-प्रत्यंग विभिन्न फल व सब्जियों के पत्तों से सुसज्जित हैं। यह देख बापू का जायका पुनः खराब हो गया, मानों उसके मुँह में किसी ने करेले का पानी डाल दिया।

बापू बोले, "मेरे प्रति तुम्हारा यह हिंसा का भाव क्यों? ये बालाएँ तो अर्द्धवस्त्रा भी नहीं निर्वस्त्रा हैं। ये बालाएँ नहीं बलाएँ हैं।"

बापू बोले, "हे राम-हे राम-हे राम, यह क्या हो रहा है। यह तो घोर हिंसा है।"

"नहीं बापू, बलाएँ नहीं बालाएँ ही हैं। निर्वस्त्रा नहीं, शाकाहार के प्रति लोगों में रुचि पैदा करने के लिए बालाओं ने अपने मांस को शाक से ढक रखा है, इसमें हिंसा कहाँ। यह तो तेरे अहिंसा सिद्धान्त का परिष्कृत स्वरूप है, अहिंसा की संस्कृति है।"

क्रोध का प्रदर्शन करते हुए बापू ने जवाब दिया, "मूर्ख न बनाओ पुत्र यह संस्कृति नहीं, अपसंस्कृति है, अपसंस्कृति।"

"नहीं बापू! यह तेरा दुराग्रह है, अपसंस्कृति नहीं। यह कैसे हो सकता है कि तेरी संस्कृति ही श्रेष्ठ संस्कृति कहलाई जाए। बदलते जमाने के साथ संस्कृति के क्षेत्र में भी परिवर्तन आ रहे हैं। संस्कृति करवट बदल रही है। बापू! यह अपसंस्कृति नहीं करवटबदल संस्कृति है। पारदर्शिता, सत्य और अहिंसा के तेरे सिद्धान्त से ओतप्रोत परिष्कृत संस्कृति है। बापू वक्त को पहचान। अपने मुँह, कान और आँखों से हाथ हटा उन्हें आजाद कर। व्यावहारिक बन, वक्त के साथ चलना सीख, वक्त के साथ बोलना सीख, वक्त के साथ देखना सीख।"

संकट पाने का

समूचा राष्ट्र पानी संकट से ग्रस्त है। कहीं पानी उतरने का संकट है तो कहीं पानी चढ़ने का। कहीं पानी न होने का संकट है तो कहीं पानी-पानी होने का और कहीं-कहीं तो घड़ों पानी डालने के बाद भी पानी-पानी न होना संकट का कारण है।

कल तक जो पानीदार थे, आज बेपानी हो रहे हैं औरों के किए-धरे पर पानी फेर रहे हैं, मगरमच्छी आँसू बहा रहे हैं। हाँ, पानी जनित भिन्न-भिन्न प्रकार के संकट हैं। चारों तरफ संकट ही संकट है।

हमारे व्याख्यान लपक मुन्नालाल जी बोले, "भइया! यह तो बताओ, पानी का संकट है या पानी खुद में संकट है अथवा पानी संकट में है?"

सवाल वाजिब था। हमारा चकराना भी लाजिम था। फिर भी हमने साहस जुटाया, लप्पेबाजी की और रहीमदास जी का स्मरण कर बोले—

'रहिमन पानी राखिए बिन पानी सब सून।
पानी गए न ऊबरे मोती मानस चून॥'

मुन्नालाल जी ने विपक्षी बाउंसर दागा, "हमारे सवाल का रहीम के इस दोहे से क्या वास्ता?"

मन ही मन हम बोले, "लालू स्टाइल में हमने अपना जवाब तो फेंक ही दिया। न सही वास्ता, जवाब तो दे ही दिया। तुक मिले न मिले बोझ तो मरेगा ही। हमारे बेजा जवाब पर आह तो भरेगा ही।"

अपना मन नियन्त्रित कर हम फिर बोले, "वास्ता क्यों नहीं है, वास्ता है। रहीम दादा ने इस दोहे में पानी ही का तो संकट बताया है। उनके कहने का मतलब है, भइया! मोती, मानस, चून का जब पानी उतर जाता है तो तीनों ही बेभाव हो जाते हैं, अर्थात् महत्त्वहीन हो जाते हैं। अतः पानी संकट न होने दो।"

मुन्नालाल जी बोले, "नहीं-नहीं! रहीम तन्त्र की मिसाल लोकतन्त्र पर न बिठाओ। जमाना बदल गया है, नए जमाने की नई मिसाल बनाओ। लोकतान्त्रिक इस युग में पानी उतरे चेहरे ही महान होते हैं। भावशून्य ही भाव वाले होते हैं।"

"अरे, पानी चढ़ा चेहरा नकली कहलाएगा। शुष्क होगा तो असली माल में

बिक जाएगा। अतः इस युग में मानस वे ही उबरते हैं, जिनके चेहरे पानी-विहीन होते हैं। जिसके चेहरे पर पानी ठहर गया, धोबी के कुत्ते की तरह वह घर-घाट दोनों से गया। पानी उतरा चेहरा ही मोती कहलाएगा, सूखे चून को भी पचा जाएगा।''

रहीम और हमारे ऊपर एक ही छोर से बाउंसर दागते हुए मुन्नालाल जी आगे बोले, ''जिसकी आँख में पानी होगा, वही निर्बल कहलाएगा। जिसकी आँखों का पानी सूखा वह सबल हो जाएगा। जिसकी आँख में पानी होगा, बात-बात पर आठ-आठ आँसू रोएगा। तरक्की के मार्ग को कीचड़-कीचड़ करेगा। किस्मत तरक्की के दरवाजे खोलेगी और पानी वाली आँखें शर्मसार होंगी, वक्त-बेवक्त पानी-पानी होंगी। खुले दरवाजे बन्द हो जाएँगे। तरक्की के मार्ग अवरुद्ध हो जाएँगे।''

मुन्नालाल जी का प्रवचन हमारे सिर के ऊपर से उतर गया। मानों राजग की भैंस के साथ भैंसा पानी में उतर गया। सिर के ऊपर से पानी उतरता देख, हमने पूछा, ''जब पानी ही संकट है, फिर पानी-पानी का शोर कैसा?''

मुन्ना भाई बोले, ''जहाँ झील होती है पानी वहीं मरता है। पानी भरेगा तो झील वासी पानी-पानी ही चिल्लाएँगे। अपनी झील से पानी उलीच दूसरों के सिर पर गिराएँगे। पानी यहाँ भी संकट है, पानी वहाँ भी संकट है। अतः कोई अपनी झील में पानी नहीं चाहता। पानी उसकी झील में हो, मगर कमल मेरी झील में खिले। सन्तान उसके घर पैदा हो, मगर बधाई मुझे मिले। चिकने घड़े बनोगे, पानीदार कहलाओगे। पानी की परवाह करोगे तो उसी में डूब जाओगे। कुआँ खोदकर पानी पीना मूर्खता कहलाता है, घाट-घाट का पानी पीकर मानस बुद्धिजीवी बन जाता है।''

''मुन्नाभाई! बात तुम्हारी सवा सोलह आने उचित है, अब तो पानी को ही संकट कहना उचित है।''

''नहीं, नहीं! न पानी संकट है, न पानी का संकट है। बस पाने का संकट है। पाना है, बस पाना है। आँखों में पानी भरकर पाना है, आँखों का पानी मारकर पाना है, चेहरों का पानी उतारकर पाना है। पानी-पानी होकर पाना है, चिकने घड़े होकर पाना है। निर्जल होकर पाना है, निर्लज्ज होकर पाना है। बस पाना है।''

दाग

पानी और दाग, इन दोनों ने अपने आपको राष्ट्रीय समस्या के रूप में प्रस्तुत किया है। देश के कर्णधारों के समक्ष ये दोनों समस्याएँ प्रधान हैं और शेष सभी गौण। यह भी कहा जा सकता है कि शेष सभी समस्याएँ स्वयं समाप्त हो गई हैं। स्वाभाविक भी है, शहर में जब कोई बड़ा दादा पैदा हो जाता है तो बाकी दादा दुम दबाकर इधर-उधर हो जाते हैं।

दोनों समस्याओं का साथ-साथ अवतरित होना महज संयोग नहीं है। चोली-दामन के सम्बन्ध की परम्परा में दोनों के बीच उसी तरह का पवित्र व अटूट गठजोड़ है, जिस तरह चोर-सिपाही, अपराध-राजनीति और नेता-दलाल के बीच। सिपाही है तो चोर भी होगा, राजनीति है तो अपराधी का होना भी परम-आवश्यक है और नेता होगा जहाँ दलाल होगा वहाँ। ऐसी ही परम आवश्यकताओं के मध्य पानी व दाग संकट के बीच अटूट रिश्ता है।

आप सोच रहे होंगे कि चोर-सिपाही, अपराध-राजनीति और नेता दलाल की बात तो उचित है, मगर पानी संकट से दाग का क्या सम्बन्ध?

है, अवश्य है! पवित्र इस गठजोड़ को आप इस प्रकार समझिए, जब पोखर का पानी उतरने लगता है तो तलहटी में जमी गाद चमकने लगती है। इसी प्रकार जब आँखों का पानी सूखने लगे और चेहरे का पानी उतरने लगे तो क्या होगा? वही होगा जो होता आया है और वही हम कह रहे हैं। अर्थात् पानी उतरेगा तो दाग उभरेगा। रहीमदास के मोती व चून नहीं हैं दाग, जो पानी उतरने पर उबरना बन्द कर दे। पानी उतरता जब है, दाग उभरता ही तब है।

यहाँ हम रहीम के मानस की बात नहीं कर रहे हैं, क्योंकि उससे हम सहमत नहीं हैं। हमारा मानना है कि दाग की तरह मानस भी तभी उभरता है, जब पानी उतरता है। इस सूत्र के माध्यम से मानस व दाग के पारस्परिक सम्बन्धों की भी व्याख्या की जा सकती है और कहा जा सकता है कि मानस के साथ दाग के बीच भी चोली दामन का सम्बन्ध है। अतः पानी और दाग के बीच प्रगाढ़ सम्बन्ध स्वतः सिद्ध है।

राष्ट्र की मूल समस्या नेताओं पर दाग की है अर्थात् दागी नेताओं से जुड़ी है। यही वह समस्या है, जिसके कारण लोकतन्त्र खतरे में पड़ता नजर आ रहा

है। मगर समस्याओं की हमारी सूची में यह कोई समस्या ही नहीं है।

इस कहावत पर जरा गौर कीजिए, "वह मर्द ही क्या, जिस पर चार लांछन न हों।" कहावत गढ़ने वाले ने बहुत सोच-समझकर कहावत की रचना की होगी। सही बात है मर्द होगा तो लांछन होंगे ही। यह कहावत नेताओं पर भी शत-प्रतिशत लागू होती है, मगर कुछ अलग तरह से, 'वह नेता ही क्या जिसके कुर्ते पर दाग न हो।'

इस नीति वाक्य को इस प्रकार भी कहा जा सकता है, "नेता है तो दाग भी होगा ही।" दाग बगैर नेता की कल्पना करना उसी प्रकार गैरवाजिब है, जिस तरह कर-चोरी के बिना व्यापार। यानी कि बिना दाग नेतागिरी और कर चोरी बिना व्यापार चलाना उसी तरह असम्भव है, जिस तरह बिना घूस के फाइल का खिसकना। इन सभी के बीच अर्थशास्त्रीय सम्बन्ध है।

नेता और दाग के बीच अटूट रिश्ता होने के कारण ही कभी-कभी तो यह सोचने पर मजबूर होना पड़ता है कि नेता में दाग है या दागदार जीव का नाम नेता है अथवा नेता ही दाग है। यह **'दाग बीच नेता है कि नेता बीच दाग है। दाग ही नेता है कि नेता ही दाग है।'** की स्थिति है। चूँकि नेता व दाग के बीच प्रेम सम्बन्ध है, अतः राजनीति से दाग का सीधा सम्बन्ध है। आप राजनीति करें और बेदाग रह जाएँ, ऐसा सम्भव नहीं।

अब आप ही बताइए, काजल की कोठरी में रहकर बेदाग रहना क्या सम्भव है? कोयले की दलाली करोगे तो मुँह न सही हाथ तो काले होंगे ही। बावजूद इसके राजनीति के दाग इतने गहरे होते हैं कि छुटाए नहीं छूटते। **'कितना कमबख्त है यह दाग, बहुत छुड़ाया मगर छूट न सका।'** पीछा छुड़ाने की बात छोड़िए, जितना छुड़ाओगे उतना ही गहरा होता जाएगा—

"हजरत-ए-दाग जहाँ बैठ गए, बैठ गए
और होंगे तेरी महफिल से उभरने वाले।"

लानत भेजिए ऐसी राजनीति करने वालों पर, जिनके कुर्ते बेदाग हैं। दरअसल बेदागी राजनीति ईमानदाराना राजनीति नहीं है। बेदागी राजनीति करनेवाले लोगों को नेता नहीं देश सेवक कहना ही ज्यादा उचित होगा, क्योंकि ईमानदाराना राजनीति का देश सेवा से दूर-दूर का भी नाता नहीं है। चोली व लहंगे के बीच दूर का ही सही मगर रिश्ता है, राजनीति व देश सेवा के बीच तो चोली-लहंगे का भी सम्बन्ध नहीं है। क्योंकि राजनीति देश सेवकी नहीं, स्वयं सेवकी है।

खैर, बात चल रही थी राजनीति और दाग के बीच पारस्परिक सम्बन्धों की। दरअसल राजनीति एक राष्ट्रस्तरीय हमाम है और हमाम में सब नंगे हैं। अब सवाल यह पैदा होता है कि हमाम में जब सभी नंगे हैं, अर्थात् राजनीति में जब सभी

दागदार हैं तो फिर यह शोर क्यों? सवाल का जवाब है, "जब आदमी पानी में डूबा हो तो उसे अपने दाग दिखते नहीं हैं।"

सिर पर घड़ों पानी पड़ा हो और पानी-पानी हो गए हों, उन्हें कैसे दिखेंगे अपने दाग। मगर ऐसे लोगों की हकीकत कुछ इस तरह है–

"वो जमाना भी तुम्हें याद है तुम कहते थे,
दोस्त दुनिया में नहीं दाग से बेहतर।"

अन्त में हम तो बस यही कहेंगे–

"कोई मिटाता है, दाग-ए-दिल ऐ दाग
यह जलेगा चिराग महशर तक।"

राजनीतिक अन्तरिक्ष में विक्षोभ

राजनीतिक खगोल के गैलीलियो मुन्नालाल ने अभी हाल में एक टेलीस्कोप का निर्माण किया है। राजनीतिक सत्य की खोज के लिए निर्मित उस टेलीस्कोप का नाम उन्होंने पोलीटेलीस्कोप रखा है। अपने टेलीस्कोप के माध्यम से राजनीति की आकाशगंगा में बनते-बिगड़ते दृश्यों को देखकर मुन्नालाल हालाँकि चिन्तित हैं, मगर निराश नहीं। उनका मत है कि राजनीतिक आकाश में उत्पन्न विक्षोभ की स्थिति एक-न-एक दिन समाप्त होगी और आकाश निर्मल होगा। उनकी चिन्ता का कारण विभिन्न वेधशालाओं द्वारा शुरू किए गए अभियानों का खोखलापन भी है। उनका मानना है कि अधिकांश अभियान असत्य पर आधारित हैं।

वर्तमान राजनीतिक ब्रह्माण्ड के निर्माण की बिग-बैग थ्योरी और थ्योरी ऑफ सेल्फ इण्टरेस्ट के जनक भी महान वैज्ञानिक मुन्नालाल ही हैं। राजनीति की आकाश गंगा में ब्लैक होल भी उन्हीं की खोज है।

बिग-बैग थ्योरी और थ्योरी ऑफ सेल्फ इण्टरेस्ट दोनों ही सिद्धान्त एक-दूसरे पर आधारित हैं। इन्हें एक-दूसरे का पूरक भी कहा जा सकता है। मुन्नालाल का मानना है कि बिग-बैग (कुछ वैज्ञानिकों ने बिग बैग को सूटकेस नाम भी दिया है, जिसका सीधा सम्बन्ध कैश से है) और सेल्फ इण्टरेस्ट के कारण राजनीतिक आकाश में परिवर्तन होते रहते हैं। परिवर्तन की इस शाश्वत प्रक्रिया में परिवर्तन के अलावा कुछ भी स्थायी नहीं है। यही कारण है कि विभिन्न वेधशालाएँ अपने एजेण्डे में समय-समय पर 'स्थायित्व' को प्रमुख स्थान देती रहती हैं।

मुन्नालाल की थ्योरी ऑफ सेल्फ इण्टरेस्ट के अनुसार आकाश गंगा में विचरित प्रत्येक पिण्ड (राजनीति की भाषा में जिसे नेता कहा जाता है।) तिरछी रेख में विचरण करता है। उसका प्रमुख कारण सेल्फ इण्टरेस्ट बल है, जो उसकी गति को प्रभावित कर मार्ग बदलने के लिए बाध्य करता है।

मार्ग परिवर्तन का एक कारण भारी आकाशीय पिण्डों का गुरुत्वाकर्षण बल भी है। अकसर भारी पिण्ड अपने गुरुत्वाकर्षण बल के आधार पर छोटे पिण्डों को आकर्षित करते रहते हैं। फलस्वरूप छोटे-छोटे पिण्ड हमेशा ही अपना मार्ग बदलते रहते हैं। यह स्थिति बड़े पिण्डों के साथ भी देखी जा सकती है। कभी वे वाम मार्गी होते हैं तो कभी दक्षिण मार्गी और कभी मध्यमार्गी।

बिग बैग और सेल्फ इण्टरेस्ट जब-जब भी परस्पर टकराते हैं तो मार्ग परिवर्तन की यह प्रक्रिया और भी तेज हो जाती है। थ्योरी यह भी बताती है नित मार्ग परिवर्तन करने वाले राजनीतिक पिण्ड सत्ता अन्तरिक्ष को झकझोर रहे हैं।

पोलीटेलीस्कोप के माध्यम से अन्तरिक्ष का अध्ययन करने के बाद मुन्नालाल ने इस तथ्य का खण्डन किया है कि भारत उदय हो रहा है। उन्होंने बताया कि भारत आज नहीं 15 अगस्त, 1947 को उदय हो चुका था। मगर अब तो दिन-प्रतिदिन उसकी चमक धूमिल होती जा रही है।

चमक धूमिल होने के पीछे भारत भूमि पर काबिज होने के लिए विभिन्न वेधशालाओं द्वारा शुरू किए गए अभियान हैं। उन्हीं अभियानों से उत्पन्न धूलकण ही क्षितिज पर आच्छादित हैं और अपने साइन से 'इण्डिया शाइनिंग' को अनशाइन कर रही हैं।

उनका कहना है कि इन वेधशालाओं की मानसिकता व कार्यविधि भूमाफियाओं के समान है। मुन्नालाल अपने इस तथ्य को भी थ्योरी ऑफ सेल्फ इण्टरेस्ट के माध्यम से ही सिद्ध करते हैं। उनका कहना है कि इसी मानसिकता के चलते विभिन्न वेधशालाओं ने अपने-अपने अभियान के तहत भारत भूमि पर विभिन्न अन्तरिक्ष यान भेजे हैं, कुछ ने तो प्रक्षेपास्त्र भी दागे हैं। उन्हीं के चलते भारत नाम के इस ग्रह पर धुन्ध छाई हुई है।

राजनीतिक अन्तरिक्ष में विद्यमान अन्य ग्रह-उपग्रहों का जिक्र करते हुए मुन्नालाल ने बताया कि गरीबी नाम का पुच्छल उपग्रह आज भी भारत ग्रह को अपनी पूँछ में लपेटे हुए है।

पुच्छल उपग्रह को नष्ट करने के लिए एक वेधशाला ने गरीबी हटाओ नाम से अभियान शुरू करने की घोषणा की थी, मगर अभियान उसकी मूँछ का तो क्या पूँछ का भी बाल भी बाँका नहीं कर पाया और अभियान टाँय-टाँय फिस्स होकर रह गया।

एक अन्य वेधशाला ने अपने अन्त्योदय अभियान के तहत गरीबी नाम के उस पुच्छल उपग्रह को नष्ट करने का संकल्प लिया था, मगर वह वेधशाला भी अब अपने संकल्प का विकल्प खोजने में जुटी है। ऐसे अभियानों का इतना असर अवश्य हुआ कि अन्य कुछ शक्तिशाली ग्रहों की मूँछ व पूँछ अवश्य लम्बी हो गई हैं। प्रतिदिन बढ़ती उनकी मूँछ व पूँछें भारत की शाइनिंग को फेड कर रही हैं। इस प्रकार खगोलशास्त्री मुन्नालाल ने इण्डिया शाइनिंग तथ्य को भी कोरी कल्पना बताया है।

अभी तक की गई अपनी सभी ताजा खोजों को आधार बनाते हुए मुन्नालाल ने यह दावा किया है कि कुल मिलाकर राजनीतिक वायुमण्डल में विक्षोभ की स्थिति है। जिसके कारण आँधी-तूफान आने की सम्भावना है। भूचाल आने की

सम्भावनाओं से भी इन्कार नहीं किया जा सकता। साथ ही उन्होंने यह भी आशा व्यक्त की है कि एक दिन विक्षोभ की यह स्थिति समाप्त होगी और आकाश स्वच्छ होगा, आकाश गंगा फिर से निर्मल होगी और भारत पुनः उदय होगा। जब उनसे पूछा गया कि फिलहाल आप कैसा फील कर रहे हैं? इस पर उनका दो टूक उत्तर था, ''फील बैड'।

शैतानी खोज

'खाली दिमाग शैतान का घर' खाली दिमाग शैतान शैतानी कर देर-सबेर खुद तो खुद को प्यारे हो जाते हैं, लेकिन दूसरों के लिए मुसीबत की सौगात छोड़ जाते हैं। ऐसे ही एक महानुभाव थे, कोलम्बस साहब। घर से शायद खाली थे और बेरोजगार भी। आदमी स्वभाव से ही शैतान का सगा भतीजा होता है उस पर भी घर-बाहर से बेकार हो तो शैतानी के अलावा और सूझेगा भी क्या? बैठे-ठाले जनाब के दिमाग में फितूर उठा, चलो भारत की खोज करें। अब कोई उनसे पूछे, क्यों जनाब क्या भारत किसी मेले ठेले में अपनी माँ से बिछुड़ गया था या किसी ने उसका अपहरण कर लिया था, जो चल पड़े उसे खोजने। खोजने चल भी दिए तो यह बताओ कि बेवकूफाना ऐसी जिम्मेदारी जनाब को सौंपी किसने थी? अरे, बे-फिजूल की कवायद।

जनाब भारत को तो नहीं खोज पाए, मगर अन्धे के हाथ बटेर की तरह अमेरिका नाम का एक देश उनके हाथ लग गया और बन गए तीसमारखाँ। अब पहली बात तो यह है कि अमेरिका की खोज करने के लिए किस कमबख्त ने उनसे गुहार की थी। अमेरिका की खोज यदि नहीं भी करते तो कौन 'दिल्ली का सूबा ढल जाता' या दुनिया कौन उसके बिना विकलांग होए जा रही थी। चलो, किसी न किसी तरह उनकी नैया अमेरिका के किनारे लग भी गई थी तो किसने कहा था, शोर मचाने के लिए। जनाब तो अमेरिका की खोज कर बन गए तीसमारखाँ, मगर दुनिया वालों की तो नींद हराम कर गए। हाथ में डण्डा लिए अमेरिका अब जबरन अलम्बरदार बना फिरता है। दुनिया-जहान को कभी वियतनाम तो कभी अफगानिस्तान और कभी इराक बनाए फिरता है।

कोलम्बस साहब! आप यदि न खोजते तो गुमनाम-सा अमेरिका एक तरफ पड़ा रहता, दुनिया वालों की नींद हराम न होती।

ऐसे ही एक और सज्जन इतिहास में हुए हैं, उनका नाम है जनाब वास्कोडिगामा। उनकी कारगुजारियों से भी लगता तो यही है कि थे वे भी खाली दिमाग। कोलम्बस साहब भारत की खोज करने में नाकामयाब रहे तो फितूरी दिमाग वास्कोडिगामा खोज बैठे भारत को। सोने की चिड़िया अपने जंगल में अच्छी-खासी फुदकती फिरती थी, 'उरला हलवाई, परला पंसारी' किसी का लेना एक न देना दो।

जनाब के फितूर ने दुनिया को भारत की राह दिखला दी। कर दी चिड़िया की नींद हराम। एक तो चिड़िया ऊपर से सोने की एक-एक कर ताड़ने लगे उस बेचारी को। हो गई बदनीयतों की बदनीयती की शिकार।

पुर्तगाली, फ्रांसीसी, अंग्रेज न जाने कहाँ-कहाँ के उठाईगिरे चिड़ीमार दुनिया-भर से आ धमके और लगे चिड़िया के पंख नोचने। जैसे-तैसे उन्हें भगाया या चिड़िया की दयनीय हालत देख खुद भाग खड़े हुए, मगर जाते-जाते उसके दो टुकड़े कर गए। अब टुकड़ों को उनके चेले नोच-नोच खा रहे हैं।

ऐसे ही एक खाली दिमाग शैतान थे जनाब डार्विन। उनकी शैतानी हरकत से तो ऊपर वाला भी तौबा कर बैठा। जनाब डार्विन को जब कुछ नहीं सूझी थी बोले इनसान बन्दर की औलाद है।

होंगे, तुम्हारे पुरखे होंगे बन्दर! मगर तुम्हें यह अधिकार किसने दे दिया कि सृष्टि के तमाम इनसानों को बन्दर की औलाद बना डालो। अब जनाब डार्विन साहब से कोई पूछे, क्यों जनाब खुदा की कौन बही तुम्हारे हाथ लग गई, जिसे बाँचकर तुमने भूतवाणी कर डाली कि इनसान बन्दर की औलाद है। अगर-चै खुद की बही तुम्हारे हाथ लग भी गई और उसमें साफ-साफ लिखा भी था कि इनसान बन्दर की औलाद है।

मगर-चै एक बात बताओ इस रहस्य को यदि उजागर न करते तो दूध देते-देते तुम्हारी भैंस कौन लतिया जाती। गोया इतना जरूर था कि रहस्य उजागर न करते तो इनसान में लूट-खसोट की प्रवृत्ति जाग्रत न हुई होती।

बन्दर बाँट जैसे वंशानुगत लक्षण तो इनसान में हालाँकि पहले ही से मौजूद थे, किन्तु जब से इनसान को यह पता चला है कि वह बन्दर की औलाद है, उसके चरित्र में बन्दराना लक्षणों का इजाफा तेजी से होने लगा है। हाँ, ऐसा मेरा पक्का विश्वास है। व्यक्ति को जब अपनी वंशावली अथवा वंश-परम्परा का पता चलता है तो उसके अनुरूप वह अपने आपको हनुमान मान ही बैठता है। कभी-कभी अपने पुरखों का मान-सम्मान रखने के लिए भी उसे जबरन पहलवान बनना पड़ता है।

एक सवाल यह जरूर पैदा होता है कि इनसान यदि बन्दर की औलाद है तो फिर बन्दर से इनसान बनने का यह सिलसिला जारी क्यों नहीं है? इस विकास पर अचानक पूर्ण विराम कैसे लग गया?

बन्दरों की तरफ से सवाल का जवाब कुछ इस प्रकार प्राप्त हुआ, इनसान की अति-बन्दराना हरकत देख हम खुद ही भय खा गए और डार्विन के विकासवाद से तौबा कर ली। हम तो केवल खाली पेट ही लूट-खसोट करते हैं। हमारी औलाद पेट भरने के बाद भी लूट-खसोट जारी रखती है। अतः हमने सोचा सुबह जो गलती हो गई सो हो गई, अब सायंकाल तो घर लौट चलें।

हरकत में ही नहीं, जनसंख्या में भी औलाद बाप-दादाओं से आगे है। इनसान

अपनी कार्बन कापी का उत्पादन बढ़ाता ही जा रहा है, इसलिए हमने सोचा विकास का सिलसिला अपनी तरफ से बन्द करना ही बेहतर होगा। अब खुद ही सोचो यदि विकास का डार्विनी सिद्धांत भी विकासमान रहता तो इनसानी जनसंख्या आज भला कहाँ पहुँचती!

दोष ऊपर वाले का भी कम नहीं है, आखिर उसने बन्दर नामक जीव की रचना की ही क्यों? ऊपर वाला अगर बन्दर न भी बनाता तो ही क्या सृष्टि बाँझ रह जाती! मान लो, खाली बैठे उसने यह शरारत कर भी दी और भूल-चूक में बन्दर बना भी दिया था तो क्या आवश्यकता थी, उसके दिमाग में लूट-खसोट सॉफ्टवेयर लोड करने की।

अरे, भाई ऊपर वाले! इनसान को गधे की औलाद बना देता, उल्लू की बना देता, ऊँट की बना देता, बैल की बना देता और कुछ नहीं तो सूअर की ही बना देता, क्या जरूरी था बन्दर की ही औलाद बनाना?

हमारी बात सुन ऊपर वाला बोला, "सुनो बरखुरदार! खेद की बात यह नहीं है कि इनसान को बन्दर की औलाद ही क्यों बनाया। खेद का विषय तो यह है कि इनसान गधा, बैल, ऊँट, सूअर, शेर और गीदड़ किसी की भी औलाद हो सकता है, मगर मैं इनसान को इनसान की औलाद न बना पाया। इसके लिए मैं ही दोषी हूँ और मैं सृष्टि के अन्त तक इसका प्रायश्चित्त करता रहूँगा।"

जूँ नहीं रेंगती

आजकल जूँओं के बारे में एक आम शिकायत है कि वे निष्क्रिय हो गई हैं। उन्होंने रेंगना छोड़ दिया है।

पति को पत्नी की जूँओं से शिकायत है। घर कभी चिल्ड्रेन पार्क-सा लगता है, तो कभी कबाड़ी की दुकान-सा। लाख कहने के बावजूद पत्नी के कान पर जूँ नहीं रेंग रही है, घर व्यवस्थित नहीं कर पा रही है।

पत्नी को पति की जूँओं से शिकायत है। बार-बार चीखने-चिल्लाने और आँसू जाया करने के बाद भी पति की जूँएँ सक्रिय नहीं हो रही हैं। पतिजी रास्ते पर नहीं आ रहे हैं।

पुत्र-पुत्रियों को माँ-बाप की जूँओं से और माँ-बाप को सन्तान की जूँओं से इसी तरह की शिकायत है।

इस प्रकार की शिकायतें घरेलू जूँओं से ही नहीं, राष्ट्रीय व अन्तरराष्ट्रीय स्तर पर भी प्राप्त होती रहती हैं।

बुश साहब ने सद्दाम को लाख समझाया-बुझाया, धमकाया-सटकाया मगर उनकी जूएँ सक्रिय नहीं हुईं, अन्ततः बुश साहब को अपनी सेना सक्रिय करनी पड़ी। अब हालत यह है कि सद्दाम साहब की जूएँ भूखी मर रही हैं और बुश साहब की चकाचक। आशा है कि बुश साहब अब अन्य राष्ट्रों के सद्दामों की जूँओं को भी इसी प्रकार सक्रिय करने का प्रयास करेंगे।

भारत व पाकिस्तान को भी एक-दूजे की जूँओं से कमोबेश ऐसी ही शिकायतें हैं। कैसी अजीब बात है कि जब जूँएँ निष्क्रिय हो जाती हैं, तो सेनाएँ सक्रिय हो जाती हैं और आतंकवाद की जूँएँ शरीर पर चहलकदमी करने लगती हैं।

इसी प्रकार के हालात राष्ट्र-राज्य स्तर पर भी हैं। गरीबी व बेरोजगारी की मार से देश पीड़ित है। किसान आत्महत्या कर रहे हैं और सरकार के कान पर जूँ तक नहीं रेंग रही।

जूँ नीरो के कान पर भी नहीं रेंगी थी। रोम जब गरीबी व भुखमरी की आग में झुलस रहा था, पहाड़ी पर विराजमान नीरो तब चैन के साथ चैन की बाँसुरी बजा रहा था। यानी कि जूँ उसकी भी निष्क्रिय थी।

अजीब बात है कि देश का आम नागरिक भ्रष्टाचार की आग में झुलस रहा

है और प्रशासन भ्रष्टाचार के आरामदेह गद्दों पर सुख की नींद सो रहा है। उसके कान पर भी एक जूँ तक नहीं रेंग रही है।

यही स्थिति रावण राज में उसके अनुज कुम्भकरण की थी। प्रशासन किसी भी सरकार का अनुज ही होता है। रावण राज्य संकट ग्रस्त था। कुम्भकरण की आवश्यकता पड़ी मगर वह निद्रा सुख प्राप्त करता था। ढोल-नगाड़े बजाकर उसकी जूँओं को सक्रिय करने का प्रयास किया गया। मगर न कुम्भकरण जगा और न उसकी जूँएँ। आखिरकार हाथी सक्रिय किए गए।

शासन-तन्त्र भले ही कोई हो जूँओं की मानसिकता अपरिवर्तनीय है। राजतन्त्र हो या हो लोकतन्त्र जूँएँ समान भाव से ही रक्तपान करती हैं। वे अपने मन से ही सक्रिय होती हैं और अपने ही मन से निष्क्रिय। जब इच्छा होती है कान पर चहलकदमी करने लगती हैं, जब इच्छा होती है, तन्द्रा में लीन हो जाती हैं।

मगर अहम एक सवाल यह भी है कि जूँएँ क्या वास्तव में अपने धर्म से विमुख हो गई हैं? क्या वास्तव में अब वे रेंगती नहीं हैं? हमें लगता है कि उन पर निष्क्रिय होने का आरोप लगाना जूँओं के प्रति अन्याय ही है।

जूँ रावण व नीरो युग में भी रेंगती थीं और आज भी रेंगती हैं। हो सकता है, हताश कुछ लोगों की जूँओं ने रेंगना बन्द कर दिया हो। रेंगने का जब कोई फर्क ही न पड़े तो व्यर्थ रेंगने का औचित्य भी क्या? जूँएँ रेंगना शुरू भी कर दें, तो भी कौन बबूल पर आम लटकने लगेंगे और नहीं रेंग रहीं हैं तो ही क्या आम के वृक्षों पर बबूल के काँटे उग आए हैं। दरअसल मसला जूँओं के रेंगने न रेंगने का नहीं है। असल मसला है अहसासीकरण का। जब अहसास होना ही बन्द हो जाए तो ऐसी स्थिति में उनका रेंगना या न रेंगना स्वयं ही औचित्यहीन हो जाएगा।

जनता कितनी भोली है, जूँओं से उम्मीद करती है कि वे अपने पदचाप से सरकार को जाग्रत कर देंगी।

सरकार निद्रा में है कहाँ, जो जाग्रत अवस्था में आएगी। सरकार विदेह है, अर्थात् अशरीरी और देह से परे आत्म स्थिति प्राप्त प्राणी के कान पर जूँ रेंगे या न रेंगे कोई फर्क पड़ने वाला नहीं है।

जनता वास्तव में भोली है, वह नहीं जानती है कि प्रशासन भोग-योग, आसक्ति-विरक्ति और राग-वैराग्य से परे कर्मयोगी की स्थिति को प्राप्त हो गया है। वह भोगों का भोग करता है, मगर उनमें लिप्त नहीं होता। वह भ्रष्टाचार करता है, मगर भ्रष्टाचार में लिप्त नहीं है, इसलिए वह भ्रष्टाचारी नहीं है। जब वह कर्म करते हुए भी कर्मों में लिप्त नहीं है, तब जूँ रेंगे या न रेंगे फर्क क्या पड़ता है।

अतः तोहमत जूँओं पर लगना वाजिब नहीं है। जूँओं का काम रेंगना है, आज भी रेंग रही हैं। उनके शरीर पर न सही तुम्हारे शरीर पर ही सही। असल मुद्दा अहसासीकरण का है। विदेह और कर्मयोग अहसास विहीन होते हैं।

पैकेज संस्कृति

हमने तनख्वाह की रकम पत्नी के हाथ पर रखी मगर पत्नी के चेहरे पर इस बार तनख्वाई झलक सफाचट नजर आई। आज उनके चेहरे पर परम्परागत प्रणय भाव का अभाव था। तनख्वाह वाले दिन उनके चेहरे पर अभाव के ऐसे भाव पहले कभी देखने में नहीं आए। तनख्वाह दिवस पर तो वे शरबत में नहाई रसभरी की माफिक नजर आती हैं। चेहरे पर ऐसे ही रसीले भाव देखकर हमारा पौत्र अकसर कह देता है, ''बड़ी मम्मी आज तो बड़ी सैक्सी-सैक्सी-सी लग रही हैं।''

आशा के विपरीत नाक-भौंह सिकोड़ते हुए पत्नी बोली, ''अब ऐसे नहीं चलेगा जी। महीने में पूरे तीस दिन लंच बाँधकर ले जाते हो, तनख्वाह अठ्ठाईस दिन की ही लाते हो। सुनो जी! दस हजार में तो बस डिनर, ब्रेकफास्ट ही मिलेगा। लंच का इन्तजाम कहीं और कर लेना या फास्ट रख लेना। हथेली पर पन्द्रह हजार रखोगे तभी लंच, डिनर दोनों मिलेंगे। ब्रेकफास्ट भी चाहिए तो कपड़े धुले-धुलाए नहीं मिलेंगे। कपड़े धुले-धुलाए पहनने हैं तो ब्रेकफास्ट की छुट्टी। सभी सुविधाएँ चाहिए तो बीस हजार रुपए महीने देने होंगे।''

तनख्वाह के दिन भी पत्नी का तनखइया व्यवहार देख हमारा तनख्वाही गौरव एक ही झटके में चूर-चूर होता दिखलाई दिया। हम सोचने लगे, दफ्तर से घर के लिए चले थे, होटल कैसे पहुँच गए?

हमने साहस जुटाया और शंका समाधान के लिए श्रीमती जी से पूछा, ''यह क्या जी, यह सौदा कैसा जी?''

श्रीमती जी फरमाईं, ''सच्चा सौदा है, जी! पैकेज संस्कृति का युग है, जी! यह हमारा घरेलू पैकेज है, जी!''

हमने माथा ठोंका और मन ही मन सोचा, 'यह तो गजब हो गया जी, पैकेज संस्कृति की हवा के झोंके होटल से घर तक आ पहुँच गए जी।'

पैकेज संस्कृति के इस घरेलू संस्करण ने हमें 220 के स्थान पर 440 वोल्ट का व्यावसायिक झटका दिया और हमारी स्थिति बाउन्सर के मारे क्लीन बोल्ड खिलाड़ी की-सी हो गई।

कल ही की तो बात है, अस्पताल के पैकेज को लेकर जब मास्टर जी अपना मुकद्दर कोस रहे थे। दरअसल मस्टराइन की ड्यू डेट नजदीक थी। मास्टर जी

जच्चा-बच्चा अस्पतालों के चक्कर लगा रहे थे, पैकेज का जोड़-भाग लगा रहे थे। सिंगल डिलीवरी का पैकेज दस हजार रुपए, डबल का बीस हजार, मगर डबल पर 25 प्रतिशत की छूट मिलेगी। अर्थात् डबल डिलीवरी पर कुल 15 हजार रुपए का खर्चा आएगा।

मास्टर जी ने घटा-जोड़ लगाया, दिमाग में बिजली-सी कौंधी, "पन्द्रह हजार में क्यों ना दो पा लूँ। पैदावार के मामले में ईश्वर हम पर बहुत मेहरबान है, साल-भर बाद फिर अस्पताल के चक्कर लगाने होंगे, फिर दस हजार खर्च करने पड़ेंगे। अच्छा है, एक बार में ही किस्सा निपटा लूँ।"

मास्टर जी ने 25 प्रतिशत की छूट का लाभ उठाते हुए अस्पताल में 15 हजार रुपए जमा कर दिए। मगर ऊपर वाले ने साथ नहीं दिया, बदकिस्मती से मस्टराइन ने एक ही बच्चा जना।

डॉक्टर पाँच हजार रुपए वापस करने लगा। मास्टर जी को बुरा लगा। वे बोले, "रुपए वापस नहीं चाहिए। पाँच हजार का घाटा क्यों उठाऊँ। एग्रीमेण्ट डबल डिलीवरी के पैकेज का हुआ था। पेमेण्ट भी उसी हिसाब से किया था। पाँच हजार अपने पास रख, हजार-पाँच सौ और चाहिए तो बोल, मगर पैकेज के हिसाब से बच्चा एक नहीं दो लूँगा।"

डॉक्टर परेशान था। मास्टर को पैकेज का अर्थ समझाया और फिर बताया, "डिलीवरी सिंगल हो या डबल, इसमें डॉक्टर का कोई रोल नहीं है। ऊपर वाले की कृपा है, तुम्हारा मुकद्दर।"

अस्पताल में यदि पैकेज न होता तो बैठे-बिठाए मास्टर को नकद पाँच हजार का घाटा न होता। मास्टर जी तभी से कभी अपने मुकद्दर को तो कभी अस्पताल के पैकेज को कोस रहे हैं।

कैसी अजीब बात है, घर में पैकेज, होटल में पैकेज, हॉस्पिटल में पैकेज। पैकेज संस्कृति न हुई सांस्कृतिक राष्ट्रवाद हो गया। जहाँ देखो उसी की रामधुन।

अरे गजब हो गया, पैकेज का फ्ल्यू अब तो राजनीति में भी संक्रमित हो गया! पाँच एमपी लाओ एक राज्य मन्त्री पद ले जाओ। एमपी दस खर्च करोगे तो कैबिनेट मन्त्री पद पाओगे। जेब में बीस हों तो एक कैबिनेट, एक उप और एक राज्य मन्त्री पद दूसरी जेब में रख घर ले जाओ। एमपी की संख्या पाँच से कम है तो भी चलेगा, मगर मन्त्री पद बिना विभाग का मिलेगा।

कभी-कभी सोचता हूँ और पैकेज संस्कृति के जनक का हृदय से धन्यवाद करता हूँ। मेरे हाथ में यदि नोबेल प्राइज होता तो एक प्राइज पैकेज जनक को अवश्य देता। क्योंकि पैकेज संस्कृति हमारी अर्थ व्यवस्था को सुदृढ़ कर रही है। सरकारों को स्थायित्व प्रदान कर रही है, राजनीति को गति प्रदान कर रही है।

जब से पैकेज संस्कृति का फण्डा दिमाग में खुला है, तबसे कोई भी घोटाला

घोटाला-सा नहीं लग रहा है। हर्षद से लेकर तेलगी भाई तक के हर घोटाले में पैकेज संस्कृति का ही प्रतिबिम्ब नजर आ रहा है। तेलगी भाई ने मन्त्री-सन्तरियों के सामने आकर्षक पैकेज पेश किया, तभी तो मार्केटिंग पर कानी कौड़ी खर्च किए बिना ही अरबों का व्यापार किया। हर्षद पैकेज आकर्षक न होता तो कुबेर उसके घर पानी न भरता।

21वीं सदी अर्थ और संस्कृति का पुनर्जागरण काल है। तरह-तरह के घोटाले व पैकेज स्कीम ने अर्थ व संस्कृति के क्षेत्र में इस सदी ने नए आयाम स्थापित किए हैं, क्रान्तिकारी परिवर्तन किए हैं।

अब तो लगता है, 22वीं सदी के आते-आते दोनों क्षेत्रों में आमूलचूल परिवर्तन का बिगुल बज जाएगा और तब पैकेज संस्कृति राजनीति, घर, होटल व हॉस्पिटल से निकलकर मरघट तक पहुँच जाएगी। तब मुन्नालाल की यही कामना होगी काश पिताश्री व माताश्री दोनों की आत्माएँ एक साथ ही परमात्मा में लीन हो जाय और अन्तिम संस्कार पैकेज का लाभ मिल जाए।

मृत्यु का अर्थशास्त्र

चचा मुसद्दीलाल एक अर्से से किसी असाध्य रोग से पीड़ित हैं। गली-मुहल्ले के डॉक्टर जवाब दे चुके हैं। चचा स्वयं भी इस नश्वर संसार को जवाब देने की स्थिति में पहुँच गए हैं अर्थात् उनका जीवन अन्तिम चरण में है। पुत्र मुन्नालाल ने हैसियत के मुताबिक पिता की दवा-दारू में कोई कसर बाकी नहीं रखी, मगर क्या किया जाए जब ईश्वर को कुछ और ही मंजूर है।

पीड़ित मुसद्दीलाल एक दिन पुत्र मुन्नालाल से बोले, "मुन्ना एक काम कर, मुझे किसी सरकारी अस्पताल में भर्ती करा दे।"

पिता की बात सुन अपनी हैसियत और भीड़ भरे सरकारी अस्पतालों के दृश्य उसके सामने एक साथ उभर आए और वह कसमसाकर रह गया। उसने पिता की बात का कोई जवाब नहीं दिया। बस मन ही मन अपने को धिक्कारा, काश! कोई मन्त्री-सन्तरी उसकी भी जान-पहचान का होता और वह भी अपने पिता की अन्तिम इच्छा पूरी कर पाता।

दो-तीन दिन बीत जाने के बाद चचा मुसद्दीलाल ने अपनी इच्छा पुनः व्यक्त की। अपनी एलआईजी हैसियत और पिता के दुराग्रह के कारण शालीनता के सभी बन्धन तोड़ मुन्नालाल बोला, "सरकारी अस्पताल में भर्ती होना चाहते हो, अभी भी अपने को तहसीलदार समझ रहे हो। जिन्दगी के अन्तिम चरण में भी विलासिता के ख्वाब देख रहे हो।"

पुत्र के मधुर वचन सुन मुसद्दीलाल की आँखें भर आईं और मन ही मन अपने आप को धिक्कारा, "सरकारी अस्पताल का इलाज भी विलासिता! क्या जमाना आ गया है?"

मृत्यु शैया पर पड़े पिता के साथ दुर्व्यवहार का किस्सा पूरी कालोनी में चर्चा का विषय बन गया। लोक-लाज वश वृद्ध माता-पिता की सेवा करनेवाले सुपुत्रों ने भी मुन्नालाल को धिक्कारा तो ऐसे सुपुत्र भी आलोचना करने में पीछे नहीं रहे, जो पुण्य प्राप्त करने के आध्यात्मिक स्वार्थ के वशीभूत सेवा करना अपना परम-धर्म मानते हैं। और तो और ऐसे लोगों ने भी मुन्नालाल को खूब लानत-मलामत देकर अपनी गिनती सुपुत्रों में करा ली, जिन्होंने अपने माता-पिता को जीते-जी एक गिलास पानी भी कभी अपने हाथ से नहीं पिलाया। हाँ, मृत माता-पिता की आत्मा उन्हें

परेशान न करें, इस भय से मुक्त रहने के लिए वे उनका श्राद्ध करना कभी नहीं भूले।

खैर बात उड़ते-उड़ते मुसद्दीलाल के मित्र चिन्तादास के पास पहुँची और लानत-मलामत देने के लिए उसने मुन्नालाल को तलब किया। चिन्तादास ने मुन्नालाल को पुत्रधर्म समझाया, पितृ भक्ति से ओतप्रोत पौराणिक कहानी सुनाई और लानत-मलामत दी और अन्त में पिता को अस्पताल में भर्ती कराने की आदेशात्मक सलाह दी।

चिन्तादास के वचन सुन मुन्नालाल बोला, "चचा! तुम्हीं बताओ, कोई कोर-कसर छोड़ी है, उनके इलाज में, मगर वे तो सोचते हैं, आज भी वैसा ही जमाना है, जैसा उनकी तहसीलदारी के समय था।"

भीगी पलकों के साथ मुन्नालाल आगे बोला, "चचा सरकारी अस्पताल अब कोई खाला का घर नहीं कि जब चाहो मेहमानदारी में चले जाओ। भर्ती कराने के लिए कम से कम स्वास्थ्य मन्त्री की सिफारिश तो चाहिए ही, कहाँ से लाऊँ?"

मुन्नालाल की चिन्ता चिन्तादास को भी उचित लगी और हमें भी। सरकारी अस्पतालों में अब या तो नेता आराम फरमाने जाते हैं अथवा ऐसे भाई लोग जेल की हवा में जिनका दम घुटता है। आम आदमी तो हाथ में दवा की पर्ची थामे बस तारीख पर तारीख ही भुगतता रहता है और तब तक भुगतता रहता है, जब तक कि ऊपर वाले की अदालत उसके मुकदमे का अन्तिम फैसला न सुना दे।

मुन्नालाल करता भी तो क्या करता, वह जानता है कि शहर में अमन-चैन कायम रखने के लिए पुलिस वाले वारदात दर्ज नहीं करते और मृत्यु दर में गिरावट लाने के परम उद्देश्य की प्राप्ति हेतु सरकारी अस्पताल वाले ला-इलाज मरीज को भर्ती नहीं करते। फिर इस हालात में उसके पिता को कोई क्यों भर्ती करेगा?

दरअसल सरकारी अस्पताल वाले बड़े ही दयालु किस्म के जीव होते हैं। वे नहीं चाहते हैं कि कोई भी व्यक्ति सड़-सड़कर अस्पताल में मरे, अच्छा यही है कि वह अपने परिजनों के बीच चैन से मृत्यु को प्राप्त हो। यही वजह है कि मरीज को जीवन के अन्तिम पायदान तक पहुँचाने का अनुष्ठान पूर्ण कर उसे अस्पताल से घर भेज दिया जाता है, ताकि वह शास्त्रानुसार मृत्यु को प्राप्त हो सके।

हाँ, मृत्यु का भी अपना शास्त्र होता है, अर्थशास्त्र! जो व्यक्ति निजी पंचतारा अस्पतालों की सुन्दर नर्सों की बाँहों में मृत्यु का वरण करते हैं, वे एचआईजी मृत्यु को प्राप्त होते हैं। सरकारी अस्पतालों के नकचढ़े वार्ड ब्वॉय व नर्सों के प्रवचन सुनते-सुनते इस नश्वर शरीर का त्याग करने वाले मनुष्य एमआईजी मृत्यु को प्राप्त होते हैं और आँखों में अस्पताल सुख का सपना सँजोए-सँजोए घर के एक कोने में बिछी खटिया पर प्राण त्यागने वाले प्राणी एलआईजी मृत्यु को प्राप्त होते हैं।

ईडब्ल्यूएस मृत्यु को प्राप्त होने वाले मनुष्य महानगरों की सड़क के किनारे पटरियों पर दम तोड़ने का सुख प्राप्त करते हैं।

मृत्यु के इस आधुनिक अर्थशास्त्र को ध्यान में रखते हुए ही शायद ओशो ने कहा है, ''पचास की अवस्था प्राप्त करने के बाद मनुष्य को मृत्यु की तैयारी करनी चाहिए।'' हाँ, मृत्यु की तैयारी करनी चाहिए, ताकि वह किसी पंचतारा अस्पताल में एचआईजी मृत्यु को प्राप्त हो सके।

गर्दभ तत्त्व का पलायन

ब्रिटिश उच्चायोग पर गधों का जमघट लगा था। रंग-बिरंगे, नर-मादा, छोटे-बड़े अर्थात् सभी तरह के गधे वहाँ एकत्र थे। कुछ साढ़े तीन टाँग पर खड़े थे तो कुछ चारों टाँगों से धरती पकड़ इंग्लैण्ड के डेवान स्थित 'स्लेड फार्म डंकी सैंचुरी' की कल्पना में मस्त थे। कुछ गधे आसमान की तरफ थूथड़ी उठाए भविष्य में ही सही 'सुखद अहसास' प्राप्त होने के लिए रामजी से कामना कर रहे थे। कुछ बतिया भी रहे थे और कुछ हँसी-मजाक करने में मशगूल थे, मगर थे सभी पंक्तिबद्ध यानी अनुशासन में। दरअसल गधे ही अनुशासन प्रिय होते हैं, अर्थात् अनुशासन गर्दभ प्रवृत्ति है।

उच्चायोग कार्यालय के बाहर हरे-भरे मैदान देखकर गर्दभ शावकों की जीभ में जल-संचार हुआ, लेकिन सरपंच पालू ने उनकी मंशा तोड़ते हुए डपटा, "नहीं, नहीं! दूसरे की हरी घास देख जीभ से जल स्राव इनसानी आदत है, गधों की नहीं। परायी थाली का बैंगन देख हम नहीं, इनसान आकर्षित होते हैं। खबरदार! परायी घास में मुँह मारकर गर्दभ गरिमा को ठेस पहुँचाई तो।"

देश-भर के तमाम गधे ब्रिटिश उच्चायोग पर जमा हैं, यह खबर प्रदूषण की तरह तमाम शहर में फैल गई। कुछ तमाशाई इच्छा से तो कुछ जिज्ञासाई स्वभाव के कारण शहर के कोने-कोने से इनसान वहाँ पहुँचने लगे। देश, विदेश-परदेश का तमाम मीडिया भी अपने साजो-सामान के साथ वहाँ उपस्थित था। देखते-देखते ब्रिटिश उच्चायोग का मैदान प्रगति मैदान बन गया।

भाँति-भाँति के मीडिया कर्मी भाँति-भाँति के सवाल पूछ रहे थे। परम्परा का पालन करते हुए इलेक्ट्रॉनिक मीडिया वालों का पहला सवाल था, "आप कैसा महसूस कर रहे हैं?"

मौका-ए-वारदात भले ही किसी किस्म की हो। दुर्घटना में घायल जीवन-मृत्यु के हिंडोले में झूल रहा हो अथवा उस अवस्था को पार कर मृत्यु का वरण कर चुका हो, अपनी परम्परा का निर्वाह करते हुए इलेक्ट्रॉनिक मीडिया के साहसी संवाददाता पहला प्रश्न बस यही करते हैं, "आप कैसा महसूस कर रहे हैं?"

प्रिंट मीडिया के संवाददाता गधों के इरादे भाँपने में जुटे थे।

अगले दिन सुबह देश के तमाम समाचार पत्र गर्दभ सन्दर्भ से चकाचक थे।

गधों में जाग्रत पलायन प्रवृत्ति पर चिन्ता व्यक्त करते हुए कुछ समाचार पत्रों में सम्पादकीय भी लिखे और सरकार को नसीहत देते हुए गधों में उत्पन्न इस प्रवृत्ति को देश के लिए घातक बताया तो किसी ने इसे मौजूदा लोकतान्त्रिक व्यवस्था के खिलाफ आक्रोश कहा।

समाचार पत्र पढ़कर नगरवासियों को पहली बार यह अहसास हुआ कि राजनीति, अपराध और सेक्स से भिन्न विषय भी समाचार हो सकते हैं, उन पर भी सम्पादकीय लिखे जा सकते हैं।

राजधानी स्थित उच्चायोग के अधिकारियों ने विस्फोटक यह समाचार अपनी सरकार तक पहुँचाया। सरकार ने आपात् बैठक बुलाई। भारतीय गधों को वीजा दिया जाना चाहिए अथवा नहीं, इस अहम मुद्दे को लेकर बैठक में चर्चा हुई।

गधों के नाम पर कुछ ने नाक-भौं सिकोड़ी तो कुछ ने 'गधत्व' का बखान करते हुए वीजा देने की वकालत की।

वीजा देने के पक्षधर सदस्यों का कहना था कि ब्रिटेन में घोड़े तो हैं, मगर गधों का अभाव है। थोड़े-बहुत जो थे वे इराक में खप गए और कुछ अमेरिका के होकर रह गए। इराक के लिए हमें अभी भी काफी गधों की आवश्यकता है। देश में थोड़े-बहुत जो गधे बचे हैं, खेद का विषय है कि उनमें गधत्व का लोप होता जा रहा है। गधों की कमी के कारण शासन का काम-काज बाधित हो रहा है, अतः भारतीय गधों का स्वागत किया जाना चाहिए।

नाक-भौं सिकोड़ने वाले सदस्यों ने कहा भारतीय गधे डेवान के रिटायर्ड आश्रम 'स्लेड फार्म डंकी सैंचुरी' में रहने के लिए आना चाहते हैं। उन्हें वीजा देकर हम अपने रिटायर्ड गधों का हक मारेंगे।

वीजा समर्थकों ने कहा, नहीं! हमारे गधों की तरह भारतीय गधे रिटायर अवस्था को शीघ्र प्राप्त नहीं होते हैं। वे श्रमशील हैं, रिटायर्ड एज में भी एड़ियाँ घसीटते रहते हैं।

प्रत्येक गधा अपने साथ कम से कम एक युवा गधा अवश्य लाएगा तभी वीजा दिया जाएगा, यह शर्त अनिवार्य रूप से लागू की जा सकती है। इस प्रकार हम अपना हित भी पूरा कर लेंगे और जीव प्रेमी भी कहलाएँगे। अतः भारतीय गधों के आगमन का स्वागत करते हुए उन्हें वीजा उपलब्ध कराया जाना चाहिए।

वीजा समर्थकों की राय मानते हुए प्रधानमन्त्री ने भारतीय गधों के लिए ब्रिटेन के द्वार खोलने का सन्देश भारत स्थित अपने उच्चायुक्त के पास भिजवा दिया।

भारत सरकार के कान पर भी जूँ रेंगी। खास बात यह नहीं है कि जूँ रेंगी। विशेष बात यह थी कि सरकार ने उनकी चहलकदमी महसूस की। जूँएँ अपने कर्तव्य के प्रति तनिक भी लापरवाह नहीं हैं। मसला यदि कान पर रेंगने के स्तर का है तो वे अवश्य रेंगती हैं, मगर उनके रेंगने की सार्थकता निर्भर करती है, सरकार

की महसूसीकरण शक्ति पर। मगर इस मामले में सरकार ने महसूस किया, क्योंकि देश की अस्मिता से जोड़ते हुए गर्दभ पलायन के इस मुद्दे को विपक्ष ने लपक लिया था।

मन्त्रिमण्डल की आपात् बैठक बुलाई गई। बैठक में चिन्ता व्यक्त करते हुए प्रधानमन्त्री ने कहा, "गधों के पलायन को हमें गम्भीरता से लेना चाहिए। यह केवल पलायन नहीं गधों में जागृति उत्पन्न होने के संकेत हैं। गधों में जागृति लोकतन्त्र के लिए खतरा है। यह रास्ता क्रान्ति की ओर जाता है। इस रास्ते में अवरोध खड़े किए जाने चाहिए।"

मानव संसाधन मन्त्री ने कहा, "गधों में उत्पन्न जागृति को यदि नहीं दबाया गया तो मानव संसाधन का एक बड़ा हिस्सा हाथ से निकल जाएगा। कोई भी राष्ट्र गधों के बिना तरक्की नहीं कर सकता।"

प्रधानमन्त्री बोले, "क्योंकि यह मसला राष्ट्र की अस्मिता से जुड़ा है, इसलिए सभी राजनीतिक दलों को विश्वास में लिया जाना चाहिए।"

और इसी के साथ सर्वदलीय बैठक बुलाने का प्रस्ताव सर्वसम्मति से पारित हो गया।

सर्वदलीय बैठक आयोजित की गई। चर्चा का विषय सुनकर सभी दलों के नेता अपनी-अपनी दाढ़ी खुजलाने लगे, क्योंकि मसला दिहाड़ी का था।

राष्ट्रवादी नेता ने अपनी रीढ़ टटोलते हुए कहा, "गधों का पलायन सरकार की मिलीभगत से हो रहा है, क्योंकि यह सरकार इस देश से मेहनत, ईमानदारी, निष्ठा व विश्वास जैसे नैतिक मूल्यों को नेस्तनाबूत कर देना चाहती है। यह गधों का नहीं, उन नैतिक मूल्यों का पलायन है, जिनका थोड़ा-बहुत अस्तित्व इन गधों के कारण ही शेष है। चरित्रवान ऐसे चन्द गधों के कारण ही तो यह देश टिका है। इस देश के सभी गधे पलायन कर गए तो शुचिता, समरसता और पारदर्शिता के हमारे सिद्धान्त का क्या होगा? फिर तो सांस्कृतिक राष्ट्रवाद का सिद्धान्त भी गर्त में चला जाएगा। संस्कृति और राष्ट्र जैसी अवधारणा को गधे ही तो ढो रहे हैं। यह ब्रेनड्रेन है, इसे तुरन्त रोका जाना चाहिए।"

लेबर पेन से पीड़ित महिला की तरह मुँह बनाते हुए साम्यवादी नेता बोले, "यह ब्रेनड्रेन नहीं, लेबर ड्रेन है। श्रम के मूल्य को जानिए। यह गधों का पलायन नहीं सर्वहारा वर्ग का पलायन है। सर्वहारा ही तो हमारे साम्यवाद का मूलाधार है। सर्वहारा वर्ग ही यदि इस देश से समाप्त हो गया तो साम्यवाद का हमारा स्वप्न अधूरा रह जाएगा। अतः किसी भी तरह सर्वहारा वर्ग के पलायन पर रोक लगाई जानी चाहिए।"

गणेशी तोंद पर परिक्रमाई दोनों हाथ फिराते हुए समाजवादी नेता बोले, "देश से गधों के समाप्त हो जाने का अर्थ है समाजवादी अवधारणा की अकाल मृत्यु।

इन्हीं के बल पर तो हमारी समाजवादी गोटी लुढ़क रही है। गधे ही यदि यहाँ से पलायन कर गए तो हमें अपनी समाजवादी दुकान पर ताले डालने ही होंगे।''

मिश्रित अर्थव्यवस्था की प्रतीक अर्द्ध-गंज चाँद पर हाथ फेरते हुए मिश्रित सरकार की नुमाइंदगी करनेवाले नेताजी बोले, ''सवाल न केवल सांस्कृतिक राष्ट्रवाद, साम्यवाद अथवा समाजवाद का है, मुख्य सवाल कुर्सी का है। गधों में जिस तरह से जागृति के बीज पनप रहे हैं, हमारी कुर्सी को खतरा पैदा हो रहा है। इन गधों के सहारे ही तो आज हम सत्ता की कुर्सी पर विराजमान हैं। मतदान घोड़े नहीं गधे करते हैं। अतः राष्ट्र की अस्मिता की खातिर इस देश में गधों का होना परम आवश्यक है, इसलिए किसी भी कीमत पर उनका पलायन रोका जाना चाहिए। नहीं तो इस देश का महान लोकतन्त्र खतरे में पड़ जाएगा।''

स्व विकास का नारा देते हुए नेताजी आगे बोले, ''स्व विकास ही राष्ट्र विकास है। गधों की मेहनत के बल पर ही तो हमारा विकास हो रहा है और हमारे विकास का सीधा सम्बन्ध राष्ट्र के विकास से है। राष्ट्र का विकास रुक जाए, इसे कतई बरदाश्त नहीं किया जा सकता। घोड़े तो केवल अस्तबलों की शोभा हैं, ईमानदारी के साथ मेहनत तो गधे ही करते हैं। अतः किसी भी सूरत में गर्दभ पलायन रोका जाना चाहिए।''

सभी दलों ने विभिन्नता में एकता का परिचय देते हुए प्रस्ताव पर अपनी सहमति व्यक्त की। राजनीतिक दलों में ऐसी एकता तभी दिखलाई पड़ती है, मामला जब 'स्व' से जुड़ा हो यानी दाढ़ी-दिहाड़ी से जुड़ा हो।

बैठक में यह तय किया गया कि अब गधों को बाप बनाने का वक्त आ गया है, इसलिए उन्हें मालपुए व हलवा-पूरी खिलाई जाएँ। उनके पुनर्वास के लिए प्रधानमन्त्री व राष्ट्रपति कोषागार के दरवाजे खोल दिए जाएँ। सर्वदलीय प्रतिनिधिमण्डल उनसे मिलने जाए और जैसे भी हो उन्हें देश में ही रहने के लिए राजी किया जाए।

सर्वदलीय प्रतिनिधिमण्डल ब्रिटिश उच्चायुक्त पहुँचा। गधों के सरपंच पालू से मिला और चरणागत हो पलायन छोड़ पालन के लिए 'आ अब लौट चलें' की तर्ज पर घर लौटने के लिए विनती की।

पालू बोला, ''श्रीमान मेरा नहीं, समूची बिरादरी का फैसला है।''

बिरादरी का फैसला बदलने के लिए उसके सामने नोटों से भरा ब्रीफकेस खोल दिया गया।

ब्रीफकेस और नोट देख पालू ने अपनी पूँछ के केश हवा में लहराए और गर्दभ भाव से बोला, ''श्रीमान हम गधे हैं, राजनीति के व्यापारी नहीं।''

गर्दभ कल्याण के लिए मन्त्रालय व पुनर्वास योजना बनाने और वरिष्ठ गर्दभ आश्रम स्थापित करने का आश्वासन दिया।

पालू ने फिर गरदन हिला दी और कहा, "हुजूर हमें हमारे हाल पर जीने दीजिए। हम गधे हैं, गधे ही रहनें दें। हमें घोड़ा नहीं बनना। मैं बिरादरी का फैसला नहीं बदल पाऊँगा।"

गधों की कमजोर नस पर हाथ रखते हुए राष्ट्रवादी दल के नेता बोले, "पालू, भाई! केवल तुम्हारा या तुम्हारी बिरादरी का ही नहीं है, असल सवाल राष्ट्र के अस्तित्व का है। तुम चले जाओगे तो लोकतन्त्र पर सवालिया निशान लग जाएगा, राष्ट्र का अस्तित्व खतरे में पड़ जाएगा। अपनी मातृभूमि को बिलखता छोड़कर न जाओ, भाई!"

मातृभूमि और राष्ट्र का हवाला सुन पालू की आँखें नम हो गईं और आँसू की दो बूँद आँख से निकल थूथड़ी पर चिपक गईं। पालू ने थूथड़ी रामजी की तरफ उठाई और कुछ बोला। वीजा की लाइन में लगे सभी गधे ब्रीफकेस को लाँघ अपने-अपने ठिकानों की तरफ चल दिए। ठिकाने पर पहुँचते ही उनके पैरों में राष्ट्र-भक्ति और नैतिकता का फन्दा पुनः डाल दिया गया।

मुन्नालाल का लोक-तन्त्र

मुन्नालाल शहर की गिनीचुनी उन नाक में से एक लम्बी नाक है, जिन पर नाज किया जाता है। राजनीति का मर्मज्ञ मुन्नालाल ने राजधानी दर्शन के नाम पर शायद ही कभी यमुना पार कर यमुनापार से आगे कदम बढ़ाया हो, मगर प्रधानमन्त्री क्या किसी भी नेता के क्रियाकलाप के किस्से ऐसे बयाँ करेगा कि आप अपनी उपस्थिति किस्से के नायक के बेडरूम में महसूस करेंगे। अर्थात् बाथरूम से लेकर बेडरूम तक का सजीव वर्णन। प्रधानमन्त्री ने नाक पर बैठी मक्खी उड़ाने के लिए अपना हाथ किस-किस कोण से घुमाया। मन्त्रिमण्डल में फेरबदल के लिए अपने निजी सचिव को जब इमला बोल रहे तो चेहरे पर किस तरह के भाव थे, कितनी बार नाक से ऐनक उतारी कितनी बार साफ की, कितनी बार कान खुजलाया और कितनी बार नाक अर्थात् नख-शिख सजीव वर्णन। कल्पना साकार करने व घटनाओं के प्रस्तुतीकरण की उसकी क्षमता मानो ईश्वर प्रदत्त थी। काश, मुन्नालाल पत्रकार होता, अति सफल कहलाता।

ईश्वर प्रदत्त मुन्नालाल की क्षमता से हम अतिप्रभावित हैं और इसी प्रभाव के प्रवाह में बहकर हमारी इच्छा सामान्य ज्ञान में वृद्धि करने की हुई और हम पूछ बैठे, ''क्यों चचा, राज तो अंग्रेजों का भी ठीक ही था, न इतनी हाय-तौबा, न लूटपाट और न इतना भ्रष्टाचार, फिर उन्हें भगाया क्यों?''

चचा बोले, ''बात तो ठीक कह रहे हो बरखुरदार! आम जनता के लिए तो फील गुड जैसा आज है, कल भी वैसा ही था। मगर नेताओं का विकास अवरुद्ध था। ससुर नेतागिरी नहीं चलने देते थे। जब से देश आजाद हुआ नेताओं का विकास दिन दूनी रात चौगुनी गति से वृद्धि को प्राप्त है। नेताओं के फील गुड में गुणात्मक परिवर्तन आया है। स्व विकास को गति प्रदान करने के लिए ही विदेशियों को अपनी जमीन से खदेड़ा और लोकतन्त्र की स्थापना की।''

''चचा ये लोकतन्त्र?''

चचा ने दाढ़ से तिनके की फाँस ऐसे निकाली, जैसे सत्ता पक्ष का कोई नेता लोकतन्त्र से लोक को माइनस कर रहा हो और फिर झटके के साथ बोले, ''मूर्खतन्त्र! जनता के नाम पर जनता के शोषण की व्यवस्था।''

''जनता का शोषण! क्या मतलब?''

"इतना भी नहीं समझते बरखुरदार! इतिहास गवाह है, शासक ने हमेशा ही शोषक की भूमिका निभाई है। अतः शोषण शब्द शासक का पर्याय है।"

"मगर चचा! जनता स्वयं ही ऐसे लोगों को क्यों चुनेगी, जो उसका शोषण करें?"

"हमने कहा ना, जनता नहीं चुनती जनता के नाम पर चुने जाते हैं। अलग-अलग खेमों से चार पहलवान खड़े कर दिए जाते हैं और जनता से कहा जाता है, चुनाव करो इनमें से। उसमें भी बहुमत का ख्याल नहीं रखा जाता। चुनाव के आँकड़े उठाओ तो बहुमत विजेता के साथ नहीं पाओगे। फिर तुम्हीं बताओ जनता द्वारा चुनना कहा जाएगा? जनता चुनती तो उसके पास चुनने के लिए विकल्प होता और वापस बुलाने का अधिकार भी।"

"अच्छा चचा यह बताओ कि चुनाव के समय तन्त्र लोक के नजदीक क्यों आ जाता है और चुनाव के बाद दूर क्यों चला जाता है?"

गरदन को झटका देकर चचा बोले, "बरखुरदार यही तो लोकतन्त्र है। यह सब हाइफन का खेल है, बरखुरदार, सत्ता का हाइफन! लोक और तन्त्र के बीच जब सत्ता का हाइफन हट जाता है तब तन्त्र लोक के नजदीक आ जाता है और 'लोकतन्त्र' निर्मित हो जाता है। चुनाव के उपरान्त दोनों के बीच सत्ता का हाइफन पाँव जमा लेता है और तब लोकतन्त्र 'लोक-तन्त्र' स्वरूप धारण कर लेता है।"

हमारा अगला सवाल था, "लोकतन्त्र में लोक प्रधान या तन्त्र?"

हमारा सवाल सुन चचा हँस दिए और फिर बोले, "मूर्ख! कभी इण्डिया गेट गए हो? वहाँ राजपथ और जनपथ का चौराहा देखा है। कभी सोचा है, राजपथ के ऊपर से जनपथ गुजर रहा है या जनपथ के ऊपर से राजपथ?"

चचा का जवाबी सवाल सुन हमारी स्थिति चौराहे पर चक्कर काटने जैसी हो गई और गहन चिन्तन-मनन कर हम बोले, "राजपथ के ऊपर से जनपथ।"

चौराहे-सी गोल-गोल आँखें घुमाते हुए चचा ने हमें घूरा, "मूर्ख! यदि ऐसा होता तो जनपथ से गुजरने वालों के लिए राजपथ के रास्तों पर बैरिकेड्स न लगा दिए जाते। अब समझे या और समझाएँ।"

चचा के साथ वार्तालाप के बाद गम्भीर भाव हमारे चेहरे पर काबिज हो गए। चचा की अनुभवी आँखों ने भाँप लिया और नसीहत से लबालब तसल्ली देते हुए बोले, "भतीजे, परेशान न हो! राजनीति शास्त्र का पठन-पाठन आम जन के लिए वर्जित है। 'सुखदुःखे समे कृत्वा, लाभालाभौ जयाजयौ।' जा, अपने काम-धन्धे में लग और फील गुड का जाप कर।"

21वीं सदी के अन्त तक सेक्स

प्रेम, जिसे आधुनिक सन्दर्भ में सेक्स कहना ज्यादा उचित रहेगा, 21वीं सदी के अन्त तक आवश्यक उपभोक्ता वस्तुओं की श्रेणी में शामिल हो जाएगा। उस दौर की पीढ़ी खाएगी सेक्स, पीएगी सेक्स और ओढ़ेगी-पहनेगी सेक्स। सम्भावना यह भी है कि रोटी, कपड़ा और मकान की तरह सेक्स शायद चुनाव घोषणा पत्र में भी महत्त्वपूर्ण स्थान प्राप्त कर ले।

इस प्रकार की सम्भावनाएँ महज कल्पना के आधार पर निर्मित नहीं कर ली गई हैं। वास्तव में पूत के पाँव पालने में नजर आ रहे हैं। मेरे सात वर्षीय पौत्र की दादी विशेष किसी अवसर पर जब कभी बन-ठन लेती है, तो उसे दादी सेक्सी नजर आने लगती है। दादी जब तक सेक्सी नजर न आए तब तक वह उसके साथ घर से बाहर कदम रखना मुनासिब नहीं समझता। दादी ही क्यों जन्मदिन पर उसे गिफ्ट भी सेक्सी ही चाहिए, पहनने के लिए कपड़े भी सेक्सी होने चाहिए। यहाँ तक कि पाठ्य पुस्तकें भी सेक्सी होनी चाहिए। यद्यपि वह सेक्स की वास्तविक परिभाषा से अभी तक अनभिज्ञ है, इसे मैं उसके सामान्य ज्ञान की कमजोरी मानता हूँ। फिर भी सभी कुछ उसे बस सेक्सी-सेक्सी चाहिए। उसका सामान्य ज्ञान पुष्ट करने के लिए मैं एक विशेष मीडिया ग्रुप का समाचार पत्र, रेडियो एफएम व रेडियो वेब उपलब्ध कराने के लिए चेष्टारत हूँ।

मेरा पौत्र ही क्यों समूचे विश्व के पौत्र सेक्स के प्रति काफी संवेदनशील दिखलाई पड़ रहे हैं। पौत्र पीढ़ी ने इस क्षेत्र में प्रगति भी काफी की है। गर्ल फ्रैण्ड-ब्वॉय फ्रैण्ड उनके जीवन का अभिन्न अंग बन गए हैं। सेक्स प्रदर्शन व उसकी चर्चा अब सार्वजनिक क्षेत्र का विषय बन गया है, अर्थात् सेक्स क्षेत्र में काफी पारदर्शिता आ गई है। थोड़ी-बहुत कमी यदि कहीं है तो बस सेक्स-कर्म में पारदर्शिता की। मुझे पूर्ण विश्वास है कि सदी के मध्य तक इस लक्ष्य को भी पूरा कर लिया जाएगा। तब सेक्स-कर्म के लिए एकान्त खोजने की जहमत नहीं उठानी पड़ेगी। वैसे भी सेक्स-कर्म जैसे नैसर्गिक कृत्य के लिए एकान्त की तलाश अपनी समझ कभी नहीं आई।

जरा गौर कीजिए अंग्रेज प्रजाति के लोग जो कभी अपने फर्नीचर को भी निर्वस्त्र रखना अनैतिक मानते थे और उनकी कुर्सी की टाँगें भी वस्त्रों से सुसज्जित

होती थीं। ऐसे विशुद्ध नैतिकवादियों की नारियाँ भी आज वस्त्र मुक्त रहना पसन्द करती हैं अर्थात् सेक्स के प्रति उन्मुक्त भाव रखती हैं।

अमेरिकी एक टीवी चैनल का एक कार्यक्रम पूर्ण समर्पण भाव से सेक्स के प्रति समर्पित है। उस कार्यक्रम के तहत अल्पायु मादाएँ अपने बहुनर यौन सुख अनुभवों से दर्शकों को लाभान्वित कराती हैं। उसके बाद अगले सप्ताह के कार्यक्रम में बहुनर यौन सुख से प्राप्त उनकी सन्तानों के सम्भावित पिता प्रस्तुत किए जाते हैं। इस तथ्य की खोज करने के लिए कि भाग्यशाली सन्तान का भाग्यशाली पिता आखिर है कौन? है, ना! मनोरंजक के साथ-साथ कितना शिक्षाप्रद कार्यक्रम। आवश्यक उपभोक्ता वस्तुओं की श्रेणी में सेक्स शामिल किए जाने की दिशा में इस प्रकार के कार्यक्रम को बढ़ते कदम के रूप में ही देखा जाना चाहिए।

इसी दिशा में कदम बढ़ाते हुए जर्मन के बैंकों ने उपभोक्ताओं को सेक्स उपलब्ध कराना शुरू कर दिया है। वहाँ अब बैंकों के माध्यम से आप सेक्स खरीद सकते हैं, पिकनिक पर जाना हो या प्रेमिका को सेक्सी कोई गाना सुनाना हो सम्बद्ध सभी सेक्सी सुविधाएँ बैंक उपलब्ध कराएगा।

सेक्स उपभोक्ताओं की सुविधा के लिए प्रगतिशील उस योजना में भविष्य के सेक्सी स्वरूप के दर्शन कर रहा हूँ। कोस रहा हूँ अपने देश के बैंकों को जो सेक्स प्रधान इस युग में भी केवल घोड़ा-गाड़ी और मकान जैसे द्वितीय श्रेणी की सामग्री पर ऋण उपलब्ध कराकर ही अपने आपको उपभोक्ताओं का हित चिन्तक मान रहे हैं।

अब तो सेक्स राजनीति में भी काफी महत्त्वपूर्ण हो गया है, इसलिए जर्मन के बैंकों का अध्ययन करने के लिए सरकारी स्तर पर एक प्रतिनिधि मण्डल शीघ्र ही वहाँ भेजा जाए और अपने देश के बैंकों में भी इस प्रकार की सेक्सी सुविधाएँ शुरू की जाएँ। ताकि युवा अवस्था में हमारे-तुम्हारे पौत्रों को किसी प्रकार का अभाव और हमें खेद न व्यक्त करना पड़े।

अपना देश भी इस दिशा में काफी लम्बे-लम्बे कदम बढ़ा रहा है। बॉलीवुड ने जहाँ केवल शाहरुख और सेक्स ही प्रमुखता से बिकते हैं, इस क्षेत्र में कई मानक स्थापित किए हैं। अभिनेत्री महिमा जैसी अनेक तारिकाओं की महिमा तो है ही सेक्स के कारण। जिस फिल्म में सेक्स-कर्म प्रदर्शन न हो वह बाक्स ऑफिस पर हिट ही नहीं होती। धन्य हैं हमारे फिल्मकार जो अपने-अपने तरीके से इस महान कार्य की प्रगति में अपना सक्रिय सहयोग दे रहे हैं। सेक्स व्यापार के बढ़ते पवित्र चरणों की आहट भी इस धारणा की पुष्टि करता है कि 21वीं सदी के अन्त तक सेक्स आवश्यक उपभोक्ता वस्तुओं की श्रेणी में शामिल हो जाएगा।

सेक्स वर्कर्स को लाइसेंस प्रदान करने के पवित्र विचार को भी इसी सन्दर्भ में देखा जाना चाहिए। ऐसा करने से इस व्यवसाय को वैधानिक मान्यता तो प्राप्त

हो ही जाएगी साथ ही एक व्यवस्था भी कायम होगी। मेरा मानना है कि आज नहीं तो कल सेक्स को आवश्यक उपभोक्ता वस्तु अधिनियम के दायरे में लाना ही पड़ेगा और तब लाइसेंस प्रणाली उसमें सहायक सिद्ध होगी।

मेरा एक सुझाव है, जब हम लाइसेंस देने पर विचार कर ही रहे हैं, तो आदिकाल से चले आ रहे विशुद्ध लाभ के इस व्यवसाय को उद्योग का दर्जा भी क्यों न प्रदान कर दें। इसके अध्ययन के लिए आस्ट्रेलिया का दौरा किया जा सकता है। आस्ट्रेलिया एक उद्यमी ने अपने वेश्यालय को बाकायदा एक औद्योगिक संस्थान के रूप में विकसित किया है। उस संस्थान के शेयर मार्केट में जारी किए जाते हैं। शेयर धारकों को लाभांश दिया जाता है।

आस्ट्रेलिया की बात छोड़िए, हमारे देश में ही यह व्यवसाय जिस प्रकार से अपनी जड़ों का विस्तार कर रहा है, उसे देखते हुए उद्योग का दर्जा प्रदान करने में किसी को कोई आपत्ति नहीं होनी चाहिए। लघु उद्योग से शुरू होकर यह व्यवसाय आज बहुराष्ट्रीय हो गया है। विदेशी पूँजी निवेश के तहत विदेशी बालाएँ यहाँ आकर अपना व्यवसाय जमा रही हैं। वैसे भी अपनी सन्तान के प्रति हमारा कुछ तो उत्तरदायित्व बनता ही है। सेक्स व्यवसाय के विकास में योगदान प्रदान कर ही सरकारी, गैर सरकारी संस्थाएँ अपने दायित्व का निर्वाह करें और आनेवाली सदी के बारे में विचार करें।

मेंढक-झींगुर-नेता

हे आचार्य! इस बार मानसून जी अति कृपावान क्यों? महावृष्टि का कारण क्या है? जल-थल एकाकार क्यों हो रहे हैं? झुण्डों के रूप में मेंढक मन्थन करते दृष्टिगोचर हो रहे हैं और झींगुर चिन्तन करने में व्यस्त, जीवों में अचानक यह परिवर्तन क्यों?

हे महाभावो! काले-कलूटे मेघ देख-देख मेरे मन में शंका-आशंका व भय ऐसे जमा हो रहे हैं, जैसे मिंटो ब्रिज तले वर्षा जल।

प्रभु! मेरी शंका-आशंकाओं का तुरन्त निस्तारण कर मुझे भय मुक्त करने की कृपा करें।

मुन्नालाल के वर्षा जल से भीगे वचन सुन आचार्य श्री का हृदय ऐसा भीगा जैसे ओस की बूँदों से कद्दू के चिकने पात। आचार्य ने प्राणायाम की तर्ज पर लम्बी साँस खींची और फिर वेग के साथ वायुमण्डल में प्रसारित करते हुए बोले, ''मुन्नालाल! शायद आज तू मानस के किष्किन्धा-काण्ड का पाठ कर मेरे पास आया है, तभी तो वर्षा ऋतु का श्रृंगार रस तेरे मन पर छाया हुआ है। श्रृंगार रस के साथ-साथ हृदय में विरह रस का जाग्रत होना भी स्वाभाविक है और तेरे मन में भय व शका-आशंकाओं का यह प्रवाह विरह रस का ही मधुर परिणाम है। मन की ऐसी अवस्था गूढ़-ज्ञान के अनुकूल मानी जाती है, क्योंकि इस अवस्था में मन, बुद्धि और हृदय के समूचे द्वार खुले रहते हैं। अतः हे पुत्र! मौसम विज्ञान के कुछ गूढ़ रहस्य आज तुझे समझाता हूँ।

वत्स, मुन्नालाल! आकाश में गर्जन करते ये काले-काले मेघ जो तू देख रहा है, वे मानसून के नहीं हैं, क्योंकि गरजने वाले मेघ कभी बरसते नहीं हैं। काले मेघों के पीछे छिपे केवल भूरे रंग के हल्के-हल्के मेघ ही मानसून के हैं। मानसून के बादल संकट के बादल कदापि नहीं हुआ करते, वे तो सृष्टि में जीवन का संचार करते हैं और उनमें जल-थल को एकाकार करने की भी सामर्थ्य नहीं होती।

तेरे भय व शंका-आशंकाओं के आधार ये काले मेघ मानसून के नहीं चुनाव के हैं। साहित्य में ऐसे ही मेघ संकट के बादल कहे गए हैं। चुनाव के मेघ जब राजनीतिक क्षितिज पर छाने लगते हैं, तब हे, वत्स! इन्द्र के समान सत्ताधारी नेताओं को अपने-अपने सिंहासन डोलते नजर आने लगते हैं।

तब कुर्सी विरह के भय से भयभीत सत्ताधारी नेता आकाश की ओर मुख कर गाने लगते हैं–

'घन घमंड नभ गरजत घोरा। कुर्सी हीन डरपत मन मोरा ॥'

प्रिय, मुन्नालाल! सत्ताधारी नेताओं के लिए चुनावी मेघ वास्तव में संकट के ही बादल हैं। सन्निकट संकट से निपटने के लिए उनका दल चिन्तन की मुद्रा में आ जाता है।

वत्स, जिन्हें तू झींगुरों के झुण्ड समझ रहा है, वास्तव में वह चिन्तन शिविर का दृश्य है, जहाँ नेता भविष्य की रणनीति निर्धारण के लिए चिन्तन करने में व्यस्त हैं।

प्रिय वत्स, सुन! इसके विपरीत सत्ता विहीन नेताओं के लिए चुनावी मेघ सुखद प्रतीति के सन्देश वाहक हैं।

''लछिमन देखु मोर घन, नाचत, बारिद पेख' वे ऐसे ही नाच उठते हैं, जैसे मेघ देखकर मोरों के झुण्ड। आकाश मार्ग पर चुनावी मेघों के पदचाप की आहट मात्र से ही ऐसे नेता सुषुप्तावस्था त्याग जनता के मध्य उसी प्रकार दृष्टिगोचर होने लगते जिस प्रकार वर्षा ऋतु में उभयचर पृथ्वी पर नजर आने लगते हैं।

'दादुर धुनि चहु दिसा सुहाई, बेद पढ़हिं जनु बटु समुदाई' और हे वत्स! वर्षा ऋतु में जिस प्रकार मेढकों की टर्र-टर्र ऐसी लगती है, मानों विद्यार्थियों के समूह वेद पाठ कर रहे हों, उसी भाँति चुनावी मौसम आने पर नेता भी मृदु स्वर में टेरने लगते हैं। तू जो मेढकों की टर्र-टर्र सुन मन्थन की बात कर रहा था, वास्तव में वह मन्थन शिविर में एकत्रित नेताओं के स्वर थे।''

''जब गरजने वाले मेघ बरसते नहीं हैं और मानसून के मेघों में इतनी सामर्थ्य नहीं है कि वे जल-थल एक कर सकें फिर शहर पानी-पानी क्यों?'' मुन्नालाल ने आचार्य श्री के सम्मुख अपनी शंका व्यक्त की।

मँजे नेता के समान आचार्य ने माथे पर चिन्तन-मन्थन की रेखाएँ खींचीं और बोले, ''वत्स! प्रश्न अति उत्तम है। वास्तव में मानसूनी बरखा के कारण शहर पानी-पानी नहीं है। मिंटो ब्रिज के तले तू जिस पानी को देख रहा है, वह तो नेताओं के चेहरों से उतरा पानी है। जब कभी भी नेता मतदाता के पास जाता है तो चेहरा निचोड़ कर जाता है।

वत्स! चेहरे पर पानी भिक्षुक की मर्यादा के विपरीत है। हाँ, नेत्रों में जल का होना आवश्यक है, क्योंकि यह दीन-हीनता के अभिनय में सहायक है।

'अबला जीवन हाय तुम्हारी यही कहानी, आँचल में है दूध और आँखों में पानी।' चुनाव के मौसम में नेताओं की दशा बिलकुल मैथिलीशरण गुप्त की नायिका की तरह ही होती है। उनके आँचल आश्वासन रूपी दुग्ध से और आँखें कृत्रिम आँसुओं से लबालब होती हैं। नेताओं के ऐसे ही सजल नेत्र देख जनता बेचारी

पानी-पानी हो जाती है और उनकी टर्र-टर्र को वेद वाक्य समझ पुनः उनका उद्धार करने में जुट जाती है। नेताओं के ऐसे चुनावी आँसू भी शहर के पानी-पानी होने का बड़ा कारण है।''

''और, आचार्य श्री! जनता?''

'चले हरषि तजि नगर नृप, तापस बनिक भिखारि।
जिमि हरिभगति पाइ श्रम, तजहिं आश्रमी चारि ॥'

हे वत्स! आगे सुन! चुनाव सम्पन्न होने के बाद नेता इस तरह अन्तर्ध्यान होते हैं, जिस तरह वर्षा ऋतु जाने और शरद ऋतु आने पर राजा, तपस्वी, व्यापारी और भिखारी नगर छोड़कर चले जाते हैं। चुनाव में जिन नेताओं को जनता अस्वीकार कर देती है, वे पुनः सुषुप्त अवस्था को ऐसे प्राप्त हो जाते हैं जैसे चातुर्मास में साधु-सन्त।

जिन्हें जनता सत्ता सौंप देती है, वे कामी पुरुष के सदृश सत्ता के साथ संभोग में लिप्त हो जाते हैं।

और जनता!....जनता तो बस जनता है, ऋतुएँ आती हैं, जाती हैं, जनता आलाप करती रह जाती है, क्योंकि आलाप ही उसकी नियति है।''

डायनासोर का पुनर्जन्म

मुन्नालाल बोला, "हे महाभावो! आप तो इस सृष्टि के कण-कण से वाकिफ हैं। चर-अचर के स्वामी हैं। नेता से अभिनेता तक सभी आपकी चौखट पर मत्था टेकते हैं। आपके घर आकर उल्टे घड़े पानी भरते हैं। घाट-घाट का पानी पीकर आप घट-घटवासी हो गए हैं। श्याम-श्वेत हर रंग की लक्ष्मी आपकी चरण वन्दना करती है। लक्ष्मीपति आपके द्वारपाल हैं। सुर से लेकर असुर तक सृष्टि का ऐसा कौन-सा प्राणी है, जिसका रहस्य आपके लिए रहस्य है। रहस्य भले ही अंडर गारमेंटस हो या अंडर ग्राउण्ड। अतः हे सत्ता मर्मज्ञ! मेरे मन में उत्पन्न रहस्य का भी निवारण कर कमर बन्द की जूँ के समान तुच्छ इस प्राणी का भी कल्याण करो।"

"वत्स, कहो तुम्हें क्या कष्ट है। आज मैं तुम्हारी लघु व दीर्घ प्रत्येक शंका का निवारण करने के मूड में हूँ।" इसी के साथ महाभावो ने श्वान पालक की तरह मुन्नालाल की पीठ पर थपकी दी।

महाभावो के वचन सुन मुन्नालाल का मन ग्रीन-ग्रीन और रोम-रोम पुलकित हो गया। फिर साष्टांग कर प्रश्न किया।

"हे, महाभावो! जीव-जन्तुओं की प्रजातियाँ लुप्त होती जा रही हैं। सदियों पूर्व इस सृष्टि से विलुप्त डायनासोर के अवशेष भारत में प्राप्त हुए तो अपनी विरासत पर गर्व महसूस हुआ कि आखिर हमारी पवित्र भूमि पर कभी डायनासोर भी हुआ करते थे। मगर दुर्भाग्य कि अब शेर, बाघ जैसे पशु और गिद्ध जैसे सुन्दर पक्षियों की प्रजातियाँ भी डायनासोर की गति को प्राप्त होती जा रही हैं। ऐसा क्यों, महाभावो, प्रजातियाँ क्यों लुप्त होती जा रही हैं? सृष्टि के इस रहस्य का खुलासा कीजिए।"

तत्वशास्त्र से संबद्ध मुन्नालाल के प्रश्न ने आचार्य की श्रवणेन्द्रियों में प्रवेश किया। उन्हें झटका लगा और सिहर उठे। फिर अपने-आपको सहज किया और बोले, "वत्स! प्रश्न एक है, मगर राजनीति की तरह बहुआयामी भी और जटिल भी, अतः मेरी विवशता है कि राजनीतिक टिप्पणी की तरह इसका उत्तर संक्षेप में ही दूँ। सुनो वत्स! आत्मा अमर है और कर्मानुसार विभिन्न योनियों में पुनर्जन्म लेती रहती है। यह प्रजातियों का विलुप्त होना नहीं केवल योनि परिवर्तन है। तुम्हारी शंका का समाधान हो गया होगा शिष्य।"

कूटनीति से ओतप्रोत महाभावो का उत्तर सुन मुन्नालाल की जिज्ञासा ने पाँव पसारे और बोला, "हे महाभावो! जीवों में आप सुरासुर हैं। सृष्टि में अण्डरवर्ल्ड और सत्ता में आप किंग मेकर हैं। सत्ता का हर गलियारा आप ही के दर पर खुलता है। आप सत्ता रक्षक भी हैं और भक्षक भी। कालिया नाग दर्प दलन के समान आप जिस सत्ताधीश का चाहे दलिया कर दें और कृपा हो जाए तो गधे को बर्फी खिला पहलवान बना दें।

किसी की भी सरकार को सूखे पत्ते की तरह हवा में उड़ाना आपका बाल-स्वभाव है। सूखे पत्ते पर यदि कृपा हो जाए तो उसे तेज हवाओं के झोंकों से निकाल सत्ता की डाल पर ऐसा चिपका दें कि फिर हाथी भी छुटाना चाहे तो सूँड रगड़-रगड़कर मर जाए, मगर पत्ता न हिले, हे, आचार्य! आपका भय निर्मूल ही लगता? आपने तो रहस्य सुझलाने के बजाए और भी रहस्यमय बना दिया है। मुझ पर कृपा करें, देव।"

मुन्नालाल के ऐसे वचन सुन महाभावो प्रफुल्लित हुए, जैसे छाछ पीकर श्वान शिशु। फिर नारियलनुमा खोपड़ी पर हाथ फेर बोले, "हे वत्स शीरे में लिपटे तुम्हारे ऐसे वचन सुन हम प्रसन्न हुए। प्रिय वत्स सुनो, भारत में डायनासोर के अवशेष प्राप्त होना आश्चर्य की बात नहीं है। डायनासोर इस देश में आज भी विद्यमान हैं। गिद्धों की भी कोई कमी नहीं है, बहुतायत में मौजूद हैं।"

"मगर हे महाभावो! दृश्यमान क्यों नहीं? शोर क्यों मचा है कि विभिन्न जीवों की प्रजातियाँ लुप्त होती जा रही हैं?"

"वत्स! दृष्टि दोष के कारण। वह दूर विशाल वृक्ष देख रहे हो। कैसे रंग का है?"

"महाराज काले रंग का दृष्टिगोचर हो रहा है।"

"तुम भी जानते हो पुत्र कि वृक्ष काले रंग के नहीं होते। उनका रंग तो हरा होता है। फिर भी दूर से देखने पर वृक्ष काले ही प्रतीत होते हैं। यही दृष्टि दोष है। दृष्टि बदलो, पुत्र! सृष्टि का यथार्थ स्वरूप स्वतः दृष्टिगोचर होने लगेगा।"

"आत्मा अमरत्व, दृष्टि का बदलना, सृष्टि का यथार्थ स्वरूप! दर्शन शास्त्र की ये गूढ़ बातें मेरी समझ से बाहर हैं। यह तो एक के बाद एक रहस्य पर रहस्य की पर्तें चढ़ाने के समान है। अतः हे, महाभावो! विद्वानों की भाषा का त्याग कर साधारण मनुष्यों की भाषा में मेरी शंका का समाधान करने का कष्ट करें।"

मुन्नालाल के वचन सुन दशा-दिशा में परिवर्तित कर महाभावो बोले, "यह ठीक है कि हिंसक जानवरों की प्रजातियाँ प्रायः लुप्त होती जा रही हैं। परन्तु आत्मा तो अमर है। वह कर्मानुसार विभिन्न योनियों में जन्म लेती रहती है। अतः लुप्त हिंसक जीव भी कर्मानुसार विभिन्न योनियों में उत्पन्न हुए होंगे। अच्छा तुम्हीं बताओ पुत्र, क्या सभी जीवधारियों की संख्या घटती जा रही है? किसी प्रजाति के जीवों

की संख्या में क्या वृद्धि नहीं हो रही है?''

मुन्नालाल ने अपने ब्रह्मरंध्र स्थाल पर हथेली रगड़ी और बोला, ''हाँ! केवल मनुष्यों की संख्या ही निरन्तर वृद्धि की ओर अग्रसर है और चारित्रिक लक्षण भी कुछ-कुछ मेल खाते हैं। तो क्या लुप्त प्रजातियों के जीव मनुष्य योनि में आ रहे हैं? मगर यह कैसे सम्भव है?''

महाभावो बोले, ''वत्स! तुम्हारे प्रश्न विद्वानों के समान हैं, मगर तर्क मूर्खों के समान। सम्भव ही नहीं यही सत्य है, पुत्र! त्रेतायुग के जटायु को देखो, गिद्ध योनि में होते हुए भी उसमें मानवोचित्त गुण थे, कागभुसुण्ड महाराज काग होते हुए भी राम कथा में मग्न रहते थे। क्या इससे स्पष्ट नहीं होता है कि पूर्व जन्म में वे मनुष्य थे और कर्मफलानुसार उन्हें तुच्छ योनि में आना पड़ा। पूर्व जन्म के सद्-संस्कारों के कारण ही वे गिद्ध व काग होते हुए भी मानवीय गुण उनमें विद्यमान थे।''

महाभावो के सत् वचन सुन मुन्नालाल के ज्ञान चक्षु पट खुले और वह बोला, ''हे ज्ञानसागर! मनुष्यों में भी नेता व साधुओं की संख्या में उत्तरोत्तर वृद्धि हो रही है, इसका अर्थ तो...।'' उसके वाक्य के मध्य ही में महाभावो ने विराम लगाया, और बोले, ''प्रिय पुत्र, तुम उच्छृंखल होते जा रहे हो। कुछ रहस्य स्वयं भी समझने का प्रयास करो।'' इसके साथ ही महाभावो मुस्कराते हुए विश्राम कक्ष की ओर चल गए।

बुद्धिजीवी बनाम बुद्धूजीवी

हमारे एक मित्र हैं, निर्मल चन्द उदास। उदास उनका तखल्लुस है, स्वभाव से निर्मल। अतः निर्मल और उदास दोनों ही धाराएँ उनके व्यक्तित्व में ऐसे समाहित हैं जैसे राजनीति में अपराध।

लेखन में रुचि रखते हैं। कई ग्रन्थ लिख चुके हैं मगर अभी तक वे अपनी गिनती न तो साहित्यकारों में करा पाए हैं और न ही बुद्धिजीवियों में। उनका सारा लिखा-पढ़ा कागज काले करना ही साबित हुआ।

हाँ, जिस प्रकाशक के यहाँ वे प्रूफ रीडरी का जीविकोपार्जन कर रहे हैं, उसकी गिनती अवश्य बुद्धिजीवियों में होने लगी है। प्रकाशक महोदय साहित्य के क्षेत्र में भी दो-चार पुरस्कार हथियाने में सफल हो गए हैं। शायद उदास साहब की उदासी का यही प्रमुख कारण है।

एक अन्य मित्र हैं, हँसमुख लाल जी, इस मिथ्या जगत में उनका पदार्पण रोते हुए नहीं मुस्कराते हुए ही हुआ था। यही वजह है कि उनका मूल नाम ही हँसमुख रख दिया गया। उसी हँसमुख स्वभाव के साथ आज वह प्रौढ़ावस्था को प्राप्त हैं।

जानने वालों का कहना है कि हँसमुख लाल जी अपने ऊपर कम दूसरों के ऊपर ज्यादा हँसते हैं। कभी-कभी यह स्थिति परचित्तानुरंजन तक पहुँच जाती है।

इसे हम भाग्य का खेल मानते हैं, कुछ लोग दूसरों पर हँसने के लिए पैदा होते हैं और कुछ हँसी का पात्र बनने के लिए।

हँसमुख लाल जी साहित्य की लगभग सभी विधाओं पर हाथ साफ कर चुके हैं। विभिन्न विधाओं में अपने नाम से एक-दो ग्रन्थों की भी रचना करा चुके हैं। फलस्वरूप साहित्य के लगभग सभी अलंकरण उनके ड्राइंग रूम को सुशोभित कर रहे हैं। उन्हें बुद्धिजीवियों की भी प्रथम पंक्ति में स्थान प्राप्त है। अतः राष्ट्र नेता के नाम का सदुपयोग करते हुए उन्हीं के नाम से कागजों पर बाकायदा एक विश्वविद्यालय भी चला रहे हैं। विश्वविद्यालय उनके भूदानी झोले में सदैव साथ रहता है, क्योंकि वे शिक्षा प्रेमी जीव हैं।

फिलहाल उनके कदम संसद की तरफ रुख किए हुए हैं। भाग्य ने साथ दिया तो देर-सबेर सांसद भी बन ही जाएँगे।

एक लम्बे अर्से से हम इसी उधेड़बुन में थे कि बुद्धिजीवी होने का आखिर फण्डा क्या है? बैठे-ठाले एक दिन इस गुत्थी को सुलझाया हमारे पौत्र ने।

खेल-खेल में उसने हमारी तरफ निशाना साधा और एक सवाल दाग दिया, ''डैडी, अकबर बुद्धिजीवी था या बीरबल?''

सवाल सुन हमने सोचा आज फिर उसे कोई बौद्धिक खुराफात सूझी है। शारीरिक खुराफात के साथ-साथ वह ऐसी खुराफात अकसर कर बैठता है। मगर जब उसे खुराफाती दौरा उठता है तो वह हमारी तरह जमीन पर लकीरें नहीं, मशीन के आविष्कारकर्ता लियॉनार्द दा विंची की तरह कागज पर यान्त्रिक आकृति बनाता है। वह हमारी तरह रेत के घर बनाकर भी नहीं तर्क-वितर्क के ताने-बाने में घर के अन्य सदस्यों को फँसाकर अपना मन बहलाता है। यह उसके बुद्धिजीवी होने का प्रमाण है।

खैर, सहज भाव से उसके सवाल को लेते हुए, सहज भाव से ही उसका जवाब दिया। सहज भाव अपनाना हमारी बौद्धिक मजबूरी थी।

हम बोले, ''बेटे, दोनों ही बुद्धिजीवी थे, बीरबल भी और अकबर भी।''

पौत्र के चेहरे पर बुद्धिजीवियों के माफिक गम्भीर मुस्कराहट के भाव उतर आए और अक्षरों को शब्दों की लम्बाई तक खींचते हुए वह बोला, ''डै ऽ ऽ ऽ डी, दोनों कैसे हो सकते हैं? एक दरबार में दो बुद्धिजीवी, वह भी प्रेम भाव के साथ, असम्भव!''

पौत्र के तेवर देख हम समझ गए कि आज सहज भाव के आधार पर सहज ही पीछा छूटने वाला नहीं है, जवाब देना ही होगा। अतः हमने हनुमान चालीसा की तरह अकबर-बीरबल के किस्सों का मनन किया और बुद्धि पर जैक लगाते हुए जवाब दिया, 'बीरबल!'

हमारा जवाब सुन वह खिलखिलाकर हँस दिया और इस बार शब्दों को अक्षरों के आकार तक सीमित करते हुए बोला, ''बुद्धू! अच्छा डैड, बताओ शेर ताकतवर होता है या रिंग मास्टर?''

रिंग मास्टर-शेर, अकबर-बीरबल! उसकी पहेली अब हमारी बुद्धि के चोर दरवाजे से बाहर झाँकने लगी थी। फिर भी बुद्धि के सभी खिड़की-दरवाजे बन्द किए और दोनों जीवों की ताकत का अनुमान लगाते हुए नतीजे पर पहुँचे कि ताकतवर तो शेर ही होता है, आदमी की क्या बिसात? इसी अनुमान के आधार पर हमने शेर के सीने पर ताकतवर होने का तमगा जड़, अपना जवाब उसकी तरफ धकेल-सा दिया।

हमारे इस बौद्धिक जवाब से खुश होकर उसने बुद्धू के साथ-साथ 'नासमझ' होने का एक और गोल्ड मेडल हमारे सीने पर चस्पां कर दिया। फिर अभिनेता नाना पाटेकर के लहजे में टेढ़ी उँगली से अपनी बुद्धि खटखटाते हुए बोला, ''डैड,

ताकत यहाँ होती है, बाँहों में नहीं। शेर यदि ताकतवर होता तो उसके इशारे पर रिंग मास्टर डांस करता, रिंग मास्टर के इशारे पर शेर नहीं। कुछ समझे, डैड!''

अब हम सहज भाव के साथ पूरी तरह फँस चुके थे। अतः आत्मसमर्पण भाव से बोले, ''समझ गए पुत्र!''

''समझे! तो बताओ, अकबर व बीरबल में कौन बुद्धिजीवी था।'' उसने सवाल फिर दोहराया।

इस स्तर तक आते-आते हम समझ गए थे कि पौत्र की निगाह में बुद्धिजीवी कौन है। मगर डैडी होने के अहम् भाव के कारण हम अकबर को बुद्धिजीवी कहने में अपनी हिमाकत समझ रहे थे। हम यह भी जानते थे कि पौत्र का जवाब हमारे अहम् को घायल कर देगा, मगर महसूस यह भी कर रहे थे कि पौत्र के अनुकूल अपने मुख से सही जवाब देने पर तो हमारा अहम् मृत्यु को ही प्राप्त हो जाएगा। अतः सुगढ़ व्यापारी की तरह नफे-नुकसान का आकलन करते हुए हमने विनीत भाव से कहा, ''तुम्हीं बताओ पुत्र।''

विजय भाव से उसने जवाब दिया, ''डैडी, बुद्धिजीवी तो अकबर ही था, बीरबल नहीं।'' पराजित घायल राजा के समान कराहते हुए हम बोले, ''वह कैसे?''

शान्त व शालीन भाव से वह बोला, ''बीरबल यदि बुद्धिजीवी होता तो वही महान कहलाता, अकबर नहीं, हिन्दुस्तान का बादशाह बीरबल होता, अकबर नहीं। यह ठीक है कि बुद्धि बीरबल के पास भी थी, मगर नवरत्नों की बुद्धि का दोहन करने वाली बुद्धि किसके पास थी? अकबर के पास, ना!''

तो बुद्धि का कौन खा रहा था, अकबर ना! फिर बुद्धिजीवी कौन हुआ डैडी, अकबर या बीरबल, अकबर ना!

बौद्धिक रूप से अब हम पूरी तरह मात खा चुके थे। डेढ़ बालिस्त के पैदने से छोरे ने हमारी बुद्धि का दिवाला निकाल हमारी हथेली पर जो रख दिया था। मात खाने के बाद हमने उससे पूछा, ''फिर बीरबल किस श्रेणी का जीव था।''

वह शरम-लिहाज त्याग बोला, ''बुद्धूजीवी।''

अब हम पूरी तरह शिष्यत्व अवस्था को प्राप्त हो चुके थे और उसी अवस्था की व्यवस्था का पालन करते हुए हमने पूछा, ''बेटे! मन्त्री बुद्धिजीवी होता है या आईएएस अफसर?''

उसका जवाब था, ''डैडी, बुद्धिजीवी होने के लिए पढ़ा-लिखा होना जरूरी नहीं है।'' उसने हमारे सवाल की गहराई नाप ली थी। हमारा अगला सवाल था, ''देश में बुद्धिजीवी शिरोमणि किसे मानते हो?''

वह बोला, ''पहले नम्बर का ठग सम्राट दादा नटवर लाल। जिन्दगी भर बुद्धि का चमत्कार दिखाता रहा और अपनी जीविका चलाता रहा। वह यदि इस देश का विदेश मन्त्री होता तो मियाँ मुशर्रफ के हस्ताक्षर से पाकिस्तान की बिल्टी भारत

के नाम कटा देता और अखण्ड भारत का सपना साकार हो जाता।''

''डैडी! दूसरे नम्बर का बुद्धिजीवी था, चचा हर्षद मेहता। वह भी पूरी उम्र बुद्धि का ही खाता रहा। वह यदि वित्तमन्त्री होता तो विश्व बैंक भारत के पास गिरवी रखा होता।''

हमारे पास अब न कहने के लिए कुछ बचा था और न पूछने के लिए। इलेक्ट्रानिक पीढ़ी के सामने चर्खा पीढ़ी पूरी नत-मस्तक थी।

सृष्टि का सर्वश्रेष्ठ प्राणी

'सृष्टि का सर्वश्रेष्ठ प्राणी कौन है' प्रश्न विकट है। विकट प्रश्न की विकटता कुछ हल्की करने के लिए हमने समूचे प्राणि जगत को दो भागों में विभक्त किया है, यथा—इनसान और जानवर। इनमें से आप अपने को किस श्रेणी का प्राणी मानते हैं, प्रश्न का उत्तर खोजने से पूर्व ही निर्धारित कर लेना। उत्तर जानने के बाद निर्धारण पक्षपातपूर्ण कहलाया जाएगा। खैर, अपना प्रश्न जब हमने आचार्यश्री के कानों में डाला तो पूर्वाग्रह से ग्रसित व्यक्ति के समान बिना सोचे-समझे वे बोले, 'इनसान'।

हमने इनसानी ठहाका लगा ध्वनि प्रदूषण फैलाया और पूछा क्यों? इनसान में सर्वश्रेष्ठ क्या है, जिस कारण उसे श्रेष्ठता के मैग्सेसे से नवाजा जाए।

आचार्य बोले, "बुद्धि! इनसान एक बौद्धिक प्राणी है।"

हमने कहा, "ठीक है, मगर केवल इनसान में ही यदि श्रेष्ठ बुद्धि है तो फिर इनसान सेना व पुलिस में जासूसी कुत्तों की सहायता क्यों ली जाती है? जानवर यदि बुद्धि से पैदल होते तो प्रेयसी अपने प्रेमी के लिए कबूतर के माध्यम से सन्देशा भिजवाने का खतरा कतई मोल न लेतीं।"

आचार्यश्री कुछ क्षण के लिए मौन हुए और फिर दाँव खाए पहलवान की तरह पलटवार करते हुए बोले, "इनसान एक विवेकशील प्राणी है।"

हमने कहा, "ठीक है, आपकी बात भी मान लेते हैं। मगर अन्य प्राणी भी विवेकहीन कहाँ हैं। 'दूध से यदि जल जाओ तो जल भी फूँक-फूँककर पीओ' सभी प्राणी जानते हैं। कोई भी प्राणी जान-बूझकर आग में तो छलाँग नहीं लगा देता। अपने-पराये का विवेक ज्ञान उन्हें भी होता है।"

"गुरुजी! धोबी के घर जब चोर घुस आया था और इनसानी प्रवृत्ति के प्रभाव से प्रभावित उसके कुत्ते ने जब धोबी को जगाने का प्रयास नहीं किया, तब गधे ने शोर मचाकर धोबी को जगाने का प्रयास किया था। यह गधे का विवेक ही था। लेकिन इनसान होते हुए भी धोबी ने अपने विवेक का इस्तेमाल नहीं किया और गधे को पीट-पीट कर मार डाला।"

"आचार्यश्री! बुद्धि और विवेक का जितना दुरुपयोग इनसान ने किया है शायद ही किसी अन्य प्राणी ने किया हो।"

धोबी पाट दाँव के मारे, धरती पर चित पड़े-पड़े ही चिन्तन की मुद्रा में आचार्यश्री ने अगला दाँव फेंका, "इनसान के पास धर्म है। अन्य सभी प्राणी धर्म-विहीन हैं, इसलिए ही इनसान इस सृष्टि का सर्वश्रेष्ठ प्राणी है।"

आचार्यश्री ने धर्म रूपी अग्निवाण शायद ब्रह्मास्त्र के रूप में छोड़ा था। तभी तो इनसान के सर्वश्रेष्ठ होने के अपने खोखले दावे को पुनः दोहराया।

हम भी आज गुरु को शक्कर और स्वयं को गुड़ साबित करने का इरादा लेकर आए थे। अतः तमाम पहलुओं पर चिन्तन-मनन कर आचार्यश्री के दरबार में आए थे।

गुरुजी के ब्रह्मास्त्र के उत्तर में हमने भी अपनी तरकश से अभेदास्त्र निकाला, "गुरुजी! इनसान यदि धर्म मार्गी होता तो धर्म के नाम पर निर्दोष व्यक्तियों का रक्त न बहाता। धर्म के नाम पर संघर्ष नहीं शान्ति स्थापित करता। 'मुंडे-मुंडे मति भिन्ने' की कहावत चरितार्थ करते हुए स्वार्थ के आधार पर धर्म की भिन्न-भिन्न परिभाषाएँ न करता।"

"गुरुजी! इनसान यदि धर्मी होता तो पिता नामक कोई जीव अपनी पुत्रियों के संग बलात्कार न करता। पुत्रियाँ पिता की हत्या कर उसका कलेजे का कलेवा न करतीं। फिर भी मान लेते हैं कि इनसान अधर्मी नहीं धर्मी है, मगर गुरु जी धर्म तो अन्य प्राणियों में भी है और वे अपने धर्म का दुरुपयोग भी नहीं करते। अन्य प्राणियों की माताएँ भी जानती हैं कि शिशु के प्रति उनका धर्म क्या है और उसका पालन वे निःस्वार्थ भाव से करती हैं। इनसानी माताओं के समान उनका धर्म पालन स्वार्थ की चाशनी में पगा नहीं होता। सभी पालतू जीव अच्छी तरह जानते हैं कि मालिक के प्रति उनका क्या धर्म है और उसका पालन भी पूर्ण निष्ठा के साथ करते हैं।"

"हाँ, एक बात अवश्य है, गुरुजी! इनसान स्वयं तो धर्म का पालन नहीं करता, किंतु अन्य प्राणियों पर अपना धर्म लादने की चेष्टा करता है। साथ ही उनके ऊपर धर्म विहीन होने का आरोप भी चस्पां कर डालता है। सभी धर्म एक समान कैसे हो सकते हैं, इनसानों के बीच भी समान धर्म की कल्पना व्यर्थ है।"

हमारा प्रवचन सुन अब आचार्यश्री चारों खाने चित थे। अपने धर्म का पालन करते हुए हम गुरुजी के चरणों की तरफ गए, उन्हें प्रणाम किया और चरणागत हो हमने कहा, "हे आचार्यश्री! इनसान के पास है क्या, जिसके आधार पर उसे सृष्टि का सर्वश्रेष्ठ प्राणी कहा जाए। 'काग चेष्टा बको ध्यानं श्वान निद्रा तथैव च...।' यह नसीहत भी आप ही की है।"

"इनसान के पास कुछ भी तो नहीं है, आचार्यश्री। इनसान में गिद्ध जैसी दृष्टि होनी चाहिए, शेर जैसा दिल, हाथी जैसा बल, बाघ जैसी चपलता। गधे जैसा परिश्रम, बैल जैसा सन्तोष, उल्लू जैसा अपरिग्रह, कुत्ते जैसी वफादारी। इनसान में

यदि कुछ होता तो वह अपनी सन्तान को दूसरे जीवों के गुण ग्रहण करने की नसीहत क्यों देता।''

''और सुनो, गुरुदेव! इनसान के पास सौन्दर्य भी तो अपना नहीं है। उसे मीन जैसे नेत्र चाहिए, हिरणी जैसी चाल, कोयल जैसी आवाज चाहिए, मेघ से काले बाल। चन्द्रमुखी-सा मुख हो उसका सूर्यमुखी-सा तेज, हो हिरणी जैसी चंचल बाला, फूलों जैसी सेज। अब तुम्हीं बताओ इनसान के पास अपना क्या है? सभी कुछ तो वह प्रकृति और अन्य प्राणियों से माँगता है। उधार का जीवन जीने वाला इनसान सृष्टि का सर्वश्रेष्ठ प्राणी कैसे हो सकता है?''

लाइलाज बीमारी बासिज्म

जर्मन शैपर्ड पिल्लू सिंह मुन्नालाल के परिवार का एक प्रमुख सदस्य है। मुन्नालाल दरअसल जीव प्रेमी है। श्रीमती मेनका गाँधी उसकी प्रेरणा स्रोत हैं। पिल्लू सिंह को उसने कुत्ते के रूप में पाला था। मगर व्यवहार व सद्गुणों के कारण मुन्नालाल के परिवार के आदम सदस्य आज उसे कुत्ता कहना अपनी हिमाकत समझते हैं क्योंकि उसे कुत्ता कहकर सम्बोधित करना वे उसका अपमान मानते हैं।

पिल्लू सिंह वास्तव में एक पारिवारिक जीव है। वह स्वयं भी उसी प्रकार व्यवहार करता है, जिस प्रकार परिवार के अन्य सदस्य। हाँ, कभी-कभी आदम सदस्य अवश्य परिवार विरोधी हरकतें कर बैठते हैं, यह उनकी आदमीय कमजोरी है। उसे आदम प्रकृति भी कहा जा सकता है, मगर मजाल कि पिल्लू सिंह कभी किसी तरह की ओछी हरकत करते देखा गया हो! इसकी वजह उसका परा-आदम स्वभाव है और यही स्वभाव आदम व जीवों में अन्तर करता है।

मनुष्यों के समान उसकी भी अपनी इच्छाएँ हैं और उन्हें व्यक्त भी करता है। मगर शालीनता के साथ। जब कभी उसे लघु या दीर्घ किसी शंका के निवारण की आवश्यकता महसूस होती है तो वह अपनी पीठ परिवार के आदम सदस्यों के शरीर से रगड़ने लगता है।

भूख-प्यास परेशान करने लगे तो चेहरे पर तरह-तरह की आकर्षक मुद्राएँ उतारने लगता है, दुम हिलाने लगता है। दुम हिलाने का यह सद्गुण मनुष्य ने शायद पिल्लू सिंह की प्रजाति के जीवों से ही ग्रहण किया है।

सद्गुण किसी से भी ग्रहण किया जाए, हर्ज की बात नहीं, मगर उसका दुरुपयोग गलत है और मनुष्य दुम हिलाने के इस सद्गुण का खुला दुरुपयोग कर रहा है, यह घातक है।

गनीमत है कि दुम हिलाने सम्बन्धी इस सद्गुण का पेटेंट करने का फितूर अभी तक मनुष्य के दिमाग में नहीं उठा, वरन् बेचारे पिल्लू सिंह के भाई-बिरादर बस दुम लटकाए ही घूमते। दुम का भार वे सहन करते और हिलाया करता मनुष्य। मनुष्य यदि पूंछ का पेटेंट करा लेता है तो यह सम्पूर्ण जीव जगत के अधिकारों पर कुठाराघात होगा। मेनका जी को अभी से इसके प्रति सचेत रहना चाहिए।

पिल्लू सिंह न केवल अपनी अच्छाएँ व्यक्त करने में शालीनता का निर्वाह

करता है, अपितु आदेश-निर्देश देते समय भी शालीनता का पालन करना उसकी प्रकृति में शामिल है। सुबह जब हॉकर अखबार डालकर चलने लगता है, तब पिल्लू मेरे तलवे चाटकर मुझे जगाता है और मन्द-मन्द, मधुर-मधुर आवाज में मुझसे कहता है, ''बीती विभावरी जागरी अम्बर पनघट में डुबो रही तारा घट ऊषा नागरी। तू अब तक सोया है, लाला! अखबार फेंक गया अखबार वाला।''

तलवे चाटने का भी गुण आदम-जात ने शायद उसी की पारिवारिक विरासत से चुराया है, मगर वह उसका भी दुरुपयोग कर रहा है।

मेरे साथ ही नहीं, अपनी मम्मी यानी कि मेरी पत्नी व पुत्रों के साथ भी उसका व्यवहार सद्भावना से परिपूर्ण ही रहता है। पड़ोस में गप्पें करते-करते पत्नी यदि कभी समय सीमा का उल्लंघन कर देती है तो वह मेरी तरह नहीं चिल्लाता, ''अजी कहाँ हो, मुन्ना जाग गया है। देखो दूध में उबाल आ गया है, जल्दी आओ नहीं तो पतीली से बाहर आ गिरेगा।''

मुन्ना सोया ही कब था जो जागेगा। दूध तो मदर डेयरी से घर तक आया ही नहीं, फिर उबाल क्या रीते पतीले में ही आएगा। मगर ऐसा ही होता है। मुन्ना बिना सोए ही जाग जाता है और दिल में उठा उबाल रीते पतीले के दूध में उठने लगता है। यह आदम स्वभाव है।

इसके विपरीत पिल्लू भाई, शालीनता के साथ अपनी मम्मी का पल्लू पकड़कर घर ले आता है। शायद इस भाव के साथ, 'बहुत देर हो गई है, घर चलो, नहीं तो पापा के रीते पतीले में उबाल व तूफान दोनों एक साथ उठने लगेंगे।'

चीखने-चिल्लाने से शायद उसे नफरत है, इसलिए वह कभी नहीं चिल्लाता। घर का कोई आदम सदस्य कभी चिल्लाता भी है तो उसकी आँखें आँसुओं से भर जाती हैं और चिल्लाने वाले सदस्य के पैरों में लेट जाता है, शायद इस भाव के साथ, 'अरे, भाई! चिल्लाओ मत, मेरा सिर फटता है। आदम जात में यही सबसे बड़ा दोष है कि चिल्लाते बहुत हैं। पता नहीं सहज भाव से अपनी बात कहना हमसे कब सीखेंगे। अरे, बरखुरदार! चीखने-चिल्लाने की अपेक्षा अपनी बात सहज-भाव से ज्यादा अच्छी तरह समझाई जा सकती है।'

पिल्लू सिंह को लेकर मुन्नालाल आजकल काफी चिन्तित हैं। चिन्ता का कारण है, उसके व्यवहार में आदम-जात गुणों की घुसपैठ। उसके स्वभाव में यह परिवर्तन अचानक दृश्यमान होने लगा है। शालीनता उसके स्वभाव से इस तरह गायब होती जा रही है, जिस तरह सरकारी दफ्तरों में ईमानदारी। अपनी इच्छा-अनिच्छा अब वह सहज भाव से नहीं, चिल्ला-चिल्लाकर व्यक्त करने लगा है। पड़ोसी कहने लगे हैं, अब तो आपका पिल्लू भी भौंकने लगा है। भौंकने-चिल्लाने में भी पिल्लूसिंह की मंशा वही पुरानी है, बस लहजे में बदलाव आया है।

चिन्तित मुन्नालाल ने उसके बारे में जानेमाने मनोविश्लेषक से परामर्श ली,

तो उसकी चिन्ता सुरसा के मुँह से भी कहीं ज्यादा विस्तृत हो गई। परीक्षण के बाद मनोविश्लेषक ने बताया, ''पिल्लू सिंह आदम स्वभाव से तो संक्रमित है ही, मगर उसका चिल्लाना और भी ज्यादा घातक बीमारी 'बासिज्म' का लक्षण है। बासिज्म के लक्षण जब जीव की प्रकृति बन जाती है, तब किसी भी तरह के प्रशिक्षण से उसका इलाज असम्भव है। मुन्नालाल जी, आपके परिवार के बीच रहते-रहते चिल्लाना पिल्लू सिंह का स्वभाव नहीं प्रकृति बन गई है। किसी भी जीव का स्वभाव तो बदला जा सकता है, किंतु प्रकृति नहीं।''

मनोविश्लेषक से मिलने के बाद मुन्नालाल किंकर्त्तव्यविमूढ़-सा हो गया है। आखिर वह करे भी तो क्या करे। पहले ऑफिस में बॉस और घर में पत्नी की ही कर्कश आवाज झेलनी पड़ती थी। अब कमबख्त पिल्लू सिंह के डायलॉग भी उसी तर्ज पर सुनने पड़ रहे हैं। मुन्नालाल आखिर जाए तो कहाँ जाए? आप कोई सुझाव सुझा सकें तो अति कृपा होगी।

इनसानियत के छिलके

एक दिन की बात है, बीरबल को साथ ले अकबर शिकार के लिए चल दिया। अकबर के दरबार में हालाँकि अनेक वजीर थे। नौ दरबारी तो उसके दरबार के रत्न ही कहलाए जाते थे, मगर वह हमेशा बीरबल को ही अपने साथ रखता था। सलाह-मश्विरा करना हो तो भी उसी के साथ। दरअसल अकबर बुद्धिमान व्यक्ति की कद्र करता था और निष्ठा व चापलूसी के अन्तर को पहचानता था।

रथ पर सवार दोनों जंगल की ओर चले जा रहे थे। रास्ते में तम्बाकू का एक खेत मिला। खेत में गधा चर रहा था, लेकिन तम्बाकू नहीं घास खा रहा था। तम्बाकू का सेवन अकबर भी नहीं करता था। हाँ, बीरबल अवश्य करता था।

आदत से मजबूर अकबर ने बीरबल पर कटाक्ष किया, "देखो, बीरबल! गधा भी तम्बाकू नहीं खा रहा है।" यह बीरबल को गधे से भी बदतर सिद्ध करने की अकबरी चाल थी। मगर बीरबल कम उस्ताद नहीं थे। अकबर के मजाक का जवाब बीरबल ने कुछ इस तरह दिया, "हाँ, जहाँपनाह! गधे ही तम्बाकू नहीं खाया करते।"

बीरबल का जवाब सुन अकबर की क्या मनोदशा हुई होगी, इसका अनुमान तो सहज ही लगाया जा सकता है। मगर अकबर-बीरबल का यह किस्सा सुनकर मुन्नालाल के खफ्ती दिमाग से इनसानी मुगालते की पर्त ऐसे उतर गई जैसे इनसान के चेहरे से इनसानियत के छिलके। इनसान ऐसा क्यों है, वैसा क्यों है, ऐसा क्यों करता है, वह वैसा क्यों नहीं करता है, इनसान और इनसानियत से जुड़े ढेरों ऐसे सवाल थे, जिनका जवाब पल भर में मिल गया। जवाब ही नहीं इनसान के प्रति घृणा भाव भी ऐसे उड़ गया जैसे ना-ना-ना-ना-नारे करते-करते कबूतर उड़ गए। कबूतर उड़ाने वालों के हाथों से तोते उड़ गए।

हाँ, जानवरी प्रवृति के इनसानों को यदि अपवाद मान लिया जाए तो इनसान वह सब नहीं करता जो जानवर करते हैं। गधे तम्बाकू नहीं खाते, इसलिए ही इनसान तम्बाकू खाते हैं।

क्योंकि जानवर राजनीति नहीं किया करते, इसलिए इनसान राजनीति करते हैं।

जानवर लैगपुलिंग नहीं करते, इसलिए इनसान लैगपुलिंग करते हैं।

जानवर पैसा नहीं खाते, इसलिए इनसान पैसा भक्षी होते हैं।

भ्रष्टाचार इनसानी धर्म है, इसलिए कि जानवर भ्रष्टाचारी नहीं होते।

हाँ, जानवर घोटालेबाज नहीं होते, इसलिए ही घोटाले करना इनसानी फितरत है।

जितनी इच्छा होती है बस, जानवर उतना ही खाते हैं औलाद के लिए जोड़कर नहीं रखते। यही कारण है कि इनसान पेट भरने के बाद भी खाता रहता है और औलाद के लिए भी जमा कर मर जाता है।

हाँ, जानवर ही ईमानदार होते हैं, इसलिए इनसान नहीं।

जानवर चार सौ बीस नहीं होते, इसलिए चार सौ बीसी इनसानी फितरत है।

मेहनत गधे करते हैं, बैल करते हैं, अतः मेहनत करना इनसान का कर्तव्य नहीं।

'सन्तोष परम् सुखम्' नीति वाक्य का अनुसरण जानवर करते हैं, इसलिए इनसान नहीं।

निःस्वार्थ सेवा करना उल्लुओं का धर्म है अतः इनसान ने निःस्वार्थ भाव का त्याग किया है।

निष्ठावान न होने अर्थात् इनसान का धोखेबाज होने के पीछे भी यही कारण है, क्योंकि जानवर धोखा नहीं देते निष्ठावान होते हैं।

आप चाहें तो इस तरह भी समझ सकते हैं, क्योंकि निष्ठा, ईमानदारी, मेहनत और सन्तोष जैसे तमाम दुर्गुणों का इनसान ने तिरस्कार कर दिया है, अतः जानवरों ने सद्गुण के रूप में उन्हें आत्मसात् कर लिया है।

दुर्गुण और सद्गुण की परिभाषा के बीच आपसे मेरा एक नम्र निवेदन है, उसे सुझाव के रूप में भी ले सकते हैं। नववर्ष पर संकल्प लें, 'तलवे चाटने की आदत को तिलांजलि देंगे, क्योंकि तलवे चाटना कुत्तों का स्वभाव है। पूँछ हिलाने की प्रवृत्ति का त्याग करेंगे, क्योंकि पूँछ हिलाना कुत्तों की आदत है। टुकड़ों के आधार पर निष्ठा नहीं बदलेंगे, क्योंकि टुकड़ों के साथ निष्ठा परिवर्तन कुत्तों का धर्म है। चारा खाना भी बन्द करेंगे, क्योंकि चारा जानवरों का खाद्य है।' अन्त में मुन्नालाल की ओर से नववर्ष पर आप सभी को जै राम जी की। नववर्ष पर आप सभी को बधाई। बधाई उन्हें भी जो मनुष्य योनि में हैं, मगर जानवरी इनसानियत से ओतप्रोत हैं, और उन्हें भी जिन्होंने इनसानियत के नए आयाम स्थापित किए हैं।

राष्ट्रीय चरित्र 'भ्रष्टाचार'

'ईमानदारी में फिर फिसड्डी रहा भारत' शीर्षक से प्रकाशित समाचार पढ़ा मन दुःखी हुआ। दुःख का कारण यह नहीं है कि देश इस बार भी ईमानदारी की दौड़ में पीछे रह गया। पिछड़ना इस देश का स्वभाव है, नियति है। पीछे रहने में इस देश को महारत हासिल है। पिछड़ने के खेल में हमने हमेशा ही मानक स्थापित किए हैं, अतः दुःख नहीं होना चाहिए।

दुःख का कारण समाचार लिखने व समाचार प्रकाशित करने वालों की नकारात्मक सोच को लेकर है। उन्होंने कहा कि भारत का ईमानदारी स्कोर 2.8 रहा। सकारात्मक दृष्टिकोण का पालन करते हुए वे यह भी तो कह सकते थे कि भ्रष्टाचार के मामले में भारत का स्कोर 97.2 रहा। ऐसा कहते तो हमारे जैसे राष्ट्रवादी बन्धुओं का सीना फूलकर 36 इंच से 52 गज हो जाता।

ईमानदारी व पारदर्शिता पर सर्वेक्षण करनेवाली जर्मन की संस्था की नकारात्मक सोच भी दुःख का कारण है। मगर संस्था की सोच के बारे में हम अपनी सोच में थोड़ा-सा परिवर्तन करके भी सोच सकते हैं। क्योंकि सम्भावना इस बात की भी कम नहीं है कि भारत को बदनाम करने की मंशा से ही शायद उसने इस सर्वेक्षण के नकारात्मक पहलू को प्राथमिकता दी हो। जर्मन सहित अन्य दूसरे देश ऐसा करने में अकसर किसी तरह की कोर कसर नहीं छोड़ते हैं।

जर्मन संस्था यदि ईर्ष्या का त्याग कर सकारात्मक दृष्टिकोण का अनुसरण करती अर्थात् ईमानदारी के स्थान पर ईमानदारी के साथ भ्रष्टाचार की दर को अपने सर्वेक्षण का विषय बनाती तो भारत प्रथम स्थान पर न सही मगर फिसड्डी न कहलाता। किया क्या जाए, कमजोर व बदनाम करने के लिए विदेशी हाथ भारत के पीछे सदैव ही हाथ धोकर पड़ा रहता है।

दरसअल विदेशी हाथ हमारी संस्कृति को भ्रष्ट करने पर तुले हैं। वे नहीं चाहते हैं कि विरासत के नाम पर हम आने वाली पीढ़ी के लिए कुछ छोड़कर जाएँ। इतना ही होता तो भी गनीमत थी, क्योंकि नई पीढ़ी तो पाश्चात्य विरासत के सहारे जीवन यापन करने में सक्षम है। मगर हम जैसे फटे-पुराने घाघरों का काम तो प्राचीन विरासत की पैबन्द ही से चल रहा है। दुखद स्थिति तो यह है कि विदेशी हाथ हमें अपनी प्राचीन विरासत के सहारे भी जिन्दा रहने नहीं देना चाहता। इस बारे

में जर्मन के साथ तो हमारे देश के पुराने रिश्ते हैं। मगर जर्मन हित की दृष्टि से यदि विचार करें तो यह कहा जा सकता है कि जर्मन संस्था का यह नकारात्मक विषय पर सकारात्मक दृष्टिकोण है।

विदेशी हाथ से पीछा नहीं छुड़ाया जा सकता। यह इस देश की मजबूरी है। मजबूरी का कारण नकारात्मक विषय पर विदेशी हाथ का सकारात्मक दृष्टिकोण तो है ही। विदेशी हाथ से मुक्त न होने का मुख्य कारण हमारे कर्णधारों का सहिष्णु स्वभाव व सांस्कृतिक मजबूरी भी है।

सहिष्णु स्वभाव का परिचय देते हुए हमारे कर्णधारों ने अब विदेशी हाथ को अपना मुकद्दर मान लिया है और गृह स्थिति गड़बड़ाने पर उसका सकारात्मक उपयोग किया करते हैं। वैसे भी आत्मसात की हमारी प्रवृत्ति 'अतिथि देवो भव' संस्कृति का अभिन्न अंग है।

दारुण दुःख का मूल कारण वास्तव में जर्मन संस्था की रीति-नीति नहीं है। मुख्य कारण है, हमारे अपनों की नकारात्मक सोच। नकारात्मक विचारधारा वाले लोगों को हमेशा ही गिलास आधा खाली दिखलाई देता है। गिलास आधा भरा भी है, यह उनकी आँखों से ओझल ही रहता है।

ईमानदारी के दृष्टिकोण से सर्वेक्षण रिपोर्ट को देखना और इस परिणाम पर पहुँचना कि ईमानदार 133 देशों की सूची में भारत का स्थान 83 वाँ है, सरासर नकारात्मक व बेईमानवादी दृष्टिकोण का परिचायक है। सर्वेक्षण से प्राप्त आँकड़ों पर यदि सकारात्मक दृष्टिपात किया जाता तो निष्कर्ष यह निकलता कि भ्रष्टाचार के मामले में भारत का स्थान 50वाँ है। हालाँकि सकारात्मक प्रवृत्ति के इस परिणाम से भी मैं सन्तुष्ट नहीं हूँ, क्योंकि पिद्दी-सा बांग्लादेश इस मामले में भारत से बाजी मार गया। वह पहले स्थान पर है, जबकि भारत ही बांग्लादेश का जनक है। यह तो कुछ ऐसा ही हुआ कि बेटा बाप से बाजी मार गया। गुरु गुरु रह गया और चेला शक्कर हो गया। तथापि 83 वें स्थान के निम्नस्तर की अपेक्षा उच्च 50वाँ स्थान प्राप्त कर सूची में भारत कुछ तो ऊपर होता।

हाँ, भ्रष्टाचार में 50वाँ स्थान प्राप्त करना मेरे जैसे राष्ट्रवादियों के लिए सन्तोष का विषय नहीं है। मुझे पक्का यकीन है कि मेरे राष्ट्रवादी भाई इस समाचार को पढ़-सुनकर मेरी ही तरह व्यथित होंगे। ईमानदारवादी कुछ लोग शायद भ्रष्टाचार के प्रति मेरे आलाप से सहमत नहीं होंगे, मैं जानता हूँ। उनके लिए मेरी सलाह है कि वे नकारात्मक दृष्टि का त्याग कर सकारात्मक दृष्टि अपनाएँ। भोजन पचाने के लिए यदि उनके लिए ईमानदारी नामक चूर्ण अतिआवश्यक है तो भ्रष्टाचार की संजीवनी का ईमानदाराना तरीके से इस्तेमाल करें, उन्हें लाभ मिलेगा। आत्मा को शान्ति प्राप्त होगी। देश के अनेक महानुभाव ऐसे ही सकारात्मक दृष्टिकोण के साथ भ्रष्टाचार का सेवन कर सुखी जीवन व्यतीत कर रहे हैं।

दरअसल यह परिवर्तन का दौर है और परिवर्तन ही शाश्वत है। सांस्कृतिक मूल्यों के इस परिवर्तन के दौर में मानसिकता में भी परिवर्तन अवश्यम्भावी है। इससे भी शान्ति प्राप्त होगी। इस हाथ ले और उस हाथ दे का जमाना है, यदि कोई कुछ लेकर काम कर देता है तो इसमें बेईमानी कहाँ, यह तो शिष्टाचार है। वैसे भी लेन-देन का यह चक्र लगभग पूरा हो चुका है और प्रकृति का भी यही नियम है।

सूर्य सागर से जल लेता है, बादलों को दे देता है। बादल पृथ्वी को और पृथ्वी नदियों के रास्ते जल पुनः सागर तक पहुँचा देती है।

चपरासी लेता है, साहब की साग-सब्जी का प्रबन्ध करता है। साहब लेता है, ऊपर वाले साहब को दे देता और वह अपने ऊपर वाले को सौंप देता है। ऊपर वाला मन्त्री तक, मन्त्री पार्टी फण्ड में और पार्टियाँ उसे जनहित में खर्च कर देती हैं। इस तरह सागर का जल सागर में समा जाता है। इसमें बेईमानी कहाँ?

भ्रष्टाचार दरअसल विकास का प्रतीक है। इससे अर्थव्यवस्था सुदृढ़ होती है। ईमानदारी विकास की गति में बाधक है, कार्य में रुकावट है। व्यवस्था का निर्माण कार्य को गति प्रदान करने के लिए किया जाता है। जो व्यवस्था कार्य में बाधक हो उसे बदल देना चाहिए।

अतः सकारात्मक दृष्टि का अनुसरण करते हुए ईमानदारी व ईमानदारवादियों को हतोत्साहित और भ्रष्टाचार व भ्रष्टाचारवादियों को प्रोत्साहित किया जाना चाहिए। मेरा विनम्र सुझाव है कि भ्रष्टाचार को विधिवत राष्ट्रीय चरित्र घोषित कर दिया जाना चाहिए। ऐसा करने से राष्ट्रीय चरित्र का अभाव भी दूर हो जाएगा और विकास की गति को भी ऊर्जा प्रदान होगी।

लाल बुझक्कड़ के देश में

इतिहास में लाल बुझक्कड़ नाम का एक राजा हुआ है। कहने की आवश्यकता नहीं है कि वह बुद्धिजीवी था। राजा जन्मजात बुद्धिजीवी होते हैं, यह उक्ति भी उतनी ही सत्य है, जितनी कि 'बॉस इज़ आलवेज राइट'। यह भी कहा जा सकता है कि बुद्धिजीवी होने के लिए अकबर होना तो आवश्यक है, साक्षर होना नहीं। 'पढ़ोगे लिखोगे बनोगे खराब, खेलोगे कूदोगे बनोगे नवाब' यह कहावत भी इसी सत्य की स्थापना का प्रयास है। वर्तमान दौर में भी मन्त्री से लेकर मुख्यमन्त्री तक ऐसे अनेक अकबर सत्ता संचालन में अपना महत्त्वपूर्ण योगदान दे रहे हैं और इस महान देश को प्रगति पर पथ निरन्तर हाँक रहे हैं। यह लोकतान्त्रिक व्यवस्था का कमाल है।

लाल बुझक्कड़ भी उसी परम्परा का एक महान राजा था। यह वही राजा था, जिसके राज में भाजी और खाजा दोनों ही टका सेर बिकते थे, यानी के सब धान सत्ताईस सेर। यह उसकी समाजवादी विचारधारा का प्रतिफल था। बुद्धिजीवी होने के साथ-साथ वह अव्वल दर्जे का संवेदनशील प्राणी भी था। अन्याय उसे कतई बर्दाश्त नहीं था। संवेदनशील व्यक्ति ही समाजवादी विचारधारा के पोषक होते हैं।

मनोरंजन के लिए एक दिन उसके मन में फुटबाल मैच देखने की इच्छा जाग्रत हुई। मन्त्री-सन्तरियों को आदेश दिए गए और राज्य के नेशनल स्टेडियम में मैच देखने की व्यवस्था कर दी गई। अपने लाव-लशकर के साथ लाल बुझक्कड़ स्टेडियम पहुँचा। दोनों टीमों के खिलाड़ियों के साथ उसका परिचय कराया गया और संकेत के साथ मैच शुरू हो गया।

बुझक्कड़ कुछ देर तक तो धीरज धारण कर मैच देखता रहा, मगर धीरज ज्यादा देर तक उसका साथ न दे सका। बुझक्कड़ अचानक बिफर उठा, क्योंकि वह संवेदनशील प्राणी थे और संवेदनशील प्राणी सबकुछ बर्दाश्त कर सकता है, मगर अन्याय नहीं।

वह चिल्लाया, ''बन्द करो यह तमाशा।''

तमाशा थम गया, और सन्नाटा स्टेडियम पर काबिज हो गया।

उसने बेरी के झाड़-सी अपनी दाढ़ी पर हाथ घुमाया और बोला, ''महामन्त्री! हमारे राज में घोर अन्याय! मामूली-सी गेंद के लिए हमारे राज्य के युवा परस्पर

झगड़ा करें? वह भी हमारी आँखों के सामने! नहीं-नहीं-नहीं, यह कदापि नहीं हो सकता। अन्याय हमें किसी भी कीमत पर बर्दाश्त नहीं। एक गेंद के लिए इतने युवा! यह तो ना-काबिले बर्दाश्त है।''

राजा के सामने गेंद जैसी तुच्छ वस्तु के लिए लोग आपस में झगड़ें, वास्तव में यह किसी भी राजा के लिए हिमाकत की बात हो सकती है। राजा हिमाकत पसन्द नहीं होते। वे हिमाकत कर तो सकते हैं, मगर दूसरा कोई हिमाकत करे यह किसी भी राजा के लिए बर्दाश्त से बाहर की बात है, क्योंकि वे राजा हैं।

लाल बुझक्कड़ फिर चिल्लाया, ''महामन्त्री! राजकीय राहत कोष से गेंद खरीदवाई जाएँ और सभी खिलाड़ियों को दो-दो दे दी जाएँ।'' खिलाड़ियों के बीच गेंद बँटवाकर लाल बुझक्कड़ ने समाजवादी होने का एक और जीवन्त प्रमाण प्रस्तुत किया। समाजवादी नेताओं का यही परम लक्षण है, अपनों के सामने राजकीय कोष गौण है।

बुझक्कड़ के वंशज आज भी उसकी महान परम्पराओं को न केवल जिन्दा रखे हुए हैं, बल्कि उन्हें उसे विकसित भी किया है। लाल बुझक्कड़ फुटबाल मैच देखने नेशनल स्टेडियम गया था, वंशजों ने समूचे नेशन को स्टेडियम बना दिया है और राजनीति को फुटबाल का मैच। जनता दर्शक है और उसके हित गेंद। राजनीति के खिलाड़ी छोटे-बड़े पास के जरिए गेंद एक-दूसरे के पाले में सरका रहे हैं। कोई न मिले तो गेंद राष्ट्रपति या राज्यपाल के पाले में डाल दी जाती है। जितनी जनता उतनी गेंद, इसलिए बुझक्कड़ के वंशजों के राज्य में गेंद की कमी नहीं। अपनी गेंद और दूसरे के पाले में, सहृदयता और सौहार्दता का इससे ज्यादा जीवन्त उदाहरण और क्या होगा।

लाला बुझक्कड़ के राज में भाजी और खाजा एक भाव बिकते थे। इनके राज में दूध और पानी एक भाव बिकते हैं। आर्थिक समानता का इससे अनुपम उदाहरण और क्या होगा! दोनों एक भाव बिक रहे हैं, इसलिए दूध में पानी या पानी में दूध की मिलावट अब कोई समस्या नहीं है। पानी पीकर जीने वाला अब कोई भी बच्चा हीन भावना से ग्रस्त नहीं होगा, क्योंकि दूध और पानी के भाव समान हैं। यही समाजवाद है।

मन्त्री जी की अँगूठी

बिना विभाग के मन्त्री जी ने उच्चस्तरीय कमेटी की बैठक बुलाई। बैठक में राष्ट्र के सर्वांगीण विकास से सम्बद्ध योजना पर चर्चा की जानी थी। क्योंकि मन्त्रालय बिना विभाग का था, इसलिए सर्वांगीण विकास पर ही चर्चा लाजिम थी और मजबूरी भी। कान्फ्रेंस हाल में एक-एक कर विभाग के सभी उच्चाधिकारी उपस्थित हो चुके थे। बस शेष रह गए थे मन्त्री जी। उपस्थिति पूर्ण होने की सूचना मन्त्री जी के पास भेजी गई और इसी के साथ मोबाइल पर बतियाते मन्त्री जी ने कान्फ्रेंस हाल में प्रवेश किया। एक-एक कर सभी मातहतों ने उनकी चरण वन्दना की। चरण वन्दना कराना मन्त्री जी का शौक था और मातहतों का परम कर्तव्य। मन्त्री जी चरण वन्दना के घनत्व के आधार पर मातहतों की निष्ठा, कर्तव्य के प्रति ईमानदारी का आकलन करते हैं।

मन्त्री जी ने मोबाइल पीए साहब के हाथ में थमाया और दोनो हाथों की उँगलियाँ एक-दूसरे के बीच फँसाने की अदा का प्रदर्शन करते हुए तशरीफ का टोकरा कुर्सी पर टिकाया। मन्त्री जी अभी पूरी तरह टिक भी न पाए थे कि दाएँ हाथ की उँगलियों से बाएँ हाथ की उँगलियों के उद्गम स्थल को सहलाते हुए हवा में ऐसे उछले मानों कुर्सी के नीचे किसी ने आग लगा दी हो। इसके साथ ही उनके मुँह से निकला, ''हाय, मेरी अँगूठी!''

समूचा कान्फ्रेंस हाल 'हाय मेरी अँगूठी' की प्रतिध्वनि से गुंजायमान हो गया।

पीए के मुँह से निकला, 'हाय, मेरी अँगूठी' सचिव के मुँह से निकला, 'हाय मन्त्री जी की अँगूठी।'

मैडम बटरफ्लाई के मुँह से निकला, 'हाय! उनकी अँगूठी।'

मानों सभी के टेप में एक ही नारा रिकार्ड था, 'हाय अँगूठी, हाय अँगूठी।'

वैसे बिना विभाग के मन्त्रालय के वरिष्ठ-कनिष्ठ सभी अधिकारी व्यावहारिक प्रकृति के जीव थे अर्थात् प्रेक्टिकल एप्रोची थे। सभी अधिकारी खुला मक्खन हाथ में लिए घूमते थे, मगर मक्खनी आँखों वाली मैडम बटरफ्लाई उन सभी में बेजोड़ थी।

मैडम का असली नाम बटरफ्लाई नहीं था दरअसल असली नाम उनके स्वभाव से मेल नहीं खाता था। दरअसल मैडम बटरफ्लाई जब भी किसी की तरफ ताकती

थी तो लगता था मानों उनकी आँखों से मक्खन की बौछार हो रही है। मन्त्री व अधिकारियों के चारों तरफ वह अकसर ऐसे भिनभिनाती रहती थी, जैसे फूल के चारों तरफ बटरफ्लाई। सुविधानुसार अपनी पसन्द के किसी फूल पर काबिज होने के बाद वह उसके पराग का रसास्वादन तब तक जारी रखती थी, जब तक निचुड़ा फूल निरीह अवस्था में धरती की तरफ ताकने के लिए मजबूर नहीं हो जाए। ऐसे ही कई फूलों को वह मोक्ष की अवस्था तक पहुँचाने में सफलता प्राप्त कर चुकी थी। इसी विशेषता का आकलन करते हुए उनके सहकर्मियों ने उनका नाम बटरफ्लाई रख दिया था।

मन्त्री जी के चेहरे पर पुरवा हवा के शुष्क झोंके स्पष्ट दिखलाई दे रहे थे। उन्हें लग रहा था, अँगुली से अँगूठी नहीं, वर्षों की कड़ी मेहनत से प्राप्त कुर्सी ने यकायक खिसकना शुरू कर दिया है।

मनुष्य जब-जब भी संकटावस्था में होता है, उसका अध्यात्म जाग्रत हो जाता है। कुछ क्षण के लिए मन्त्री जी भी अध्यात्म की गंगा में सशरीर गोते लगाने लगे। सामने पड़ी कुर्सी आज उन्हें रज्जू में सर्प की भाँति भ्रम लग रही थी। जगत के मिथ्यात्व का यथार्थ ज्ञान पुष्ट हो रहा था। अतः वह कुर्सी पर पुनः विराजमान होने की हिम्मत नहीं जुटा पा रहे थे।

कान्फ्रेंस हाल मौन था। मन्त्रीजी के सामने सभी अधिकारी हाथ बँधे सिर झुकाए गिरजाघर में एकत्रित श्रद्धालुओं की मुद्रा में खड़े थे।

मौन, मैडम बटरफ्लाई ने तोड़ा, "सर! क्या हुआ, आपकी अँगूठी को? घर तो ठीक-ठाक थी!"

अबोध किसी बालक के समान रुँधे गले से मन्त्री जी बोले, "कहीं गिर गई।"

समूचे कान्फ्रेंस हाल के मुँह से निकला, 'गिर गई!' और गिर गई की इस आवाज के साथ ही समूचा कान्फ्रेंस हाल गतिमान हो गया।

मैडम बटरफ्लाई ने मौके की नजाकत भाँपते हुए मन्त्री के चरणों में मोर्चा जमाया और वह दण्डवत अन्दाज में उनके चरणों तले अँगूठी खोजने लगी। मैडम का अनुसरण करते हुए जो जहाँ खड़ा था, वहीं झुका और अपने-अपने पैरों तले अँगूठी ऐसे खोजने लगा, मानों मन्त्री जी की अँगूठी नहीं उनके पैरों तले की जमीन खिसक गई हो। दरअसल यह मन्त्री जी के प्रति उनकी निष्ठा का प्रदर्शन था।

सचिव साहब ने हाल के चारों कोनों की खाक उड़ाई तो पीए साहब ने फर्श पर बिछे गलीचे की। मानों अँगूठी नहीं, राजनीति की गेंद हो गई थी, अँगूठी! अतः सभी ने अपने-अपने पाले में तलाशी। मगर गेंद किसी के हाथ नहीं लगी। शायद किसी और के पाले में चली गई थी। राजनीति स्वयं भी गेंद खिसकाने का खेल है। एक-दूसरे के पाले में खिसकाकर खिलाड़ी स्वयं ही ताली बजाते हैं।

तलाश की हताशा के बाद मैडम बटरफ्लाई ने मन्त्री जी का हाथ पकड़ा

और दिलासा के साथ उन्हें कुर्सी पर बिठाया। एक-एक कर सभी अपने-अपने आसन पर विराजमान हो गए और अँगूठी को लेकर चिन्तन-मन्थन का दौर शुरू हुआ। पहल पुनः मैडम ही ने की, "सर! घर फोन करूँ शायद वहीं छूट गई हो।"

"नहीं! कमबख्त घर का फोन भी तो नहीं मिल रहा है।"

"सर! यह तो अपशकुन है। अँगूठी भी गायब है, फोन भी नहीं मिला।"

"यही सोच-सोचकर तो मैं चिन्तित हूँ।"

सचिव बोले, "सर! मुझे तो इस मामले में विपक्ष की साजिश लगती है।"

"ठीक ही कहते हो, मेहता जी। विदेशी हाथ भी हो सकता है।" पीए साहब बोले।

मन्त्री जी ने चेहरे पर हाथ फेरा और बोले, "मुझे अपनी कुर्सी की चिन्ता नहीं है, मेहता साहब। हालाँकि बाल्टी बाबा से यह अँगूठी मिलने के बाद ही मुझे मन्त्री पद मिला था। मगर इसी तरह यदि मन्त्रियों की अँगूठियाँ गायब होती रहीं तो एक दिन सरकार का भी पतन हो जाएगा। सरकार यदि गिर गई तो इस देश का क्या होगा? बस मैं तो यही सोच-सोचकर परेशान हूँ, मैडम!"

मक्खनी आँखों में आँसू छलकाते हुए मैडम बोली, "ठीक कहते हो सर! आप हमेशा ही इस देश की चिन्ता में भुनते रहे हो। अँगूठी का खोना मुझे भी किसी गम्भीर साजिश का परिणाम लगता है।"

सचिव बोले, "क्यों न इस बारे में प्रधानमन्त्री जी को अवगत करा दिया जाए।"

बटरफ्लाई बोली, "नोट बनाऊँ, सर!"

मन्त्री जी ने सचिव को झाड़ पिलाई, 'मेहता साहब कभी-कभी तो मूर्खता की सभी हदें पाकर कर जाते हो। प्रधानमन्त्री जी को बताने का नतीजा जानते हो? अभी इस मामले को यहीं दबा रहने दो।"

मन्त्री जी का मोबाइल घनघनाया। मन्त्री जी जंग खाई तार से काँप गए। उन्हें लगा कि बात शायद प्रधानमन्त्री जी तक पहुँच गई है और फोन त्यागपत्र देने का आदेश लिए हुए है। मन्त्री जी ने फोन ऑन किया, "य ऽ ऽ ऽ स! यस, सर!!!"

आवाज प्रधानमन्त्री की नहीं मन्त्री जी की पत्नी की थी। हड़काने का लहजा लिए पत्नी की आवाज कान में पड़ी, "अँगूठी भूल गए! हाँ, हाँ, हाँ, बाथरूम में।"

"ओ ऽ ऽ ऽ हो ो ो ो! सॉरी, मैडम आज स्नान किया था, ना।"

"मना किया था, स्नान मत किया करो, जब भी स्नान करते हो कोई-न-कोई अपशकुन हो जाता है।"

"वेरी सॉरी! आइन्दा ध्यान रखूँगा।"

बटरफ्लाई ने आँसू पोंछ मक्खन का सटीक उपयोग करते हुए पूछा, "सर!

कॉल कौन-सी मैडम की थी?''

मन्त्री जी के चेहरे पर भी पुरवा के स्थान पर पछवा हवा के अस्थायी चिह्न प्रकट हुए और बोले, ''पत्नी की, अँगूठी मिल गई। आज स्नान किया था। अँगूठी बाथरूम में ही भूल आया। कमबख्त जब कभी स्नान करता हूँ, कोई-न-कोई अपशकुन हो ही जाता है। अँगूठी बाल्टी बाबा ने दी थी। स्नान से परहेज करने की सलाह लोटा बाबा ने दी थी।''

''स ऽ ऽ ऽ र! इसी खुशी में फिर तो लंच हो जाए।''

बटरफ्लाई के मुँह से लंच निकला और सचिव महोदय ने एक गाड़ी पंचतारा होटल रवाना कर दी और दूसरी गाड़ी अँगूठी लेने के लिए मन्त्री जी के निवास पर। पत्नी पहले ही अँगूठी लेकर तीसरी गाड़ी मन्त्री के कार्यालय की ओर रवाना कर चुकी थी।

शाम होते-होते प्रधानमन्त्री कार्यालय से एक फरमान जारी हुआ, 'कोई भी मन्त्री किसी भी स्थिति में अँगूठी नहीं उतारेगा। आदेश की अवहेलना करने वाले मन्त्री के खिलाफ पोटा के तहत कार्रवाई की जा सकती है।'

आपात् स्थिति से निपटने के लिए प्रधानमन्त्री राहत कोष से विभिन्न रत्न जड़ित अँगूठियाँ तैयार कराने के आदेश भी दिए जा चुके थे। ताकि वक्त-जरूरत पर काम आ सके और सरकार पर आने वाले सम्भावित खतरे को टाला जा सके।

पौरुषघाती समाचार

आजकल बहुत भयानक-भयानक समाचार देखने-सुनने को मिल रहे हैं। शायद ही कोई ऐसा दिन जाता होगा, जब किसी-न-किसी समाचार पत्र में एक-न-एक आतंकी समाचार टपके की तरह न टपक जाता हो। बुद्धिजीवी कह भी गए हैं कि शेर का इतना आतंक नहीं, जितना टपके का। बात भी सही है, शेर आएगा भी तो कम-से-कम माँ-बदौलत की तरह अपने होने का अहसास कराता आएगा, मगर टपका तो किसी आत्मघाती दस्ते की तरह धम से आ टपकता है। अतः शेर की अपेक्षा टपका बड़ा आतंकी है। यही कारण है कि सुबह करवटें बदलते-बदलते जब हम समाचार पत्र की सलवटें खोलते हैं तो भय के वशीभूत आँखों के शटर पूरे नहीं, आधे ही खोलते हैं। यद्यपि हम जानते हैं कि आँखें बन्द कर लेने से बिल्ली के हृदय में दया भाव जाग्रत नहीं हो जाता। फिर भी ऐसा करना मानव स्वभाव है।

आतंकी समाचारों से हमारा तात्पर्य आतंकवाद से जुड़े समाचारों से नहीं है। मसलन पाकिस्तान के राष्ट्रपति जनरल मुशर्रफ की अँगुली परमाणु हथियारों के बटन पर रखी है, भारत झाड़-पोंछ कर अपनी परमाणु मिसाइलों को तेल पिला रहा है। अथवा एक दर्जन पाक आतंकवादी सीमा पार कर भारत में घुस आए हैं। ऐसे समाचार अब आतंक पैदा करने में उसी तरह असफल साबित हो रहे हैं, जिस तरह पाकिस्तान के मन में भय पैदा करने में भारत।

दरअसल आदमी आतंक के साये में जीने का आदी हो गया है। दर्द का मारा, करे भी तो क्या करे बेचारा। घर में बीवी का आतंक, दफ्तर में जाए तो बॉस का। घर से दफ्तर तक रास्ते भर पुलिस का आतंक, बस में सफर करे तो जेबकतरों का आतंक।

वैसे भी मनुष्य स्वभाव से आतंकी ही है और जो लोग मानवीय इस सद्‌गुण से वंचित हैं, भ्रष्टाचार की तरह आतंक भी उनके लिए शिष्टाचार के दायरे में आ गया है। यह भी कह सकते हैं कि नियति बन गया है। जो नियति है उसे झेलना ही पड़ेगा, 'जाहि विधि राखे राम, ताहि विधि रहिए।''

आतंकी समाचारों से हमारा तात्पर्य पौरुष पर छाए संकट से जुड़े आए दिन के समाचारों से है। अब आप ही बताएँ कि यदि पौरुष ही संकट में पड़ जाए

तो क्या जीवन रस-विहीन नहीं हो जाएगा। यहाँ तक कि आतंकी घटनाएँ भी रोमांच रहित हो जाएँगी।

हमारी चिन्ता जायज है, आप भी सहमत हुए बिना नहीं रह पाएँगे। ऑक्सफोर्ड यूनिवर्सिटी में ह्यूमन जेनेटिक्स के प्रोफेसर ब्रायन साइक्स का मानना है, 'पुरुषों में पाए जाने वाले क्रोमोसोम का ह्रास हो रहा है और इस तरह सवा लाख वर्ष बाद पृथ्वी से पुरुष नामक प्राणी लुप्त हो जाएगा।' अर्थात् पुरुष डायनासोर की गति को प्राप्त हो जाएगा।

है ना, आतंकी समाचार। कुछ लोग सोच रहे होंगे खतरा सवा लाख वर्ष बाद आएगा। क्या फर्क पड़ता है। दरअसल ऐसा सोचाना संवेदनहीनता की पराकाष्ठा है, सम्पूर्ण मानव समाज के लिए घातक है। जब इस बारे में साइक्स सोच सकता है तो हमारे जैसे राष्ट्रवादियों को भी इस मुद्दे पर गहनता से विचार करना चाहिए। हमने इस विषय पर गम्भीरता के साथ विचार किया है। मेरे विचार में साइक्स का यह शोध पुरुषों की अपेक्षा महिलाओं को ज्यादा आतंकित करने वाला है। पुरुषों के लिए तो यह समाचार बिलकुल उसी तरह से है, 'आज मरे कल दूजा दिन' बात ठीक भी है, कल जब होंगे ही नहीं तो कल के परिणाम से क्या मतलब। परिणाम तो उस काल में विद्यमान महिलाओं को ही भुगतना पड़ेगा।

महिलाओं के लिए यह समाचार दुःखदायी व सुखदायी अर्थात् बहुदायी है। सुखदायी इस मायने में कि महिलाओं से सम्बद्ध अपराध का अध्याय समाप्त हो जाएगा। जब पुरुष नामक जीव पृथ्वी से लुप्त ही हो जाएगा तो महिला उत्पीड़न ही कहाँ रह जाएगा। तब महिलाएँ स्वच्छन्द विचरण करा करेंगी। पुरुषों के साथ समानता के रोने पर पूर्ण विराम लग जाएगा। फिर सत्ता में तैंतीस प्रतिशत की माँग करने के लिए धरने प्रदर्शन व पुरुषों की चिरौरी करने से भी फंद छूटेगा। क्योंकि राज उन्हीं का होगा। अर्द्ध नारीश्वर पूर्ण नारीश्वर हो जाएँगे।

हाँ, इस समाचार का दुखद पहलू यह है कि पुरुष विहीन समाज उनके लिए चार्म-लैस हो जाएगा। समलैंगिक सम्बन्धों में विश्वास करने वालियों पर तो विशेष कोई फर्क नहीं पड़ेगा, मगर शेष के लिए जीवन नीरस-नीरस-सा हो जाएगा।

समलैंगिक सम्बन्धों का चलन शायद इसी खतरे का भाँप कर शुरू हुआ है। यह शुभ संकेत है।

समलैंगिक विरोधी पुरुष को स्वहित का परित्याग कर इस विषय पर सहानुभूति पूर्वक विचार करना चाहिए और भविष्य में आने वाले संकट को ध्यान में रखते हुए, समलैंगिक सम्बन्धों का विरोध छोड़ प्रोत्साहित करना चाहिए।

इस बारे में शोधकर्ता साइक्स ने भी एक पहलू को लेकर अपनी चिन्ता जाहिर की है। उनकी चिन्ता प्रजनन से सम्बद्ध है। वह कहते हैं कि प्रजनन के लिए तो पुरुष चाहिए ही। मगर मेरे मतानुसार साइक्स चिन्ता व्यर्थ है। साइक्स यदि

भारतीय पौराणिक ग्रन्थों का अध्ययन कर लेते तो व्यर्थ की यह चिन्ता न करते। तब वे कहते पुरुष विहीन समाज में भी प्रजनन कोई समस्या नहीं है, क्योंकि तब सन्तान की इच्छुक कुंतियाँ इन्द्र, पवन, सूर्य, और चन्द्रमा जैसे देवताओं की आराधना करेंगी और इच्छित सन्तान प्राप्त कर लेंगी।

हाँ, इससे भी भयानक एक और समाचार है और वह है पुरुषों के लिए गर्भनिरोधक गोलियाँ। महिलाओं द्वारा गर्भनिरोधक गोलियाँ इस्तेमाल करने के बावजूद यदि कोई ऊँच-नीच हो भी जाए तो उसके लिए गोलियों को जिम्मेदार बनाया जा सकता है अथवा पुरुष को। मगर जब पुरुष गर्भनिरोधक गोलियाँ इस्तेमाल करने लग जाएँगे, तब किसी भी ऊँच-नीच के लिए जिम्मेदारी वह अपने ऊपर बिलकुल नहीं लेगा और न ही गोली बनाने वाली कम्पनी को गाली देगा।

अन्ततः जिम्मेदार महिलाओं को ही ठहराया जाएगा, क्योंकि पुरुष स्वभाव से शक्की और हट्ठी मिजाज के होते हैं। अतः महिलाओं को अपनी सेहत के लिए पुरुष-गर्भनिरोधक गोलियों की खिलाफत करनी चाहिए। मेरे जैसे अनेक पुरुष उनका साथ देने के लिए तैयार हैं।

माया महा ठगिनि हम जानी

"वत्स, क्या वर्तमान सन्दर्भ में मायाऽ ऽ ऽ ऽ!"

आचार्यश्री ने माया शब्द का उच्चारण करते हुए मुँह इस प्रकार बाया मानों किसी आईएएस अधिकारी के हाथ में मनुवादी होने का प्रमाण-पत्र थमा दिया गया हो। कर्णेन्द्रियों में माया शब्द के प्रवेश मात्र से ही उनका तन-मन ऐसे मुरझा गया, जैसे शिशिर ऋतु में सूखाग्रस्त क्षेत्र की लताएँ।

विचलित मन के साथ भय के रथ पर सवार आचार्यश्री बोले, "हे पुत्र! माया तो पुरातन काल से ही विवादास्पद रही है। अब, मेरे मुख से टिप्पणी प्रसारित कराकर तू मुझे क्यों इस विवाद में घसीटता है। जा, धर्म-ग्रन्थों का अध्ययन कर माया का रहस्य समझ आ जाएगा।"

आचार्य को ढाढ़स बँधाते हुए मुन्नालाल बोला, "हे, जगद्गुरु! राजनीति की उर्वरा भूमि में गहराई तक धँसी आपकी जड़ों से मैं पूर्ण परिचित हूँ। वोट बैंक पर लटका ताला तोड़ने में आपको महारथ हासिल है। राजनीति के इस हस्तिनापुर में आप भीष्म पितामह के समान हैं। राजनीतिज्ञों के लिए आप किसी कुशल व्यवसायी की काली पूँजी के समान हैं। फिर भला किसकी हिम्मत है कि कोई आपको विवाद के दलदल में घसीटने की चेष्टा करें। अतः निरर्थक भय का त्याग कर माया के रूप-स्वरूप का विस्तृत विवेचन करने की कृपा करें।"

मुन्नालाल के सत्यं-प्रियम् वचन सुन आचार्य बोले, "यह सत्य है, पुत्र कि मैं राजनीतिज्ञों के लिए जमा-पूँजी के समान हूँ। फिर भी हे वत्स! राजनीति का चरित्र बहुत विचित्र है। राजनीति वेश्या के समान है, जो नित्य बिस्तर बदलती रहती है। उसके लिए आज मैं उपयोगी हूँ कल अन्य कोई धर्म गुरु उपयोगी हो सकता है।"

रहस्यवाद और मजबूरीवाद का समानुपाती मिश्रण चेहरे पर पोत आचार्य आगे बोले, "पुत्र! तुझे एक रहस्य की बात बताता हूँ, मेरा नाम शंकराचार्य की सूची में प्रथम स्थान पर है, अतः मुझे माया जाल में उलझाकर उस सूची से मेरा नाम साफ कराने का प्रबन्ध न कर।"

आचार्यश्री की व्यथा-कथा सुन मुन्नालाल ने मक्खन की मात्रा में वृद्धि की और मालिश करते हुए बोला, "हे, आचार्य! राजा-महाराजा पुरातन काल से ही धर्म

गुरुओं के सहारे राज-काज चलाते आए हैं। त्रेता युग में गुरु वशिष्ठ का सहारा था तो द्वापर में कुलगुरु कृपाचार्य ने इस भूमिका का सफल निर्वाह किया। वर्तमान काल में गुरु वशिष्ठ व कृपाचार्य की भूमिका आप ही तो बखूबी अदा कर रहे हो।''

''हे, आचार्य! राजनीतिक पीठ के धर्मगुरुओं के मध्य आप महामण्डलेश्वर हैं और राजनीतिज्ञों के मध्य स्वयंभू शंकराचार्य के समान। भावी शंकराचार्यों की सूची से यदि आपका नाम कट भी गया तो अन्य कोई राजनीतिक दल आपको शंकराचार्य घोषित कर देगा। अतः आपके भय का कोई कारण नहीं है।''

''हे, आचार्य! धर्मगुरुओं के बिना इस महान देश की राजनीति लाठी विहीन नेत्रहीन के समान है। नेत्र विहीन इस राजनीति को दिशा प्रदान करने के महती कार्य में आपसे ज्यादा सक्षम और कौन-सा धर्म-गुरु है।

राजनीतिक महत्त्वाकांक्षाओं के मार्ग में अवरोध उत्पन्न करने वाली धार्मिक बाधाएँ दूर कर निष्कंटक पथ निर्माण का श्रेय आप ही की जन्मकुण्डली में अंकित है। धार्मिक अवरोधों के ताले आप ही के करकमलों से खोले जाने हैं। समूचा जनतन्त्र आप ही की तरफ निहार रहा है, आप ही तो उनकी बैसाखी हैं।''

''हे, आचार्य! आप भी यदि 'माया' शब्द मात्र से व्यथित हो जाएँगे। आप ही यदि भयवश संयम का त्याग कर देंगे तब इस देश की राजनीति की दिशा-दशा क्या होगी, इसकी कल्पना मात्र से ही मेरा मन ऐसे काँपने लगता है, जैसे पवन वेग से पीपल के सूखे पात।''

त्वचा रोम के रास्ते मक्खन की चिकनाई आचार्य के अन्तर्मन में प्रवेश हुई और शुष्क मन चिकनाई प्राप्त कर मुलायम हुआ। इस प्रकार मुन्नालाल का मक्खनी प्रयोग सफल हुआ।

बगुले की भाँति आचार्यश्री ने दाएँ-बाएँ गर्दन घुमाई और माया की दिशा में उड़ान भरी। ''प्रिय, पुत्र! तेरी बाल हठ के सम्मुख मैं पराजित हुआ और निर्धारित विजन-मिशन को एक तरफ रख माया के रहस्य पर मद्धम-मद्धम प्रकाश डालता हूँ। लेकिन मेरी नसीहत पर भी तू गम्भीरता से विचार करना।''

''देवो न जानति कुतो मनुष्यः''

''हे, प्रिय पुत्र! मनुष्य की तो औकात क्या मान्यवर राम जी भी अपनी माया का रहस्य नहीं जान पाए। राम जी की माया है, पुत्र! राम जी की माया। तू फिजूल ही क्यों इस लफड़े में पड़ता है।''

''पुत्र, बड़ी विचित्र है माया की 'माया'!

'क्षणे रुष्ठा, क्षणे तुष्टा, रुष्ठा तुष्ठा क्षणे-क्षणे' बहुरूपा है वह, पुत्र। क्षण-प्रतिक्षण रूप परिवर्तन करना उसकी प्रकृति है।

पुरातन काल से ही ऋषि-मुनि मायाजाल से दूर रहने की नेक सलाह देते

आए हैं। मगर मोह के वशीभूत मनुष्य उसके मायाजाल में इस प्रकार फँसता चला जाता है, जिस प्रकार अन्न के दाने देखकर बहेलिया के जाल में कबूतर।''

''प्रिय पुत्र! शंकराचार्य ने माया को असत्य कहा, भ्रम कहा, रज्जू में सर्प के समान कहा और दादा कबीर ने उसे मोहिनी कहा।

उसका मोहिनी रूप देखकर मनुष्य उसी प्रकार अपना कण्ट्रोल खो बैठता है, जिस प्रकार हल्दीराम की भुजिया का खुला पैकेट देखकर टीवी बाला, 'क्या करूँ कण्ट्रोल नहीं होता।'

माया के मोहिनी रूप से आकर्षित मनुष्य उसके साथ गठजोड़ कर बैठता है और फिर मनु के वंशज होने का तमगा प्राप्त कर दर-दर भटकता फिरता है। फिर अन्य किसी शिविर में भी उसे आश्रय प्राप्त नहीं हो पाता।''

''माया विषकन्या है, पुत्र! वह राजा को रंक बनाने की क्षमता रखती है। कल्याण की भावना से भी यदि कोई उसके जंजाल में फँसा, उसने उसे भी नहीं बख्शा। उसका भी कल्याण कर दिया। अच्छे-अच्छे तीसमारखाँओं की तासीर बदल डाली और उन्हें मुलायम बना दिया।''

''परम प्रिय मुन्नालाल! दादा कबीर भी माया के मोह में फँसे होंगे, उनके अनुभव से ऐसा ज्ञात होता है।''

''कबिरा खड़ा बजार में लिए लुकाठी हाथ। जौ घर जारै आपना चलै हमारे साथ॥'' स्पष्ट है कि स्वार्थ का त्याग कर केवल कल्याण भावना के साथ ही दादा ने माया शिविर में प्रवेश किया होगा। मगर शिविर में प्रवेश पाते ही वह भी ठगे रह गए होंगे। अपने अनुभव के आधार पर तभी तो उन्होंने कहा, ''माया महा ठगिनि हम जानी। तिरगुन फाँस लिए कर डोलै, बोले मधुर बानी॥''

''अन्ततोगत्वा दादा की स्थिति क्या हुई, ''कबिरा खड़ा बजार में, माँगे सबकी खैर। ना काहू से दोस्ती, ना काहू से बैर॥'' प्रिय पुत्र माया की चपत लगने के बाद दादा कबीर की ही तरह मनुष्य निष्कामी प्रवृत्ति का हो जाता है।''

''उस दिन से आज तक बाजार में खड़ा कबीर चिल्ला-चिल्लाकर मनुष्य को माया से दूर रहने की नसीहत दे रहा है। मगर मनुष्य अनसुनी कर केवल यही दोहरा रहा है, 'माया तेरे तीन नाम परसी, परसा, परसुराम' और उसके जंजाल में फँसता चला जा रहा है। अतः हे, पुत्र! तू माया का मोह त्याग, अन्य कोई शिविर तलाश। दीमक के समान माया तेरा जनाधार चाटती जा रही है। व्यर्थ में ही क्यों अपना जनाधार नष्ट कर रहा है, कबीर की मान, 'माया को महा ठगिनि जान।' ''

संसद में बन्दर

संसद के अन्दर बन्दरों का जमघट देखा तो सवालों की श्रृंखला के साथ हमारे अन्दर का पत्रकार जागा। हमने उनका साक्षात्कार करने की ठानी और अपनी 'ठान' कन्धे पर लाद संसद का दरवाजा जा खटखटाया। मुख्य द्वार से ही इक्का-दुक्का बन्दरों से भेंट होनी शुरू हो गई।

महानुभावों को श्रद्धा के साथ केलों का कलेवा कराते-कराते हम महात्मा गाँधी की प्रतिमा के नजदीक पहुँचे। प्रतिमा के तले ही महानुभावों का दरबार लगा था। नमन किया और केलों का शेष स्टाक उनके सामने यूँ खोलकर रख दिया ज्यों प्रियतमा के सामने प्रेमी का आत्मसमर्पण।

सभी महानुभाव केलों पर ऐसे टूटे जैसे मरे ढोर पर गिद्ध, मछलियों पर बगुला और कुर्सी पर नेता।

प्रेम के साथ सभी ने केलों का कलेवा किया, वे अहसानवान थे और हम श्रद्धावान। उनका बॉडी लैंग्वेज पढ़ हम आश्चर्यचकित थे, 'वर्षों से ससंद में फिर भी अहसानवान! सोबत का असर शायद रफता-रफता होता है।' यह विचार कर हम शंका का समाधान खोज रहे थे।

तभी युवा बन्दर बंटी ने दाँतों पर चढ़ी होंठों की परत उठाई और बोला, "क्या पत्रकार भी! चारा खाते हैं, ताबूत चबाते, तोप निगल जाते हैं। हमें केले खिलाने वालों के हाजमे बड़े दुरुस्त होते हैं।"

युवा बन्दर के कटाक्ष सुन सूरजमुखी-सा हमारा चेहरा गुड़हल-सा मुरझा गया। हम कुछ कह पाते तभी हमारे थोबड़े पर उतर आई बारहखड़ी पढ़ उनका नेता सुखिया बोला, "नादान है, शैतान है, सोबत का असर है। इसकी बातों पर न जाना, माफ करना, उसे नहीं मालूम कि सभी इनसान चाराभक्षी नहीं हुआ करते।"

सुखिया की बात से हमारे ज्ञान में भी इजाफा हुआ कि सभी बन्दर बन्दर नहीं हुआ करते जिस तरह सभी इनसान इनसान नहीं होते। खैर, सुखिया के सामने अपनी मंशा जाहिर की। सुखिया ने बिना किसी हील-हुज्जत के कहा, "पूछिए।"

हमने पहला और सीधा सवाल किया, "संसद में बन्दर क्यों?"

सवाल मुखिया से किया था, जवाब चपल-चंचल बंटी ने दिया, "अन्दर वालों से वंशानुगत लक्षण काफी मिलते हैं! दादा डार्विन का सिद्धान्त सच लगता है।"

बंटी ने कटाक्ष किया या हकीकत बयान की यह सोचते-सोचते हमारे चेहरे पर विस्मय व प्रश्न बोधक कई चिह्न एक साथ उभर आए।

बात फिर जहीन सुखिया ने सँभाली, "बंटी कहता तो ठीक है, फिर भी अब सवाल यह नहीं है कि हम संसद में क्यों? सवाल अब यह है कि संसद से हमारा कूच क्यों?"

एक और विस्मय बोधक चिह्न ने हमारे चेहरे पर कब्जा जमाया और मुख से निकला, "क्या जा रहे हो?"

निराशा भाव के साथ सुखिया बोला, "हाँ, बरखुरदार। अब यहाँ से जाना ही बेहतर है।"

"मगर क्यों? क्या लंगूर के भय से?" हमने पूछा।

"नहीं, नहीं! दरअसल हमें निराशा हाथ लगी। हम संसदीय मर्यादा सीखने आए थे। हमारा राजा संसदीय व्यवस्था जंगल में लागू करने की इच्छा रखता था। मगर यहाँ तो...।"

अपनी बात पूरी किए बिना ही सुखिया ने मुँह बन्द कर लिया। शायद संसद की गरिमा का ख्याल रखते हुए।

"मगर, अभी तो आप वंशानुगत लक्षणों की बात कर रहे थे?" हमारा अगला सवाल था।

"हाँ, वंशानुगत लक्षण भी मिलते हैं, और अन्दर वालों ने हमारी 'खाऊ-फाड़ू, छीन-झपट नीति' भी अपनाई है। मगर लगता है, हमारी नीति को उन्होंने अपनी संस्कृति बना लिया है।" सुखिया ने जवाब दिया।

हमारी उत्सुकता ने पाँव पसारे और हमने पूछा, "क्या मतलब?"

सुखिया बोला, "नीति और संस्कृति में अन्तर है। नीति वक्त-जरूरत पड़ने पर अपनाई जाती है और परिवर्तित भी की जा सकती है, किंतु संस्कृति जीवन का अभिन्न अंग होती है। उनके व्यवहार से लगता है कि हमारी सुरक्षा नीति को उन्होंने जीवन का अभिन्न अंग बना लिया है।"

सुखिया की बात सुन बंटी ने पूँछ हवा में लहराई और बोला, "हाँ, हाँ, कभी-कभी तो ऐसा लगता है, मानों अन्दर किसी ने गुड़ की भेली रख दी हो। बस डण्डों की कमी रह जाती है। बड़ा मजा आता है, जब हो-हल्ला मचता है!"

"हाँ भाई! ठीक कहता है, बंटी। झरोखों से झाँक कर देखते हैं, बड़ा ही वीभत्स नजारा होता है। उनकी मर्यादा उन्हें मुबारक। हमें अपने जंगल की शान्ति भंग नहीं करनी।" सुखिया ने कमर खुजाई और उठकर चल दिया। उसके पीछे-पीछे अन्य बन्दर भी पंक्तिबद्ध हो लिए।

अन्तिम सवाल के लिए हमने 'इलेक्ट्रानिक' प्रयास किया और दौड़कर माइक सुखिया के मुँह के साथ भिड़ाते हुए बोले, "अन्तिम सवाल।"

"हाँ, बोलो!" सुखिया रुका।

"आप तो श्रीराम के पुरातन भक्तों में से हैं और राम भक्तों से स्नेह करते हैं, फिर...?"

"नो कमेंट्स" शायद, सवाल पूरा होने से पहले ही हमारी मंशा भाँप गया था, इसीलिए नो कमेंट्स कहा और लाव-लशकर के साथ चलता बना। 'हमारा अधूरा सवाल और सुखिया की नो कमेंट्स' कूच करते-करते सुखिया संसद और राम दोनों की गरिमा का ख्याल रख गया।

ज्योतिर्मा तमसोगमय

मुन्नालाल के सपने में रात लक्ष्मी जी आईं। लक्ष्मीजी ने जाग्रत अवस्था में मुन्नालाल पर कभी कृपा नहीं की, हमेशा परहेज ही रखा। दिवास्वप्न देखने का वह आदी नहीं है, खैर सपने में ही सही, मगर आईं तो सही। लक्ष्मीजी का आगमन हुआ, चित्त से चिन्ता का बहिर्गमन हुआ। मन मन्दिर के सभी वाद्य यन्त्र बज उठे। उसका हृदय ग्लैड-ग्लैड हुआ। लक्ष्मी जी के स्वप्न साक्षात्कार मात्र से ही उसे लगा, मानों उसके भाग्य का छप्पर भी आज फट गया है।

सपने-सपने में ही वह अपने भाग्य की तुलना बिल्ली के भाग्य से करने लगा। क्योंकि बिल्ली के भाग्य से भी कभी-कभी छीके टूट जाया करते हैं, हालाँकि आजकल तो ऐसी घटनाएँ आम हैं। लिहाजा भाग्य के सहारे जीवन-यापन करने वाली बिल्लियाँ भी अब बुद्धिजीवी-कर्मयोगी कहलाई जाने लगी हैं।

आशा के विपरीत स्वप्न देख मुन्नालाल आश्चर्यचकित हुआ, गद्‌गद होना स्वाभाविक था। भावविभोर वह लक्ष्मीजी के सम्मान में चरणागत हो गया। उसका भक्ति-भाव देख लक्ष्मीजी भी प्रसन्न भईं और बोलीं भक्त माँगो क्या चाहिए। लक्ष्मीजी के कृपा वचन सुन मुन्नालाल का पत्रकार मन जागा और बोला, ''माँ साक्षात्कार चाहिए।''

लक्ष्मीजी ने कहा, ''कमबख्त,'' मन-ही-मन मुस्कराईं और सोचने लगीं वाहन उल्लू को तो बाहर खड़ा किया था, अन्दर कैसे आ गया। खैर, लक्ष्मीजी के साथ हमारे संवाददाता मुन्नालाल की बातचीत के प्रमुख अंश प्रस्तुत हैं।

'तमसो मा ज्योतिर्गमय' भक्त अन्धकार से उजाले की तरफ जाने के लिए प्रार्थना करते हैं। मगर आप स्वयं रात्रि में ही गमन करती हैं। ऐसा क्यों?

यह प्रार्थना मुझसे नहीं सरस्वती से की गई है। मेरे भक्त तो मुझे अन्धकार में ही बुलाते हैं, प्रकाश में नहीं।

आपके भक्त आपको अन्धकार में ही क्यों बुलाते हैं?

क्योंकि सृष्टि के सभी पुण्य कार्य अन्धकार में ही सम्पन्न होते हैं।

आपकी पूजा अमावस्या की रात में ही होने का कारण भी क्या यही है?

हाँ! यही है। अन्य कोई सवाल करो।

क्या आपने कभी अपने भक्त-पुत्रों को समझाया नहीं कि अन्धकार विनाश का और प्रकाश उन्नति का प्रतीक है?

आपने एक ही प्रश्न में दो प्रश्न कर डाले! मगर आपका पहला प्रश्न मिथ्या है। मेरे भक्त पुत्र नहीं पति कहलाए जाते हैं। पुत्र तो सरस्वती के होते हैं। जहाँ तक दूसरे प्रश्न का सवाल है, सरस्वती पुत्रों के लिए ही प्रकाश उन्नति का प्रतीक है। लक्ष्मी-पतियों के लिए तो अन्धकार ही प्रगति पथ प्रशस्त करता है।

प्रायः आपके एक ही स्वरूप के दर्शन होते हैं क्या अन्य देवी-देवताओं के समान आपके अनेक रूप नहीं हैं?

स्वरूप तो मेरे भी अनेक हैं, लेकिन पृथ्वी लोक में मेरे दो रूप 'श्याम और श्वेत' ही प्रसिद्ध हैं। उनमें भी सर्वाधिक पूजा श्याम रूप की होती है। सांसारिक जीवों की धारणा है कि लक्ष्मी का केवल श्याम स्वरूप ही कल्याणकारी है।

आपको चंचला क्यों कहा जाता है?

क्योंकि मेरे स्वामी अनेक हैं। अब तो सरस्वती पुत्र भी मेरे स्वामी बनने की कामना करने लगे हैं।

कहा जाता है कि विष्णु भगवान के साथ गरुड़ पर सवार होकर आपका आगमन कल्याणकारी है और रात्रि काल में जब आप उल्लू पर सवार होकर अकेले आती हैं तो अशुभ होता है। क्या यह सत्य है?

यह पुरातन काल की बात है। अब परम्पराएँ बदल रही हैं, स्वभाव बदल रहे हैं और स्वभाव के अनुरूप मूल्य परिवर्तित हो रहे हैं। बदलते मूल्यों के इस युग में उल्लू पर सवार होकर अकेले गमन करना ही भक्तों के लिए हितकारी है।

उल्लू आपका प्रिय वाहन है। आपके सान्निध्य में सर्वाधिक रहता है, फिर भी वह 'उल्लू' ऐसा क्यों?

क्योंकि वह मेरे प्रति आसक्त नहीं है। मेरा उपभोग नहीं करता, इसलिए आज भी उल्लू है। बिलकुल तुम्हारी तरह। तुम्हें मेरा वरण करना चाहिए था, मगर तुम साक्षात्कार में ही सन्तुष्ट हो गए!

क्या मनुष्य योनि में भी 'उल्लू' पाए जाते हैं?

हाँ, मनुष्य योनि में दो प्रकार के उल्लू पाए जाते हैं। एक वे जो मुझे सिर

पर तो लादे रहते हैं, मगर उपभोग नहीं करते। दूसरे वे जो मुझे अपने आसपास भी देखना पसन्द नहीं करते, अपरिग्रह उनका आदर्श है। दोनों ही प्रकार के प्राणी अव्यावहारिक हैं। अतः मुन्नालाल यदि जीवन सफल बनाना है तो सरस्वती के साथ-साथ मेरा भी चिन्तन कर। 'तमसो मा ज्योतिर्गमय' के स्थान पर 'ज्योतिर्मा तमसोगमय' का जाप कर।

तेलगी ब्रांड लूब्रिकंट

तेलगी भइइइइइया, तुम्हें शत्-शत् प्रणाम।

तुमने आर्यावर्त की अर्थव्यवस्था में घी-तेल का मिश्रण लगाकर लूब्रिकंट का कार्य किया है। तुमने अपने इस अभूतपूर्व कार्य से 'नाम बड़े और दर्शन छोटे' की कहावत को झुठलाया है, तेल लगाकर तेलगी नाम सार्थक किया है। तुम महान हो भइया। तुम्हारे चातुर्य और बुद्धि कौशल के समक्ष मैं सर्वांगीण चरणागत हूँ, सम्पूर्ण भक्ति-भाव के साथ चरणागत हूँ।

सरकार ने तुम्हारी प्रतिभा को नहीं पहचाना, यह आर्यावर्त का दुर्भाग्य है। तुम्हें किसी राष्ट्रीय सम्मान से सम्मानित किया जाना चाहिए था, मगर पिंजरे में डाल दिया गया। यह आर्यावर्त की बदकिस्मती है।

कोई बात नहीं, दुःख का कोई कारण नहीं, क्योंकि तुम धन-पशुओं में शेर के समान हो और शेर जंगल में रहता है अथवा पिंजरे में।

बेर बेचते-बेचते तुमने बेरों में गुठली मिला दी। फलों की दुकानदारी पर स्टैंप लगाई दी। वास्तव में तुम उद्यमियों में उद्यम शिरोमणि हो। आर्यावर्त के युवाओं को तुमसे प्रेरणा लेनी चाहिए। तुम्हारे पद-चिह्नों पर चलकर नए-नए औद्यागिक क्षेत्र तलाशने चाहिए। बेरोजगारी दूर करनी चाहिए। देश की आर्थिक स्थिति सुदृढ़ करनी चाहिए।

तुम्हें युवा हृदय सम्राट के खिताब से नवाजा जाना चाहिए।

आह! अफसोस कि तुम्हारी प्रतिभा को पहचाना नहीं गया और तुम्हें कारागार में डाल दिया गया।

भाई तुम अकेले ऐसे उद्यमी निकले जिसने अपने प्रोडक्ट की ब्रेंडिंग पर एक कानी कौड़ी भी खर्च नहीं की और पूरे आर्यावर्त में अपना माल चकाचक बेचा। विज्ञापनों पर एक पाई भी खर्च नहीं और साठ हजार करोड़ रुपए का टर्न ओवर! तुम्हारी व्यवसायी बुद्धि के सामने अच्छे-अच्छे अर्थशास्त्री नतमस्तक हैं।

तुमने अकेले नहीं खाया, भाई बाँटकर खाया। यह तुम्हारी समाजवादी मानसिकता का परिचायक है। समाजवादी नेता लोहिया के शिष्यों को तुमसे समाजवादी गुर सीखने चाहिएँ।

निजीकरण की आर्थिक नीति को तुमने नए आयाम दिए हैं। तुम वास्तव

में महान हो। देश के समूचे अर्थशास्त्रियों को तुमसे ट्यूशन लेना चाहिए, वित्तमन्त्री, उद्योग मन्त्रियों को सबक सीखना चाहिए। कारागार में ही सही इसके लिए एक्स्ट्रा क्लासिज की व्यवस्था होनी चाहिए। मैं जानता हूँ कि ऐसा होगा नहीं, क्योंकि आर्यावर्त के कर्णधार ईर्ष्या प्रधान चरित्र के जीव हैं। एक तरफ ब्रेनड्रेन का रोना रोते रहते हैं, दूसरी तरफ यदि कोई ब्रेन राष्ट्रसेवा में लिप्त होना चाहता है अथवा संलिप्त होता है तो झूठे-सच्चे इलजाम लगाकर उसे अभियुक्त बना दिया जाता है। इसके पीछे एकमात्र कारण ईर्ष्या भाव ही है।

इस ईर्ष्या भाव के कारण ही अर्थशास्त्री हर्षद मेहता भी तुम्हारी ही सी गति को प्राप्त हुए। उनकी भी ऐसी ही दुर्गति हुई थी। ठग सम्राट् चाचा नटवर लाल की भी प्रतिभा को नहीं पहचाना गया। जब चाहा कारागार में डाल दिया गया। इस बुढ़ापे में पता नहीं चाचा बेचारा कहाँ-कहाँ की ठोकर खा रहा होगा। मेरा बस चलता तो तुम्हें आर्यावर्त का उद्योग मन्त्री, भाई हर्षद को वित्तमन्त्री और चाचा नटवर लाल को विदेश मन्त्री बना डालता। तुम्हारी सेवाओं का भरपूर लाभ उठाता। आर्यावर्त के शासन-प्रशासन में नए आयाम स्थापित करता। मगर अफसोस कि मैं ऐसा करने के काबिल नहीं। यह मेरा नहीं आर्यावर्त का दुर्भाग्य है।

गलती तुम सभी महानुभावों ने भी की। तुमने भी चाचा नटवर लाल और हर्षद भाई के अनुभवों से कुछ न सीखने की महानतम गलती की है। काश तुम नोट बैंक के साथ-साथ वोट बैंक भी पुख़्ता कर लेते तो ये दिन न देखने पड़ते। नोट बैंक के साथ-साथ यदि तुम्हारा वोट बैंक भी पुख़्ता होता तो महाराष्ट्र सरकार तुम्हारे अवैध स्टैंप कारोबार को वैध करने का प्रस्ताव विधानसभा में पारित कर देती। उसे वैधानिक मान्यता प्रदान कर देती। संविधान यदि कहीं आड़े आता तो तुम्हारे अवैध कारोबार को वैध कराने सम्बन्धी प्रस्ताव पारित कर केन्द्र के पास भेज देती और इस तरह महाराष्ट्र सरकार गेंद अपने पाले से धकेल कर केन्द्र के पाले में डाल देती।

दोनों सरकारें तुम्हारी कारोबारी गेंद से खेलते रहते और तुम सुखी जीवन जीते रहते। आर्यावर्त की राजनीति विशुद्ध रूप से गेंद का खेल है। यहाँ विभिन्न मुद्दों की गेंदें ऐसे ही रोज उछाली जाती हैं। मगर अफसोस कि तुम अपनी गेंद से अपने ही पाले में खुद ही खेलते रहे और दुर्गति को प्राप्त हुए।

काश तुम अपना कारोबार मुम्बई के बजाए आर्यावर्त की राजधानी इन्द्रप्रस्थ से शुरू करते। मुई मुम्बई से जिसने भी राष्ट्रीय-अन्तर्राष्ट्रीय स्तर का करोबार शुरू किया, वह तुम्हारी ही-सी गति को प्राप्त हुआ। क्योंकि राष्ट्रीय और अन्तर्राष्ट्रीय स्तर के प्रत्येक तरह के कारोबारी लाइसेंस इन्द्रप्रस्थ से ही जारी किए जाते हैं। इन्द्रप्रस्थ से कारोबार शुरू करते तो जाहिर-सी बात है कि किसी दबंग इन्द्रप्रस्थी का संरक्षण प्राप्त होता, उसकी साझेदारी होती। ऐसा करते तो खेल किसी का होता

और कमाल किसी का, तब तुम सुख की नींद सोते। कभी फिर बेरों में गुठली मिलाने का अवसर मिले तो, फिर कभी तेल में घी मिलाने का अवसर मिले तो और फिर कभी आर्यावर्त की अर्थव्यवस्था में तेल लगाने का शुभ अवसर मिले तो, मेरे सुझावों पर गौर करना और जीवन सुखी बनाना। मेरी शुभ कामनाएँ ऐसे सभी तेलगियों के साथ हैं, जो परोक्ष-अपरोक्ष रूप से आर्यावर्त की अर्थव्यवस्था को तेल लगा रहे हैं। सूखे इंजन को लूब्रिकंट प्रदान कर रहे हैं।

माता मामा विनाशकारी

''आचार्यश्री! महाभारत के पीछे कारण क्या था? हस्तिनापुर का पतन क्यों हुआ?''

बिना प्रसंग अचानक पूछे गए शिष्य मुन्नालाल के सवाल सुनकर आचार्य श्री ऐसे चौंके मानों डेंगू के मच्छर ने उनके बदन पर डंक मार दिया हो। आचार्य ने कटिबन्ध के अन्दर हाथ डाल खुजली की और अपने आपको संयत कर बोले, ''पुत्र! सिफारिशी नियुक्ति की तरह ऐतिहासिक यह सवाल तुम्हारे जहन में अचानक कहाँ से टपक पड़ा।''

''हे आचार्य! अचानक नहीं। यह किसी सिफारिश के आधार पर चोर दरवाजे से घुसा प्रश्न भी नहीं है। इस प्रश्न के पीछे समुचित कारण है, उचित आधार है।''

''ऐसा है तो योग्यता के आधार पर की गई नियुक्ति के समान तेरा प्रश्न स्वागत योग्य है। अपनी शंका विस्तार से प्रस्तुत करो वत्स।''

''आचार्यश्री! इन्द्रप्रस्थ का साम्राज्य बिखरने के कगार पर खड़ा है। एक तरफ कुआँ है दूसरी तरफ खाई है और जिस कगार पर वह खड़ा है, उस पर ईर्ष्या-द्वेष की अग्नि प्रज्वलित है। अर्थात् इन्द्रप्रस्थ कगार की आग पर खड़ा है। सम्राट् सहित सम्पूर्ण मन्त्रि-मण्डल इस तरह दिग्-भ्रमित है, जिस तरह कश्मीर मुद्दे पर भारत सरकार। प्रजा में असुरक्षा की भावना मुद्रास्फीति की तरह बढ़ती जा रही है। अतः उसका मनोबल ईमानदारी की तरह लुप्त होता जा रहा है। भारतीय संस्कृति की तरह इन्द्रप्रस्थ की दुर्दशा देख यह प्रश्न मेरे मस्तिष्क में उसी तरह उतर आया जिस तरह प्रिय को देख मन में राग उत्पन्न हो जाता है।''

इन्द्रप्रस्थ का विस्तृत विवरण सुन आचार्य के चेहरे पर गम्भीर भाव उसी प्रकार उतर आए जिस प्रकार क्रूर व्यक्ति के दर्शन मात्र से सज्जन पुरुषों के चेहरे पर घृणा भाव।

आचार्य ने ललाट पर व्याप्त जलकण साफ किए और बोले, ''पुत्र! इन्द्रप्रस्थ की दुर्दशा से मैं अनभिज्ञ नहीं हूँ। हाँ वत्स! मजबूर जरूर हूँ। भीष्म की तरह मैं भी प्रतिज्ञा की जंजीर में जकड़ा हुआ हूँ, कहीं कमजोर हो गया हूँ, पुत्र कमजोर हो गया हूँ। हस्तिनापुर के विनाश और महाभारत का कारण केवल एक ही है और वह 'माता' हाँ, पुत्र 'माता'! और इसी 'माता' की अग्नि में अब इन्द्रप्रस्थ भी कगार

पर खड़ा-खड़ा झुलस रहा है।''

''महाभारत और हस्तिनापुर के सन्दर्भ में आचार्य आप किस माता की बात कर रहे हैं, माता कुन्ती की अथवा माता गान्धारी की।'' मुन्नालाल ने स्पष्ट करने का आग्रह किया।

''नहीं पुत्र! मैं जननी पर आरोप नहीं लगा रहा हूँ। जननी अग्नि नहीं शीतलता प्रदान करती है। हाँ, जननी कभी-कभी परिवार घाती उस 'माता' से प्रभावित अवश्य हो जाती हैं।''

''हे आचार्य! फिर आप किस माता की बात कर रहे हैं, विस्तार के साथ व्याख्या करने की कृपा करें।'' विषाद और सन्ताप के मिश्रण के साथ आचार्य श्री ने कहा, ''पुत्र! मेरा आदमी तेरा आदमी। (माता) ऐसा एक आदमी ही काफी है, साम्राज्य तबाह करने के लिए। पुत्र हस्तिनापुर भी इसी मेरा आदमी तेरा आदमी की ज्वाला में भस्म हो गया था और अब इन्द्रप्रस्थ भी उसी ज्वाला में झुलस रहा है।''

आचार्य ने एक लम्बी साँस ली और विचार प्रवाह को वेग देते हुए बोले, ''शिष्य, मुन्नालाल! धृतराष्ट्र नेत्रहीन नहीं था, इसी 'माता' के प्रभाव ने उसे नेत्रहीन बना दिया था। महारानी गान्धारी की आँखों पर भी इसी 'माता' की पट्टी बँधी थी। तभी तो पट्टी तब खुली, जब पुत्र दुर्योधन के सिर पर मृत्यु मँडराने लगी। अतः पुत्र! गान्धारी के नेत्रों पर बँधी पट्टी का सम्बन्ध पति धर्म से नहीं, 'माता' प्रभाव से था। काश! गान्धारी आँखों पर पट्टी न बाँधती।''

''मगर आचार्य! 'माता' की इस महामारी का उद्गम स्थल?''

''पुत्र! राग, ईर्ष्या, द्वेष और हीन-भावना इसके कारक हैं। ऐसे सभी विकारों से युक्त व्यक्ति के असुरक्षा की भावना घर करने लगती है। और सुरक्षा हेतु वह अपने चारों तरफ तेरा-मेरा का सुरक्षा कवच निर्मित करने लगता है। मगर विडम्बना यह है पुत्र कि जिसे वह अपना सुरक्षा कवच समझता है, तेरा-मेरा का वही भाव एक दिन उसके विनाश का कारण बनता है। दुःख तो इस बात का है, वत्स कि 'माता' का यह प्रभाव स्वयं के विनाश का कारण तो बनता ही है, साम्राज्य की जड़ें भी खोखली कर जाता है।''

''हाँ, हाँऽ ऽ ऽ! वह भी बताता हूँ, पुत्र राजकुमार देवदत्त (भीष्म पितामह) की सौतेली माँ सत्यवती 'माता' प्रभाव की जननी थी। विवाह से पूर्व ही उसे अपनी सम्भावित सन्तान की असुरक्षा का भाव सताने लगा था। तभी तो उसने देवदत्त को भीष्म प्रतिज्ञा करने के लिए मजबूर किया था। पुत्र! 'माता' प्रभाव की यह पराकाष्ठा थी। उसी से धृतराष्ट्र प्रभावित हुआ और उसी से उसके सभी सौ पुत्र। न वह स्वयं की रक्षा कर पाया और न ही अपने पुत्रों की।''

''क्या पुत्र! संजय? हाँ, धृतराष्ट की सहायता के लिए संजय अवश्य था।

मगर संजय उसके केवल बाह्य चक्षुओं का विकल्प था, ज्ञान चक्षुओं का नहीं। संजय केवल घटनाओं का वर्णन करने में ही सक्षम था। दृष्टि प्रदान करने की क्षमता उसमें नहीं थी। घटनाओं के आधार पर दृष्टि धृतराष्ट्र को स्वयं बदलनी चाहिए थी। मगर व्यक्ति जब तक 'माता' के प्रभाव में रहेगा, दृष्टि नहीं बदल पाएगा।''

हाँ, पुत्र! ठीक कह रहे हो, हस्तिनापुर 'माता' के ही प्रभाव से पीड़ित नहीं था। इतना ही यदि होता तो भी उसे बचाया जा सकता था। पुत्र! हस्तिनापुर तो 'माता' प्रभाव से भी बड़ी महामारी 'मामा' से ग्रसित था। केवल 'मेरा आदमी-मेरा आदमी' हाँ, यह 'मामा' लाइलाज महामारी है और मामा शकुनि इसका जनक था। पुत्र इन्द्रप्रस्थ को यदि बचाना चाहता है तो 'माता-मामा' का विनाश कर।''

बाकी समाजवाद

चुनाव नियमों में परिवर्तन होना चाहिए।

बार-बार पुराने चेहरे ही रिपीट नहीं होने चाहिए। उन्हें ही क्यों, बाकी को भी टिकट दिए जाने चाहिए। बाकी को भी मौका दिया जाना चाहिए, बागी बनने से रोका जाना चाहिए।

हमारे इस सुझाव को अन्यथा न लेना। इसका गलत अर्थ न निकाल लेना। नेताओं के वक्तव्यों के समान इसे भी तोड़-मरोड़ कर पेश न करना।

हमारे इस सुझाव का तात्पर्य जीवित मतदाताओं का हित-संरक्षण करना नहीं है। जीवित मतदाता को चुनने के लिए नए विकल्प मिले, ज्यादा विकल्प मिले, हम इसकी वकालत नहीं कर रहे हैं, क्योंकि फिजूल के विषयों पर फिजूल की वकालत करना हमारी आदत नहीं है। क्योंकि चुनाव में जीवित मतदाता का कोई अहम रोल नहीं है। बस नाम उसका होता है कमाल किसी और का।

मतदान से मतगणना तक बस बुद्धि का खेल है हाथ की सफाई है, किस्मत का खेल है।

मत, जीवित मतदाता नहीं पितृ डालते हैं। स्वर्ग में बैठे-बैठे ही खेल कर देते हैं। यही कारण था कि दिल्ली सरकार ने पितृपक्ष में विकास कार्यों का शिलान्यास किया।

पितृ मतदाताओं को प्रसन्न रखना किसी भी सरकार का परमधर्म है।

जीवित मतदाता अपने घर बैठा होता है, पार्क में पिकनिक मना रहा होता है और उसका क्लोन मतदान केन्द्र पर मत व्यक्त कर लोकतन्त्र की जड़ें मजबूत कर रहा होता है।

आज के जमाने में पुजारी नहीं चाहता कि उसके देवता को मत प्रदान करने का भी कष्ट दिया जाए। अतः हमारा सुझाव जीवित मतदाता के पक्ष में कतई नहीं है।

हम चाहते हैं कि समाजवाद देश में तेजी से आए, पवन वेग से आए। पुराने चेहरों को ही बार-बार रिपीट करना समाजवाद की गति में ब्रेक लगाना है। देश की आर्थिक स्थिति में पलीता लगाना है।

चन्द पुराने चेहरों को ही बार-बार अपनी आर्थिक स्थिति सुदृढ़ करने का

मौका क्यों मिले? बाकी की राष्ट्र-भक्ति, राष्ट्रप्रेम पर सवालिया निशान क्यों लगे?

दोनों ही सवाल अहम हैं। राष्ट्र की अस्मिता से सीधे-सीधे ऐसे जुड़े हैं, जैसे लोहे के संग जंग, लकड़ी के संग घुन।

राष्ट्रसेवा, समाजसेवा, जनसेवा के माध्यम से जिन नेताओं ने अपनी व अपनी औलाद की आर्थिक स्थिति पुख्ता कर ली है उन्हें टिकट देकर पौत्रों की आर्थिक स्थिति सुदृढ़ करने का मौका नहीं दिया जाना चाहिए।

ऐसा करना समाजवाद की राह में अवरोध पैदा करना है।

टिकट उन्हें भी नहीं दिया जाना चाहिए, जो सत्ता का उपभोग करते हुए भी अपने आर्थिक स्थिति में फेवीकोल का जोड़ नहीं लगा पाए। पूरे पाँच वर्ष बिल्डरों के साथ दोस्ती निभाते रहे और अपने नाम एक भी बिल्डिंग नहीं, आश्चर्य! किराए के मकान में भी नहीं रहते, मगर अपना एक भी मकान नहीं।

पूरे पाँच वर्ष झुग्गियों का व्यवसाय करते रहे, मगर अपने नाम एक भी झुग्गी नहीं।

देशी-विदेशी गाड़ियों में सफर करते हैं। आगे-पीछे एक नहीं गाड़ियों का काफिला चलता है। मुन्ना-मुन्नी लघुशंका निवारण करने भी गाड़ियों में जाते हैं, मगर खुद के नाम एक भी गाड़ी नहीं है।

लानत है, ऐसे नेताओं को, जिन्होंने समाजवाद की राह में अवरोध पैदा किए।

अतः पुराने चेहरों का परित्याग करना चाहिए। हर बार, बार-बार नए चेहरों को टिकट दिए जाने चाहिए। सभी को राष्ट्र-भक्ति, राष्ट्रप्रेम इजहार करने का अवसर प्रदान किया जाना चाहिए। सभी को आर्थिक स्थिति सुदृढ़ करने के अवसर प्रदान किए जाने चाहिए।

देश में खुलमखुल्ला समाजवाद आना चाहिए।

दिलबदल पर रोक

दलबदल पर रोक लगा दी, बड़े तीसमारखाँ बनते हो।

मुगालते में हो। दिलबदल पर रोक लगाओ तो जानें। फिर हम भी आपको तीसमारखाँ मानें। किसी दूसरे के दिल पर क्या खाकर रोक लगा पाओगे, वह कूवत आप में नहीं है।

पहले जरा अपने ही दिल पर रोक लगाकर देखो! नहीं लगा पाओगे, शर्तिया दावा है।

दिल तो वह शै है जनाब, जो मानता ही नहीं है। कब किस पर आ जाए किसी को पता नहीं। आप क्या चीज हैं, दिल ने तो अच्छे-अच्छे को निकम्मा बना डाला है, जनाब।

जब आप दिलबदल पर रोक नहीं लगा सकते तो दलबदल पर रोक लगाने का औचित्य क्या? जब तक दिल बदलते रहेंगे, दल बदले जाते रहेंगे। प्रत्यक्ष में न सही, चोरी-छिपे बदले जाते रहेंगे। अतः दिलवादी मुन्नालाल आपके दलबदल फैसले का घोर विरोध करता है। क्योंकि यह तो जनसेवकों को 'जोगी' बनाने का अमानवीय कृत्य है। क्यों सभी को जोगी बनाने पर तुले हो, भाई।

याद रखो जोगी-पानी, नेता-पैसा जब तक बहते रहें तभी तक ठीक हैं। ठहरने पर बदबू मारने लगते हैं।

हाँ मुन्नालाल का स्पष्ट मत है कि दलबदल कानून संविधान विरोधी है, क्योंकि यह मौलिक अधिकारों पर कुठाराघात करता है। व्यापार कारोबार की स्वतन्त्रता प्रदान कर संविधान जीविकोपार्जन का मौलिक अधिकार प्रदान करता है और आप हैं कि दलबदल विरोधी कानून बनाकर भले लोगों के पेट पर लात मार रहे हो। उन्हें बलात् गरीबी रेखा के नीचे धकेल रहे हो।

संविधान अभिव्यक्ति की स्वतन्त्रता का अधिकार देता है और आप हैं कि वैचारिक स्वतन्त्रता पर भी प्रतिबन्ध लगाने का प्रबन्ध करने में जुटे हो। जहाँ मन स्वतन्त्र न हो, दिल फेंक आजादी का अधिकार न हो फिर वहाँ स्वतन्त्रता का अर्थ क्या?

आपके दलबदल विरोधी कानून ने तो विचार स्वातन्त्र्य पर ही पाबन्दी लगा दी है। मेरे विचार, मेरा मन, मेरा दिल यदि किसी दल से या व्यक्ति विशेष से

नहीं मिलता तो मेरा गठजोड़ उसके साथ बलात् क्यों स्थायी कर देना चाहते हो।

विचार बदल जाए, मन बदल जाए और दिल बदल जाए तो सात फेरों के गठबन्धन भी तलाक में बदल जाते हैं। फिर दलबदल पर पाबन्दी क्यों?

अन्तरात्मा की आवाज को तो संविधान भी मान्यता प्रदान करता है। कानून लाकर आपने तो अन्तरात्मा की आवाज का भी गला घोंट दिया है, तुमने।

जनसेवकों को गलघोंटू बीमारी का शिकार बना दिया है, तुमने। इस देश में अन्तरात्मा की आवाज पर धर्म परिवर्तन तो किया जा सकता है, दल परिवर्तन नहीं, ऐसा क्यों?

अन्तरात्मा की आवाज पर आपातकाल की घोषणा की जा सकती है, नीतिगत बड़े-बड़े फैसले लिए जा सकते हैं, मगर दलबदल नहीं, यह कैसा न्याय?

अतः मुन्नालाल का मानना है कि दलबदल विरोधी कानून लाकर मौलिक अधिकारों का हनन किया गया है, अन्तरात्मा की आवाज को दबाया गया है, वैयक्तिक स्वतन्त्रता की हत्या की गई है।

हाँ, मुन्नालाल दलबदल विरोधी कानून को बन्धुआ मजदूर विरोधी कानून का उल्लंघन मानता है।

जनसेवक कोई गधे-घोड़े नहीं हैं कि जिस खूँटे से एक बार बाँध दिए गए बँधे रहे। मालिक ने जब चाहा दुत्कार दिया जब चाहा पुचकार दिया और जब चाहा दूसरे के हाथ बेच दिया।

अरे इनसान हैं, कोई गधे-घोड़े नहीं। इनसान हैं, इनसान और उस पर भी जनसेवक। उन्होंने जनता की सेवा की शपथ ली है, राष्ट्रसेवा की शपथ ली है। किसी एक व्यक्ति या दल की सेवा करने की शपथ नहीं। फिर क्यों कानून बनाकर एक ही दल एक ही व्यक्ति की सेवा के लिए उन्हें बाध्य किया जाए?

जब दिल बदल जाए तो दल क्यों नहीं बदलना चाहिए? क्यों उन्हें बँधुआ मजदूर बनाया जाए?

लोकतन्त्र में तानाशाही के लिए कोई स्थान नहीं होना चाहिए। अतः मुन्नालाल दलबदल विरोधी कानून के खिलाफ आन्दोलन करने के लिए बँधुआ मजदूर विरोधी संगठनों का आवाहन करता है।

सरकार एक तरफ रोजगार के अतिरिक्त अवसर प्रदान करने का दावा करती है और दूसरी तरफ मन्त्रियों की संख्या सीमित कर बारोजगारों को बेरोजगार कर रही है, रोजगार के अवसरों में कटौती कर रही है। इसे ही कहते हैं, कथनी-करनी का अन्तर। कोई बात नहीं वे तो जनसेवक हैं। लालबत्ती न सही, जनसेवा के अन्य क्षेत्र खोज मेवा प्राप्त कर ही लेंगे। मगर आपका क्या होगा, मोर्चा सरकारों का भविष्य क्या होगा? नारंगी की फाँक कौन जुगत से चिपकाओगे? मोर्चा सरकारें नारंगी की फाँक की तरह बिखर जाएँगी।

दल नहीं बदले जा सकते कोई बात नहीं, दल अलग तो हो सकते हैं। मुन्नालाल की मानों और मन्त्रियों की संख्या सीमित करने वाले कानून को वापस लेकर गठबन्धन सरकारों को स्थायीत्व प्रदान करो।

दोनों कानून मानवाधिकारों का हनन हैं, मौलिक अधिकारों का हनन हैं। साथ ही जनसेवा, राष्ट्रसेवा की पवित्र भावना में पलीता लगाने के समान हैं। जब अन्तरात्मा और दिल की आवाज पर दल नहीं बदले जा सकते, मन्त्री बनने के अवसर भी सीमित कर दिए गए। फिर करोड़ों रुपए फूँक कर जनसेवा-राष्ट्रसेवा का लाइसेंस हासिल करने का कोई क्यों प्रयास करेगा। उससे ज्यादा तो मुन्नालाल गोलगप्पे बेचकर कमा लेगा।

कितनी नीरस कर दी गई है इस देश की राजनीति, चार्मलैस बनकर छोड़ दिया राजनीति को। इसके लिए केवल बँधुआ मजदूर विरोधी संगठनों को ही आगे नहीं आना चाहिए, बल्कि मानवाधिकार रक्षक संगठनों को भी इसके खिलाफ आवाज बुलन्द करनी चाहिए। राष्ट्रीय मानवाधिकार आयोग को हस्तक्षेप करना चाहिए।

क्रीमीलेयर

मिर्जा साहब ने दावत दी। दावत देना मिर्जा साहब का शगल है। किसी-न-किसी बहाने साल में छोटी-बड़ी चार-पाँच दावतें आयोजित कर ही देते हैं। यह दावतों का ही करिश्मा है कि वे देखते-ही-देखते मुसद्दी से मियाँ मुसद्दी और मियाँ मुसद्दी से मिर्जा साहब बन गए। दरअसल दावतें मिर्जा साहब की मार्केटिंग नीति का प्रमुख अंग हैं। उनकी दावतें चर्चा का विषय रहती हैं। शहर के तमाम बड़े लोग उसका इन्तजार करते रहते हैं। इन्तजार का कारण न केवल क्रीमीलेयर से ढके पकवान होते हैं, बल्कि मिर्जा साहब की मक्खनी मेहमाननवाजी भी उसका मुख्य कारण है। अभी हाल में मिर्जा साहब ने नए साल के खैरमकदम पर सालाना दावत दी। शहर की तमाम हस्तियाँ दावत में शरीक हुईं। मिर्जा साहब के ताज में मानों एक और कोहिनूर जड़ गया। छाछ पीकर श्वान शिशु की तरह मिर्जा साहब फूले नहीं समा रहे थे।

जहाँ चार यार इकट्ठा होते मिर्जा साहब नए साल की सालाना दावत का बीरबलनामा सुनाने लगते "क्या बात है मियाँ! मुर्गियाँ तो दर्जनों जान से गईं मगर दावत में मजा भी खूब आया। कौन-कौन शरीक नहीं हुआ दावत में। शहर की तमाम क्रीमीलेयर इस खाकसार की दावत में मौजूद थी। इफ्तार की दावत भी उसके सामने फीकी पड़ गई।"

हमने चुटकी ली, "मिर्जा साहब! आपकी मेहमाननवाजी और मुर्गी का शोरबा भी तो क्रीमीलेयर से तर-ब-तर थे।"

मिर्जा साहब ने हीं-हीं कर दाँत फाड़ दिए और फिर पलटवार करते हुए बोले, "मियाँ तुम बाज नहीं आओगे, मगर तुम्हारा भी मखौल कम क्रीमी नहीं है, आदमी कितना भी सँभले फिर भी रपट ही जाए।"

क्रीमी-क्रीमी-क्रीमी, शोरबा क्रीमी, मिर्जा साहब की मेहमाननवाजी क्रीमी और शोरबा खींचने वाले भी क्रीमी, अरे वाह क्या बात है। सुन-सुनकर हम खुद इतने क्रीमी हो गए कि हमारे खून में कैलेस्टरोल की मात्रा यकायक बढ़ने लगी और मिर्जा साहब से पूछ बैठे, "क्यों मिर्जा साहब! शहर की तमाम क्रीम दावत में शरीक हुई! यह कौन किस्म की क्रीम।"

मिर्जा साहब तुनककर बोले, "इतना भी नहीं जानते मियाँ! अरे, शहर के

तमाम भारी भरकम, वजनदार लोग। मियाँ 21वीं सदी में उन्हें ही क्रीमीलेयर यानी कि मलाईदार हस्तियाँ कहते हैं।''

दावत-ए-बीरबलनामा और क्रीमीलेयर का फलसफा बयाँ कर मिर्जा साहब चलते बने, मगर सोचने के लिए हमारे जहन में सवालों के बीज बो गए। ''शहर के भारी-भरकम, वजनदार लोग और दूध के ऊपर तैरने वाला सबसे हल्का तत्त्व मलाई या क्रीम! वजनदार लोग क्रीमीलेयर क्योंकर हो सकते हैं?''

गणित के सिद्धान्त को नकारते क्रीमीलेयर के इस आधुनिक फार्मूले को लेकर हम असमंजस में थे। ''हमने तो सुना है, देखा भी है कि पलड़े में जितना ज्यादा वजन रखोगे वह उतना ही झुकता चला जाएगा। पर समाज का यह कैसा पलड़ा, वजनी तो है, मगर दूध के ऊपर तैरती मलाई कहलाता है?''

दूध में वजनी तो खुरचन होती है, जो हाँडी की तली से चिपकी रहती है। खुद को जलाती है, मगर दूध को जलने से बचाती है। और, दूध जब जलाने लगता है, आग की तपन से बचने के लिए मलाई तब दूध के ऊपर आकर ठण्डी हवा में साँस लेने लगती है। फिर मलाई किस मायने में वजनदार हुई? जब मलाई वजनदार नहीं है, तो समाज का भारी-भरकम तबका क्रीमीलेयर कैसे?

लुहार के हथोड़े की तरह यह सवाल बराबर हमारे दिमाग पर आघात कर रहा था और हम उसका इलाज नहीं ढूँढ़ पा रहे थे। आखिरकार अपनी पीड़ा लेकर हम बुद्धिजीवी भुजक्कड़ के पास पहुँचे। भाई भुजक्कड़ ने हमारी पीड़ा सुनी और एक जोर का ठहाका लगाया, फिर बोले, ''भाई मुन्नालाल! तुम भी रहे वही दो दूनी आठ। अरे, भाई यह मक्खनी युग है। मक्खनी युग में खुरचन नहीं, मलाई ही भारी होती है। खुद को जलाकर दूसरों को बचाने वाला नहीं बल्कि दूसरों को जलाकर खुद को बचाने वाला ही बुद्धिमान होता है। नींव का पत्थर महत्वपूर्ण नहीं उसके ऊपर खड़ा पिलर महत्त्वपूर्ण होता है। इमारत का बोझ पिलर पर है यह सभी को दिखलाई दे रहा है, पिलर सहित पूरी इमारत का बोझ सहन करने वाला नींव का पत्थर किसे दिखलाई पड़ता है?''

भुजक्कड़ भाई फिर धीरे से मुस्कराए और बोले, ''मियाँ! खुरचन, दूध को जलने से बचा रही है, किसने देखा? किसी ने नहीं, ना। बिल्ली की तरह लोगों की निगाह दूध के ऊपर तैरती मलाई के ऊपर रहती है, क्योंकि दूध की समूची चिकनाई उसी में होती है, खुरचन में नहीं। मक्खनी युग में लोगों को मक्खन वाली मलाई चाहिए, जली खुरचन नहीं। इसलिए आज खुरचन नहीं मलाई भारी होती है। समाज का मलाईमार तबका ही क्रीमीलेयर होता है, खुद को जलाकर दूध की चिकनाई सुरक्षित रखने वाला नहीं, जाओ, खुरचन खुरचना छोड़ो, बिल्ली की तरह दूध से मलाई चट करना सीखो।''

सब चलता है

दोपहर के भोजन के नाम पर आटे के कनस्तर ने रामजी की तरफ मुँह फाड़ दिया था। बदकिस्मती से गैस सिलेंडर ने भी आज ही जवाब दिया। उसकी सारी गैस हवा हो चुकी थी। खुदा-न-खास्ता सुबह का कलेवा जैसे-तैसे बना। मिर्जा साहब ने कलेवा किया, एक लंबी डकार ली और दफ्तर की तरफ रुख किया।

पीछे से बेगम ने आवाज दी, ''सुनो, आज दोपहर की हाँडी नहीं चढ़ पाएगी। घर में न आटा है, न गैस।''

बेगम की आवाज मिर्जा साहब के कानों में जरूर पड़ी, मगर असर रत्ती भर भी नहीं कर पाई और बेफिक्र अन्दाज में अपना तकिया कलाम 'सब चलता है' का राग अलापते हुए मिर्जा साहब चलते बने।

बेगम ने माथा ठोंक लिया, ''शाहिद का सिर फट गया, सब चलता है, नसीर आज स्कूल से गायब रहा, कोई बात नहीं, सब चलता है। तबस्सुम सुबह से गायब है, बेगम! फिक्र न करो सब चलता है। मेरे अलावा कमबख्त के यहाँ सब चलता है। तौबा ऐसे इनसान से जिसके यहाँ सब चलता है। क्या पता कल मुझे भी चला दे। अजीब बेफिक्र इनसान से पाला पड़ा।''

मिर्जा चले गए, बेगम छाती पीटकर रह गई। जैसे-जैसे धूप चढ़ी बच्चों के चेहरे उतरने लगे। उतरते मासूम चेहरे बेगम से देखे नहीं गए। पड़ोसियों से उधार-पाई ले राशन-पानी का जुगाड़ किया और चूल्हे में आग जला बच्चों के पेट की आग बुझाई।

दरअसल मिर्जा साहब मुकद्दरजीवी जीव हैं। जिनके यहाँ सक कुछ चलता है और बैठे-ठाले मुकद्दर का खाते रहते हैं। ऐसा नहीं है कि मुकद्दरजीवियों में अक्ल होती ही नहीं है। होती तो हैं मगर उसका इस्तेमाल किफायत के साथ करते हैं। किफायती अक्ल के कारण ही मिर्जा किस्म के लोगों के यहाँ अकसर, 'सब चलता है'।

उनकी अक्ल से जो भी आइडियाज बाहर आते हैं, मक्खन से लिपटे होते हैं। मक्खन और मुकद्दर के धक्के के सहारे ऐसे लोग जल्दी ही सब कुछ पा लेते हैं। गधा प्रजाति के लोग वर्षों-वर्ष बोझा ढोने के बाद भी जिसके पाने की केवल उम्मीद ही कर सकते हैं।

ऐसे ही मुकद्दरजीवी मिर्जा साहब के यहाँ भी 'सब चलता है' दफ्तर में फाइल और घर में गृहस्थी की जिम्मेदारियों को छोड़कर। फिर भी मुकद्दर के बल पर मिर्जा साहब तरक्की का एक के बाद एक पायदान लाँघते हुए दफ्तरी के समाजवादी पद से ऑफिस सुपरिंटेंडेंट के पूंजीवादी पद तक पहुँच गए।

दरअसल मुकद्दर के इस करिश्मे ने उन्हें बेफिक्र बना दिया था। यह बेफिक्री का ही आलम था कि उनके यहाँ सब चलने लगा। 'सब चलता है' के उनके सिद्धान्त के सामने न्यूटन के गति का सिद्धान्त भी फेल था। न्यूटन के सिद्धान्त में गति के लिए बाहर से धक्का देना जरूरी है, मगर मिर्जा साहब के 'सब' को धक्के की भी जरूरत नहीं। उनका 'सब' अकसर दूसरों को धकियाता रहता है।

दरअसल 'सब चलता है' कभी मिर्जा साहब का तकिया कलाम था। रफ्ता-रफ्ता यह उनकी आदत में शुमार हो गया। लिहाजा अब घर से लेकर दफ्तर तक उनके यहाँ सब चलता है। व्यक्तिगत मामलों में भी और सामूहिक मामलों में भी।

शुरू-शुरू में मिर्जा साहब का तकिया कलाम बॉस को भी और अधीनस्थों को भी उसी तरह जायकेदार लगता था, जिस तरह बीवी बनने से पहले गर्ल-फ्रेंड की गलियाँ। मिर्जा साहब के मुँह से निकलता 'मियाँ, सब चलता है' लोग कहते, वाह! क्या शायराना अन्दाज है, क्या अदा है, जनाब की। मगर धीरे-धीरे आदतनुमा उनके इस तकियाकलाम में अदा की जगह गाली नजर आने लगी जैसे गर्ल-फ्रेंड के बीवी बन जाने पर।

दोपहर की हाँडी के साथ घर में बेगम को चलाकर मिर्जा साहब पान की पीक से सड़क पर पच्चीकारी करते-करते ऑफिस पहुँचे। मेज पर फाइलों का एवरेस्ट देख बॉस पहले ही फुँका बैठा था। बॉस ने सोच लिया था मिर्जा साहब और उनके 'सब चलता है' को अब और नहीं चलने दिया जाएगा।

बॉस ने मिर्जा साहब को बुलाया और उन्हीं के अन्दाज में बोला, "क्यों जनाब फाइलों के एवरेस्ट पर कब तक फतेह पा ली जाएगी।"

मिर्जा साहब कुछ सकपकाए, मगर आदत से मजबूर बोले, "कोई बात नहीं जनाब, सब चलता है, अभी निपटाए देता हूँ।"

अपना तकिया कलाम हवा में उड़ाकर मिर्जा साहब ने कुर्सी सँभाली, मगर फाइलों ज्यों-की-त्यों धरी रहीं। दरअसल कुर्सी पर बैठते ही मिर्जा साहब ने पहले तो पान की गिलोरी मुँह में अटकाई। फिर दो-तीन बार पिच-पिच कर पिचकारी छोड़ पीकदान को इज्जत बख्शी और उसके बाद चमचों के साथ जमा दी महफिल। दरअसल मिर्जा साहब जब से तरक्कीयाफ्ता हुए, महफिल उनकी दफ्तरी जिन्दगी की जरूरत-सी बन गई है। आदत कुछ तो पहले ही से बिगड़ी हुई थी, रही-सही कसर पाँव छू-छूकर भाई लोगों ने बिगाड़ दी। कुल मिलाकर महफिलें आबाद और

दफ्तर का कामकाज बरबाद होने लगा। खरामा-खरामा सबकुछ चलने लगा।

दोपहर बाद बॉस ने फिर मिर्जा साहब को याद किया, फाइलों के एवरेस्ट के बारे में ताजा जानकारी माँगी। मिर्जा साहब को पसीना आया।

हीं-हीं हिनहिनाते हुए मिर्जा बोले, ''जनाब सब चलता है। बस अभी निपटा देता हूँ।'' अगले दृश्य के लिए बॉस तैयार बैठा था। वह बोला, ''कोई बात नहीं, कोई बात नहीं लो आज हम निपटा देते हैं।'' और इसके साथ ही बॉस ने मिर्जा साहब के हाथ में एक कागज थमा दिया।

कागज हाथ में पकड़ते ही मिर्जा साहब एक ही पल में शहंशाह-ए-इराक सद्दाम हुसैन से सद्दाम बनकर रह गए। बॉस के सामने गिड़गिड़ाए।

बॉस बोला, ''कोई बात नहीं, हुजूर! सब चलता है।'' आदत से मजबूर मिर्जा साहब ने मन-ही-मन में दोहराया, ''बड़े बे आबरू होकर तेरे कूचे से हम निकले। कोई बात नहीं सब चलता है।''

हारे-थके मिर्जा घर पहुँचे। बेगम ने खाने की थाली के स्थान पर उनके सामने खाली कनस्तर रख दिया। मिर्जा साहब बोले, ''गर्दिश में मजाक नहीं करा करते बेगम। खाना ले आओ, बेगम खाना।'' बेगम बोली, ''सब चलता है ना जनाब तो आज खाली कनस्तर ही चलने दो।''

बेचारे मिर्जा साहब ने पेट में कूदते चूहों के साथ समझौता कर किसी तरह रात काटी और सुबह होते ही 'सब चलता है' से तौबा की।

एक सवाल जीविकाकरण का

भाई रंजीत डान वन्देमातरम्। शिक्षा के क्षेत्र में महत्त्वपूर्ण योगदान के लिए मैं आपको नमन करता हूँ। शिक्षा व्यवस्था को जिस तरह आपने नई दशा-दिशा, गति-सद्गति, प्रगति-दुर्गति प्रदान की है, उसके लिए आपको कम-से-कम डाक्टरेट की मानद उपाधि से तो विभूषित किया ही जाना चाहिए। मानद उपाधियाँ-अलंकरण, भूषण-विभूषण और आपके द्वारा प्रदान किए जाने वाले प्रमाणपत्र व डिग्रियाँ बाजार में आजकल समान भाव पर उपलब्ध हैं। उनके प्रदान करने प्राप्त करने में शिक्षा-योग्यता की भी कोई अनिवार्य शर्त नहीं है, कोई अवरोध नहीं है। चरित्र प्रमाणपत्र के बन्धन से भी मुक्त हैं। अतः डाक्टरेट की मानद उपाधि के लिए आप सर्वथा योग्य हैं। उदार हृदय शासन-प्रशासन को भी इस पुण्यकार्य के करने में किसी प्रकार का कोई संकोच या झिझक नहीं होनी चाहिए।

अफसोस कि मरखने बैल की तरह सीबीआई प्रत्येक उस हस्ती के पीछे सींग धोकर पड़ जाती है, जो भी राष्ट्रीय कार्यक्रम व योजनाओं में सक्रिय भागीदारी निभाने का प्रयास करता है। भारत को विकासशील वे विकसित राष्ट्र बनाने की दिशा में कदम बढ़ाता है। भारत महान को महानतम बनाने का प्रयास करता है।

सीबीआई को बिना नकेल का बैल बनाना राष्ट्रहित में नहीं है। उस पर अंकुश लगना ही चाहिए। भाई हर्षद, तेलगी, व समशेर सिंह जैसे सभी भाई परोक्ष-अपरोक्ष रूप से राष्ट्रसेवा में ही जुटे रहे हैं। ऐसे सभी महानुभावों ने सरकारी कार्यक्रम-योजनाओं को किसी-न-किसी रूप में गति ही प्रदान की है अथवा नई दिशा दी। मगर यह इस राष्ट्र का दुर्भाग्य है कि गति को दुर्गति और दिशा को दिशा-हीनता मान लिया जाता है।

भाई रंजीत डान ने किसी का क्या बिगाड़ा था कि उन्हें कैद कर लिया गया। जैसी भी थी खरी या खोटी भाई ने जरूरतमन्द लोगों को प्रमाण-पत्र उपलब्ध कराकर साक्षरता अभियान सफल बनाने में अपना महत्त्वपूर्ण योगदान दिया है। बेरोजगारों के लिए रोजगार के रास्ते खोले हैं। क्या यह भाई रंजीत डान की उपलब्धि नहीं है कि उन्होंने देश के भविष्य को परीक्षा चक्रव्यूह से निकालने वाले उस अन्तिम द्वार का मार्ग प्रशस्त किया। जिस मार्ग की अनभिज्ञता के कारण कई अभिमन्यु मौजूदा शिक्षा व्यवस्था के शिकार हो गए। क्या यह सराहनीय कार्य नहीं है कि

उन्होंने सरकारी महँगी दर की अपेक्षा सस्ती दर पर प्रमाणपत्र उपलब्ध कराकर शिक्षा के प्रति युवाओं को आकर्षित किया। जनता को महँगाई से निजात दिलाना क्या सरकारी कार्यक्रम नहीं है? रंजीत भाई ने शिक्षा के क्षेत्र में इसी कार्यक्रम को तो आगे बढ़ाया है।

अरे, भाई! सरकारी लाइसेंस प्राप्त शिक्षा मन्दिर भी शिक्षा की तिजारत ही तो कर रहे हैं। रंजीत डान ने इस व्यवसाय में हाथ अजमाया तो क्या गुनाह कर दिया। लूट वे भी रहे हैं, लूट वह भी रहा है। परिणाम भी दोनों के समान हैं। और भावना भी। फिर लूट-लूट में अन्तर करने का कारण क्या?

आज इस देश ने शिक्षा के क्षेत्र में जिन ऊँचाइयों को छुआ है उसमें रंजीत डान जैसे भाइयों का ही महत्त्वपूर्ण योगदान रहा है। एक समय था जब हाईस्कूल, इण्टरमीडिएट परीक्षाओं के ही पर्चे लीक हुआ करते थे। अब कैट व मेडिकल परीक्षाओं के पर्चे लीक होने लगे हैं। क्या यह प्रगति का प्रतीक नहीं है? हाईस्कूल, इण्टरमीडिएट परीक्षाओं के पर्चे लीक कर रंजीत डान के बड़े भाइयों ने मध्य स्तर पर साक्षरता को बढ़ावा दिया और अब वह उच्चशिक्षा के क्षेत्र में शिक्षा का प्रचार-प्रसार कर रहा है। शासन-प्रशासन को तकलीफ क्यों? आप निजीकरण की तरफ अग्रसर हैं। रंजीत डान भी शिक्षा के निजीकरण का ही पक्षधर है। उसी दिशा में प्रयासरत है। उसकी भावना को समझो और उसे शिक्षा शिरोमणि से सम्मानित कर दो। केन्द्र में शिक्षामन्त्री का पद दे दो।

समस्या यदि शिक्षित बेरोजगारी की है तो इसमें परेशान होने की क्या बात है। इसतें रंजीत भाई को परेशान करने की क्या आवश्यकता है? उसे उच्चशिक्षा के क्षेत्र में क्रान्ति लाने दो। बस समशेर सिंह के पंख खोल दो और उसे कबूतरबाजी का लाइसेंस दे दो। कबूतरों को रंजीत शिक्षित करेगा और भाई समशेर उनकी विदेश उड़ान का प्रबन्ध करेगा। शिक्षित बेरोजगारी की भी समस्या से निजात मिलेगी, बढ़ती आबादी से भी राहत मिलेगी और विदेशी मुद्रा कोष में भी इजाफा होगा। भाइयों के योगदान को समझो और उन्हें आजाद कर दो।

मन नहीं मानता फिर भी मान लेता हूँ, क्योंकि हम एकपक्षीय नहीं रहना चाहते। अतः मान लेते हैं कि ऐसे सभी भाई लोग प्रगति की सड़क में खड्ढे हैं। मगर सड़क किसने तैयार की? आपने! आपकी सड़क में खड्ढे नहीं, खड्ढों में सड़क-सी नजर आती है। कितने खड्ढे बन्द करोगे? एक खड्ढा बन्द करोगे, आगे आना वाला खड्ढा उससे गहरा पाओगे। काम खड्ढे बन्द करने से नहीं चलेगा। आवश्यकता मजबूत सड़क निर्माण की है और ऐसा आप कर नहीं पाओगे, क्योंकि यह आपकी मजबूरी है, क्योंकि सवाल जीविकाकरण का है और यही आपके हित में है।

फील गुड का अहसास

मुन्नालाल ने चरणागत होकर आचार्यश्री का अभिवादन किया और चंचल मन की चंचलता उनके समक्ष प्रस्तुत की। आचार्यश्री ने नेत्र बन्द किए और ध्यान की मुद्रा में आकर बोले, ''अहसास है मुहब्बत जिक्र की चीज नहीं।''

आचार्यश्री के श्रीमुख से मुहब्बत जैसे शब्द सुनकर मुन्नालाल चौंका। आचार्यश्री उसके चौंकने का कारण समझते हुए बोले, ''प्रिय शिष्य! शेर, साँप, चोर और नेता कभी सीधे रास्ते नहीं चलते। हमेशा रास्ता काटकर चलते हैं। राजनीति से जुड़े प्रश्नों के उत्तर देने के लिए लीक से हटकर ही शब्दों का उपयोग करना उत्तम भी है और मजबूरी भी।''

आचार्यश्री आगे बोले, ''हे, परम प्रिय शिष्य! मुहब्बत की तरह फील गुड का बखान भी शब्दों में करना दुष्कर कार्य है। मुहब्बत की तरह यह भी अहसास के अहसास का विषय है। अर्थात् हे, शिष्य! मुहब्बत और फील गुड दोनों ही अहसास के विषय हैं और उनकी व्याख्या भी अहसास ही है।''

आचार्य के ऐसे गूढ़ वचन सुन विनय भाव के साथ मुन्नालाल बोला, ''हे महाभावो! मगर मेरे जैसा अल्पज्ञ प्राणी जब तक शब्दों के रथ पर सवार नहीं होगा, तब तक अनुभव के चौराहे तक नहीं पहुँच पाएगा। हे, महाभावो! शब्दभेदी बाण की तरह यह फील गुड मेरे ही मन में नहीं सम्पूर्ण आर्यावर्त में उथल-पुथल मचाए हुए है। सम्पूर्ण राजनीतिक क्षितिज आज फील गुड-फील गुड से गुंजायमान है। अतः राजनीति के शब्दकोश में नव-प्रवेशित फील गुड का सविस्तार वर्णन करने की कृपा करें।''

आचार्यश्री ने पुनः ध्यान मुद्रा में प्रवेश किया और बोले, ''वत्स! 'मिठास' को परिभाषित नहीं किया जा सकता, क्योंकि यह भी अहसास का विषय है। केवल गुड़ खाने वाला व्यक्ति ही मिठास का अहसास कर सकता है। फिर भी वह भाषा और शब्दों की सीमाओं में रहते हुए उन लोगों को मिठास का अनुभव कराता है, जिन्हें गुड़ के दर्शन भी नहीं हुए और गुड़ का स्वाद जाने बिना ही वे होठों पर जुबान इस प्रकार फिराने लगते हैं, मानों वे गुड़ खा रहे हों।''

''लोकतन्त्र में मतदाता के समान, हे, सरल हृदय शिष्य! गुड-गुड भी गुड़ के ही समान है। गुड-गुड का रसास्वादन करने वाला ही गुड 'फील' कर सकता

है। उसका अहसास कर सकता है। फिर भी गुड-गुड भक्षण करने वाले गुड से उपेक्षित सामान्य-जनों को शब्द तन्त्र के माध्यम से गुड फील कराते हैं, अर्थात् गुड होने का अहसास कराते हैं और क्योंकि यह अनुभव का विषय है, इसलिए सामान्य जन भी गुड फील के सागर में गोते लगाने लगते हैं।''

''अर्जुन के समान राष्ट्र मोह की दलदल में धँसे हे, शिष्य मुन्नालाल! अभी मैंने तेरे सम्मुख गुड फील का मनोवैज्ञानिक पक्ष प्रस्तुत किया है। अब उससे सम्बद्ध राजनीति का व्यावहारिक पक्ष तुझे समझाता हूँ। शिष्य! सरकार अन्तोदय के दाने चिड़ियों के सामने डाल रही है, चिड़िएँ दाना चुग रही हैं। सरकार भी गुड फील कर रही है और चिड़िएँ भी। सरकार ने कर्ज की शर्तें आसान कर दी हैं। अतः घर भी बैंक का, गाड़ी भी बैंक की, किसान का ट्रैक्टर भी बैंक का, घर का सारा साजो-सामान भी बैंक का किंतु कर्ज की रोशनी से चमकायमान घर-बार का दृश्य देख आम आदमी भी गुड फील कर रहा है, बैंक भी और सरकार भी।''

मुन्नालाल ने शंका प्रस्तुत की, ''किन्तु आचार्य! कर्ज नहीं चुका पाया तो वह घर से बेघर हो जाएगा? यह कैसा फील गुड जिसमें किसान आत्महत्या कर रहे हैं? फील गुड नहीं यह तो भ्रम है!''

''यह भ्रम नहीं पुत्र राजनीति की माया है और राजनीति भी सत्य है, उसकी माया भी। आम जन के लिए जिस स्थिति का तू आकलन कर रहा है वह माया से मुक्त वैराग्य की स्थिति है और वह फील गुड से भी ऊपर आनन्द की स्थति है। किसान आत्महत्या कहाँ कर रहे हैं, पुत्र? जिसे तू आत्महत्या कहता है, वह आनन्द से परे मोक्ष की स्थिति है।''

''शिष्य, मुन्नालाल! ज्ञान चक्षुओं पर पड़ी पलकें खोल और देख समूचा आर्यावर्त सचमुच में गुड फील के रस से सराबोर है। देख! कांग्रेस सन्तान भी जाग्रत हो रही है, मानों भारत उदय हो रहा है। पार्टी विकास के नए-नए रास्ते तलाशे जा रहे हैं। इस प्रकार कांग्रेस भी गुड फील कर रही है, सन्तान भी गुड फील कर रही है और कांग्रेस जन भी।''

''मगर, आचार्य! यह तो परिवारवाद है?''

''नहीं तेरा मति भ्रम है। यह परिवारवाद नहीं विकासवाद है। 'चैरिटी बिगिंस फ्रॉम होम' यही तो राजनीति का मूलमन्त्र है।''

''हे पुत्र! गीता में कृष्ण ने अर्जुन से कहा है, ''सुखदुःखे समे कृत्वा लाभालाभौ जयाजयौ' अतः वत्स मुन्नालाल तू भी पहले सुख-दुःख, लाभ-हानि और जय-पराजय के भाव से मुक्त हो और फिर गुड फील के बारे में विचार कर। तू भी गुड फील करेगा। गुड फील आनन्द की स्थिति है। सकारात्मक बुद्धि और निःस्पृह भाव के साथ उनका अनुभव कर तुझे भी आनन्द की प्राप्ति होगी।

कालिदास डे

बुद्धिजीवियों में एक वर्ग ऐसा भी है, जिसे बुद्धिभोगी कहना ही उचित होगा। बुद्धिजीवी होने के कारण ऐसे लोग अपनी बुद्धि का तो भोग करते ही हैं, रहम दूसरों की बुद्धि पर भी नहीं खाते। उन्हें भेजा-चाट भी कहा जा सकता है, क्योंकि जब तक वे किसी दूसरे के भेजे का कलेवा न कर लें, तब तक उनकी दिनचर्या शुरू ही नहीं होती। वे विश्व के किसी भी विषय पर बोल सकते हैं। क्योंकि वे केवल बोलते-ही-बोलते हैं, सुनते नहीं, इसलिए क्या बोल रहे हैं, इसकी उन्हें परवाह नहीं।

ऐसे ही हमारे एक मित्र हैं, बुद्धिभोगी मुसद्दीलाल जी। लोग उन्हें संकटलाल के नाम से भी पुकारते हैं। दरअसल मुसद्दीलाल जी हर वक्त संकटों से घिरे रहते हैं। सावन के काले बादलों की गर्जना सुन जब मयूर नृत्य करने लगते हैं, प्रेमियों के मन में प्रेम रस की बरखा होने लगती है। प्रेम वेदना से पीड़ित प्रेमी जब विरह गीत गाकर काले मेघों से पूछते हैं, ''हे, मेघ! तुम्हीं बताओ मेरी प्रेयसी कहाँ है? उस तक मेरा सन्देश पहुँचा दो, मैं विरह की अग्नि में भुन रहा हूँ।'' प्रेम रस की बरखा करने वाले ऐसे काले मेघ मुसद्दीलाल जी को संकट के बादल नजर आते हैं।

विश्व के किसी कोने में कोई पत्ता हिला नहीं कि राष्ट्र उन्हें खतरे में नजर आने लगता है। पश्चिम के वायुमण्डल में विक्षोभ पैदा हुआ नहीं कि उन्हें अपनी संस्कृति संकट में नजर आने लगती है। बहुत ही संवेदनशील व्यक्ति हैं, मुसद्दीलाल जी। घटना अमेरिका में घटित होती है और बैठे-बिठाए दर्द उन्हें यहाँ होने लगता है।

एक दिन सुबह-ही-सुबह जनाब हमारे घर पधारे। उन्हें देखते ही हम पत्नी से बोले, ''सुनो, जी! नाश्ते में मेरा भेजा फ्राई कर देना, मुसद्दी चचा पधार चुके हैं।'' मुसद्दी शब्द कान में पड़ते ही पत्नी ने करम ठोंका और पीड़ित मुस्कान के भाव उनके चेहरे पर उतर आए। पत्नी को पीड़ा मुसद्दी आगमन का आतंकी समाचार सुनकर थी और मुस्कान नई भेजा डिस्क को लेकर।

अपनी आदत के अनुसार चचा आते ही शुरू हो गए, ''सुनो भइया! फील गुड फ्लू, बर्ड फ्लू और अब यह लो, वेलेंटाइन फ्लू। भगवान बचाए इस देश को, एक-एक साथ तीन-तीन महामारी। इस वेलेंटाइन ने तो सत्यानास ही कर डाला।

पता नहीं क्या चाहती है युवा पीढ़ी! क्यों इस देश की महान संस्कृति को नष्ट करने पर उतारू हैं?''

बात टालने की मंशा से हम बोले, ''फिर क्या हुआ चचा! जाने भी दो बच्चे हैं, खेलने-खाने की उम्र है।''

जब कभी भी इस देश पर समाज पर अथवा धर्म या संस्कृति पर स्वजनित या परजनित किसी भी प्रकार के खतरे की सम्भावना नजर आती है। खतरे के पीछे उन्हें तब-तब विदेशी हाथ अथवा पाश्चात्य संस्कृति की बयार नजर आने लगती है। ऐसा सोचना भी इस देश की संस्कृति का अभिन्न अंग है। इसी सांस्कृतिक विचार का अनुसरण करते हुए चचा मुसद्दीलाल बोले, ''क्या बात कह रहे हो जनाब! तुम्हारा यह वेलेंटाइन संस्कृति पर कुठाराघात है। तुम नहीं जानते पाश्चात्य अपसंस्कृति के ये झोंके हमारी संस्कृति को नष्ट कर देंगे। यह युवा पीढ़ी को भ्रष्ट करने का षड्यन्त्र है।''

हम बोले, ''चचा! क्या भारतीय संस्कृति इतनी नाजुक हो गई कि तरजनी देख छुईमुई की तरह कान ढलका दे। चचा, अपनी संस्कृति को तो तुम बक्से में बन्द रखते हो, शायद इस भय से कि खुली हवा में आए तो कहीं उसे फंगस न लग जाए। न उसका प्रचार-प्रसार होने देते हो न विकास। समय के अनुसार संस्कृति का विकास नहीं होने दोगे तो बीती अवधि जैसी दवाओं की तरह वह जीवनदायिनी नहीं जीवनहरनी ही साबित होगी। वक्त के अनुसार संस्कृति के नए-नए संस्करण बाजार में उतारो चचा, नहीं तो पुराने पाठ्यक्रम की पुरानी पुस्तकों की तरह उसे भी कबाड़ी के हाथों बेच दिया जाएगा।''

चचा को आज हम फिजूल बोलने का मौका नहीं देना चाहते थे। अतः अपने वक्तव्य को विस्तार देते हुए हम आगे बोले, ''चचा जिस पाश्यात्य संस्कृति को तुम पानी पी-पीकर कोसते हो, उसी ने तुम्हारी संस्कृति को फादर्स डे दिया, मदर्स डे दिया, वेलेंटाइन डे दिया और तुम उसे संस्कृति पर कुठाराघात बताने लगे।''

चचा बोले, ''माता-पिता का सम्मान करना तो हमारी संस्कृति का ही अंग है। पितृों का श्राद्ध इसी संस्कृति की देन है।''

चचा का बयान सुन हम एक बार फिर मुस्करा दिए, ''चचा कहावत सुनी है 'मरे बाबा की बड़ी-बड़ी आँखें' जीवन भर बाबा की आँख दुखती रही, मगर एक बूँद दवा डालने की भी जहमत नहीं उठाई और स्वर्ग सिधार जाने के बाद उसी बाबा की आँख 'मीनाक्षी'-सी नजर आने लगी। जीवन भर बाबा के हलक में एक बूँद पानी नहीं डाला, मर गए तो श्राद्ध। जानते हो क्यों? बाबा के प्रति भक्ति भाव के कारण नहीं, बल्कि बाबा के भूत के भय के कारण। श्राद्ध करो और बाबा की आत्मा को शान्त करो।

चचाऽ ऽ ऽ ऽ ऽ! एक बात बताओ कौन जानता है कि तुम्हारी संस्कृति

मातृ-पितृ भक्त है? पाश्चात्य फादर्स डे, मदर्स डे की संस्कृति आज पूरे विश्व पर हावी है, है या नहीं?''

चचा बोले, ''चलो भतीजे, फादर्स डे, मदर्स डे की बात तो मान लेते हैं, मगर ये वेलेंटाइन डे तो निरा लोफरगर्दी वाला मामला है, इस पर तो प्रतिबन्ध लगना ही चाहिए भतीजे।''

हम बोले, ''अपने दिन भूल गए, चचा! वसन्त आते ही तुम्हारे मन की बगिया में भी गुलाब के न सही गेंदे के फूल चकाचक खिलते थे। तुमने भी तो प्रेम की पेंग बढ़ाने में कोई कसर नहीं छोड़ी और अब इनका जमाना आया तो संस्कृति पर खतरा नजर आने लगा।''

हमारी बात सुन चचा की भूतपूर्व कोमल भावनाएँ कुलमुलाने लगीं और चचा मन्द-मन्द मुस्कराकर बोले, ''सुनो, गुस्ताख भतीजे! हमारा प्रेम इजहार सुसंस्कृत था। आजकल के युवाओं जैसी उसमें लफंगई नहीं थी।''

''चचा! कहाँ है, लफंगई। यह तो वसन्त का वासन्ती रंग है। देख नहीं रहे हो सम्पूर्ण प्रकृति यौवन के रंग में सराबोर है। कमल खिलने लगे हैं। अशोक मुस्कराने लगे हैं। घूँघट उठा आम्रमंजरी महकने लगी है। तुम्हारी भर्तृहरि कहते हैं, ''इन्हीं पुष्पवाणों के द्वारा कामदेव प्रेमियों के मन में प्रेमवासना जगाता है। वसन्त कामदेव का सखा है और इस ऋतु में ही प्रेमी युगलों में मादकता का संचार सर्वाधिक होता है।'' फिर युवाओं के प्रेम इजहार में अपसंस्कृति कहाँ से आ गई?''

चचा बोले ''मगर भइया नाम तो पाश्चात्य है।''

''नाम में क्या रखा है, चचा! अपना साहित्य पढ़ो। भर्तृहरि से भी दो कदम आगे बढ़कर महान कवि कालिदास 'रघुवंश' में कहते हैं, 'वसन्त आगमन पर कोयलों ने सुन्दर युवतियों से कहा, यह चतुर उम्र एक बार जाकर फिर नहीं आती। अतः यह मन तज दो, कलह बन्द कर दो और अपने प्रेमियों की दिशा में चरण बढ़ाओ।'' चचा कालिदास की यह नसीहत तुम्हारे जैसे निरीह प्राणियों के लिए ही थी।

''कालिदास के जमाने में न तो कनॉट प्लेस था और न ही कनॉट प्लेस का सेंट्रल पार्क। पंचतारा होटल भी नहीं थे, न ही पंचतार मॉल और न ही बुद्धा गार्डन। जहाँ युवक-युवतियाँ प्रेम इजहार कर सकें। आज जैसी सुविधा कहाँ थी तब। चचा तुम्हारे जैसे संस्कृति जीवाणु तब भी प्रेमरस में विष घोलने की चेष्टा करते रहते होंगे।

तभी तो प्रेम इजहार के लिए कालिदास को सुमेरु पर्वत पर जाना पड़ा होगा। अषाढ़ मास के प्रारम्भ में ही उन्होंने अपनी यात्रा शुरू कर दी थी, ताकि वसन्त आते-आते सुमेरु पर्वत पर प्रेमालाप सुख प्राप्त किया जा सके। वैसे भी प्रकृति की गोद में प्रेमालाप का आनन्द कुछ और ही है। अब आप ही बताएँ वसन्त ऋतु आए और वेलेंटाइन-डे न मनाया जाए तो क्या यह नवयुवकों के कोमल हृदय

पर कुठाराघात नहीं है? मेरा तो मानना है कि भारतीय संस्कृति में वसन्त पंचमी से लेकर होली तक का एक-सवा महीना वेलेंटाइन-डे नहीं, वेलेंटाइन-मास का होता है।''

आत्मसमर्पण भाव से चचा बोले, ''चलो ठीक है, मान लेते हैं, वसन्त ऋतु में प्रेम इजहार भारतीय संस्कृति का ही अंग है, मगर भइया इसका नाम वेलेंटाइन-डे क्यों? वेलेंटाइन-डे शब्द कानों में पड़ते ही प्रेम का अहसास तो होता है, मगर उसमें कहीं पाश्चात्य प्रेम का पुट महसूस होने लगता है।''

''फिर क्या हो चचा?'' हमने पूछा।

चचा बोले, ''प्रेम दिवस का नाम कालिदास दिवस रख लो तो क्या हर्ज है?''

''रख तो लें चचा, मगर तुम्हारे जैसे बुद्धिभोगियों को फिर उसमें भगवाकरण नजर आने लगेगा।'' चचा एक बार फिर मुस्करा दिए और बोले, ''तो फिर कालिदास डे चलेगा।''

राजनीति का बाजीगरीकरण

राजनीति में धर्म का हो-हल्ला सुना था। शुचिता, समरसता और पारदर्शिता की चख-चख सुनी थी, निष्ठा और समर्पण की चूँ-चूँ-मैं-मैं सुनी थी। मगर हमने जब कभी राजनीति सागर का मन्थन करने का प्रयास किया तो इनमें से एक भी रत्न हमारे हाथ नहीं आया। हाँ, राजनीति के बीजगणित पर जब-जब गम्भीर चिन्तन किया तब-तब संसदीय कार्यवाही में कभी प्वाइंट ऑफ आर्डर तो कभी काम रोको प्रस्ताव की तरह बन्दर नामक जीव हमारे चिन्तन के मध्य उछल-कूद मचाने लगा। राजनीति में अपराधीकरण की चिन्ता की तरह हमारे चिन्तन में उसका समावेश होने लगा।

हम गम्भीर चुनावी मुद्दों के गम्भीर चिन्तन में डूबने की चेष्टा कर रहे थे कि 'मे आई कम इन सर' की औपचारिकता का निर्वाह किए बिना ही बन्दर नामक जीव हमारे चिन्तन में घुस आया। वैसे 'मे आई कम इन सर' की औपचारिकता का निर्वाह प्रवेश के बाद ही किया जाता है, मगर किया जाता है। न भी किया जाए तो भी कुछ बनने बिगड़ने वाला नहीं है। शास्त्रों में ऐसा ही लिखा है, विद्वत् जन भी ऐसा ही कुछ करते हैं।

उनके प्रवेश मात्र से ही हमारी चिन्तन धारा बदल गई। और हम सोचने लगे, 'अरे बस्ती में बन्दरों का प्रकोप फिर बढ़ने लगा है? बस्ती के लोग आतंकित हैं? हे, भगवान! यह क्या हो रहा है? बस्ती में उनकी तादाद अचानक कैसे बढ़ जाती है?

साल-सवा साल बाद विभिन्न प्रकार के बन्दर बस्ती में आते हैं। अशोक वाटिका में उत्पात मचाते हैं। लोगों के कपड़े फाड़ते हैं। उनका भेजा चाटते हैं और फिर रामायण की कथा की तरह राजतिलक के बाद न जाने कहाँ गायब हो जाते हैं?''

हमने अपनी आशंका बुद्धिजीवी जनाब मिर्जा साहब के सामने पेश की। मिर्जा साहब ने मुँह में भरा पान का शोरबा पेट की तरफ उतारा और गालों को आराम देते हुए बोले, ''इलेक्शन! मियाँ इलेक्शन।''

हमने कहा, ''जनाब कैसे?''

मिर्जा साहब बोले, ''लाहोल बिला कुव्वत! इतना भी नहीं जानते, मियाँ?

अरे, मियाँ! जब-जब इलेक्शन की मुनादी पिटती है, बन्दर बस्ती की तरफ रुख कर लेते हैं। देखनी रीए ओ, ये संसद के बन्दर हैं! इलेक्शन की फिर डुगडुगी पिटी और शहर की तरफ दौड़ लगाने लगे।''

''मगर लंगूर'' हम बोले।

''लंगूर तो एक बहाना है। जब-जब इलेक्शन होते हैं, संसद भवन से लेकर टाउन हाल तक में तब-तब ही लंगूर क्यों बुलाए जाते हैं? बताओ ना मियाँ।'' मिर्जा साहब के होंठों के बीच से मुस्कान की कली खिली और आगे बोले, 'मियाँऽ ऽ ऽ ऽ। अब लंगूर और बन्दरों के बीच दुश्मनी खतम, दोनों में याराना हो गया है।''

अपनी तकरीर को रफ्तार देते हुए मिर्जा साहब आगे बढ़े, ''सुनो मियाँ, चुनाव की मुनादी पिटते ही पहले बस्ती में बन्दर आते हैं, फिर लंगूर और भालुओं के साथ मदारी। मदारी डुगडुगी बजाता है, बन्दर नाचते हैं, भालू करतब दिखाते हैं। पल्ला फैलाकर जमूरा मेहनताना माँगता है। आगे फिर खेल दिखाने का वायदा करता है। मगर होता क्या है, 'खेल खतम पैसा हजम'। हाँ, खेल खतम हुआ और अपना सामान समेट मदारी गायब।''

हो सकता है, राजनीति में बन्दरों का प्रवेश मिर्जा साहब के लिए हँसी-मजाक का विषय हो, मखौल का मुद्दा हो, मगर हमारे लिए गम्भीर चिन्तन का विषय है। चिन्ता का मुद्दा है। आखिर राजनीति में बन्दरों के समावेश का अर्थ क्या है? विषय को लेकर बहुत मन्थन किया है। गहन चिन्तन किया और हम इस नतीजे पर पहुँचे, ''हाँ, है! सम्बन्ध है। दूसरे के बदन से कपड़े उतारने हैं न उतरे तो फाड़ने की नीति के तहत, लूट-खसोट की रणनीति के तहत उतारने हैं। सो उतारने हैं, दो बिल्लियों के बीच बँटवारे की कहानी के तहत। लेकिन राजनीति का यह कौन-सा रूप है, कौन दिशा है, कौन-सी दशा है?''

हमारे गम्भीर विचार सुन संसदीय कार्यवाही में विपक्ष के नेता की तरह मिर्जा साहब ने अपनी बात खिसकाई, ''बरखुरदार! सियासत का पहले बाजारीकरण हुआ और अब बाजीगरीकरण हो रहा है। जिसमें मदारी को भालुओं की, बन्दरों की दरकार है। उनके तौर-तरीकों की दरकार है, इसलिए ही राजनीति की बस्ती में बंदरों की भरमार है।''

गाँठ-गठीला लोकतन्त्र

हाथ में धागा लिए अजीब-ओ-गरीब हरकतों के साथ मुन्नालाल ने घर में प्रवेश किया। धागे को कभी उँगली पर लपेटता तो कभी खींचता। धागा जब ज्यादा खिंच जाता तो टूट जाता। गाँठ लगाकर फिर उसे जोड़ता। जुड़ने के बाद फिर खींचता। पुरानी गाँठ खुल जाती, नई गाँठ लगाता। कभी दूसरा धागा उठाता गाँठ लगाकर दोनों धागों को जोड़ता। एक गाँठ खुलती दूसरी लगाता।

हालत यहाँ तक पहुँच गई कि अच्छा-खासा धागा पहले गाँठदार हुआ और फिर एक के बाद एक इतनी गाँठें हो गईं कि रूप परिवर्तित कर गाँठदार धागा धागेदार गाँठ में तब्दील हो गया।

राजनीति की तरह उलझी मुन्नालाल की ऐसी हरकत देख हमारा संयम गठबन्धन का दामन छोड़ बैठा और हमने पूछा लिया, ''क्यों बरखुरदार! माजरा क्या है? यह फितूर किस लिए?''

कबीर भाव से वह बोला, ''कुछ नहीं, बस यूँ ही लोकतन्त्र को एक सूत्र में बाँधने के लिए धागा तैयार कर रहा था।''

''लोकतन्त्र को आज ही एक सूत में बाँधने के इस फितूर का कारण।''

मुन्नालाल बोला, ''लोकतन्त्र, ससुर रोज-रोज कहाँ हाथ आता है। चुनाव है तो लोकतन्त्र घर-घर धक्के खा भी रहा है। चुनाव होते ही तलाक-तलाक-तलाक का मन्त्र जाप कर तन्त्र कल लोक को तलाक दे जाएगा। तन्त्र विहीन लोक बेचारा अकेला खड़ा रह जाएगा, इसलिए मैं सोच रहा हूँ, ससुर को बाँध ही डालूँ। एक बार बँध गया तो फिर पूरे पाँच साल फील गुड-ही-फील गुड है।''

''मगर, भइया! विश्व का सबसे बड़ा लोकतन्त्र और तुम्हारा एक बालिस्ती धागा, बात कुछऽ ऽ ऽ ऽ ऽ...?''

''इसमें बात कुछऽ ऽ ऽ ऽ ऽ...की क्या बात है! अरे भइया! आज जमाना ही बालिस्तियों का है। बड़े-बड़े धागे वाले मेरे जैसे बालिस्तयों के घर के चक्कर पर चक्कर काट रहे हैं।''

मुन्नालाल की बात सुन हम हँस दिए, ''मगर, बाबा रहीमदास तो धागे में गाँठ लगाने के सख्त खिलाफ थे। वह कहते थे, 'रहिमन धागा प्रेम का, मत तोड़ो छिटकाय। टूटे से फिर ना जुरे, मिले गाँठ पड़ि जाय।' और तुम्हारा धागा तो

पूरा-का-पूरा ही गाँठ-गठीला हो गया है।''

वह बोला, ''अरे भाई, तुम्हारे रहीम बाबा के जमाने लद गए अब तो गाँठ-गठीले धागे ही ज्यादा कारगर साबित हो रहे हैं। देख नहीं रहे हो, राजनीति में गाँठ और गठबन्धन का महत्त्व बढ़ता जा रहा है। पुरानी गाँठें खुल रही हैं, खुली गाँठें फिर बँध रही हैं। नई गाँठें तैयार की जा रही हैं। गठबन्धन हो रहे हैं। कुँआरे तो कुँआरे शादीशुदा भी गठबन्धन में बँध रहे हैं।''

''चलो मान लेते हैं, धागा बड़ा कर लिया गाँठ लगाकर ही सही, मगर सूती धागे के साथ पॉलिएस्टर धागे की गाँठ और फिर उसमें रेशमी धागे की। कहीं-कोई तो सिद्धान्त-विद्धान्त होना चाहिए।''

चाणक्य नीति का बखान करते हुए वह बोला, ''फ्लेक्सिब्लिटी! सिद्धान्त-विद्धान्त क्या होता है, फ्लेक्सिब्लि ही ज्यादा स्थायी होता है। राजनीति में स्थायित्व महत्त्वपूर्ण है, सिद्धान्तों की कठोरता नहीं, इसलिए क्या फर्क पड़ता है, खादी के धागे में पॉलिएस्टर की गाँठ हो या रेशम की। फ्लेक्सिब्लि बनो, एलिजाबेथ टेलर का अनुसरण करो, तलाक दो, और फिर उसी के साथ गठबन्धन का नवीनीकरण करो।''

''फिर इसे गठबन्धन क्यों कहते हो? यह तो साँठगाँठ हुई, फिर साँठगाँठ कहो ना।''

''साँठगाँठ कह लो, नाम कुछ भी रख लो क्या फर्क पड़ता है, बस गाँठ लगनी चाहिए। इनसान को गाँठ का पक्का होना चाहिए, मगर पहले गाँठ लगे तो सही। सो, भइया! गाँठ लगा रहा हूँ, लोकतन्त्र की गाँठ मजबूत कर रहा हूँ, अपनी गाँठ पक्की कर रहा हूँ।''

नेता की तरह चुनावी भाषण-सा अपना दर्शन झाड़ मुन्नालाल चलता बना और निरीह मतदाता की तरह हम ठगे-ठगे से गाँठ लगा धागा निहार रहे हैं, गाँठ-गठीले लोकतन्त्र के भविष्य का आकलन कर रहे हैं।

राजनीति में अल्पसंख्यक मूँछ

ईमानदारी की तरह राजनीति में मूँछों का भी महत्त्व घटता जा रहा है। दुखद स्थिति तो यह है कि वॉलीवुड से राजनीति की तरफ पलायन करने वाले अभि-नेता भी मूँछ विहीन ही हैं।

मुझे नहीं मालूम कि ईमानदारी व मूँछों के बीच कोई रिश्ता है या नहीं, मगर दोनों का साथ-साथ महत्त्वहीन होना पारस्परिक रिश्तों की तरफ इशारा अवश्य करता है। हमारी चिन्ता व चिन्तन का विषय यहाँ ईमानदारी नहीं केवल मूँछें हैं, क्योंकि संवेदनशील दो मसले एक साथ उठाना हमारी कूवत से बाहर की बात है। आप यदि पसन्द करें और आपके स्वभाव के अनुकूल हो तो मूँछों पर किए गए हमारे शोध से प्राप्त निष्कर्षों को आप ईमानदारी की दुर्गति पर भी लागू कर सकते हैं। ऐसा करने के लिए हम आपको मौलिक अधिकार प्रदान करते हैं।

ऐसा नहीं है कि राजनीति से मूँछें डायनासोर अथवा गिद्ध गति को प्राप्त हो चुकी हैं। थोड़ी-बहुत मूँछें हैं, मगर उनमें से अधिकांश को मूँछें नहीं अपितु मूँछों के अवशेष ही कहना ज्यादा उचित होगा। ऐसी मूँछों की स्थिति अपेक्षाकृत बेहतर नहीं है, अतः उन्हें दलित स्तर की मूँछें ही कहना ज्यादा उचित होगा।

भेड़ों के झुण्ड में ऊँट की तरह यदाकदा कुछ उच्चवर्गीय मूँछें भी दलित मूँछों की राजनीति करती दिखलाई पड़ जाती हैं, मगर उनका दायरा भी सीमित ही है और 'ताव' नामक वंशानुगत गुण का असर उन पर कभी-कभार ही दिखलाई पड़ता है। कुल मिलाकर यह कहना अनुचित न होगा कि राजनीति में मूँछें अल्पसंख्यक होती जा रही हैं।

ऐसा क्यों हो रहा है, मूँछें अल्पसंख्यक क्यों होती जा रही हैं? ठहरे पानी में जलकुम्भी की तरह यह प्रश्न एक अर्से से हमारी बुद्धि की पोखर पर काबिज है। उसे हम जितना हल करने का प्रयास करते हैं, जलकुम्भी में गधे की तरह उसमें हम उतना ही फँसते जा रहे हैं। प्रश्न हल होने का नाम नहीं ले रहा है और हम हल करने की जिद नहीं छोड़ पा रहे हैं, अतः मूँछों से जुड़ा यह प्रश्न हमारे लिए 'मूँछ का सवाल' बन गया है।

फितूरी यह सवाल सुन हमारे खासुल-खास कुछ मित्र बोले, "क्यों भइया जब राजनीति में ही मूँछें अल्पसंख्यक होती जा रही हैं तो इस फितूरी सवाल को तुम

ही क्यों मूँछ का सवाल बनाए हो।''

हम नहीं माने और मूँछों के सफाचट उद्‌गम स्थल को नाजुक उँगुलियों से सहलाते हुए हम बोले, ''गणित का सवाल गणित का ही होता है और राजनीति का सवाल राजनीति का फिर मूँछ के सवाल को पूँछ का कैसे बना दूँ।''

हमारी जिद के आगे नतमस्तक मित्रों ने सवाल हल करने का प्रयास कुछ इस तरह किया–

''भइया राजनीति अब मूँछों की लड़ाई नहीं रह गई है। स्थायित्व शब्द राजनीति में अर्थहीन हो गया है, इसलिए स्थायी दुश्मनी और दोस्ती का राजनीति में कोई अर्थ नहीं है, फिर मूँछों का औचित्य क्या? चेहरे पर क्यों फिजूल ही में खर-पतवार उगाए जाएँ?''

नैतिक घास से अपना भरण-पोषण करनेवाले दूसरे मित्र ने हमें समझाया और सलाह भी दी, ''सुनो, भइया! मूँछ की प्रासंगिकता है वहाँ आदर्श-सिद्धान्त है जहाँ। आदर्श-सिद्धान्त जब राजनीति की राह में बाधक ही नहीं रहे तो फिर मूँछों का क्या अर्थ? अतः श्रीमान मुन्नालाल! हमारी सलाह मान मूँछों से जुड़े इस प्रश्न को मूँछों का सवाल न बना, मूँछ मुँड़ा, और किसी दल में शामिल हो जा। चुनाव का वक्त है, राजनीति के इन्फ्रास्ट्रक्चर बाण्ड की बिक्री खुली है।

'विनाश काले विपरीत बुद्धि' किसी ने सही कहा है कि जब दुर्दिन आते हैं तो अच्छी-खासी बुद्धि को भी लकवा मार जाता है और नेक सलाह में भी दुर्भावना की बदबू आती है। कहा यह भी गया है, 'जाको प्रभु दारुण दुःख देहीं, ताकी मति पहले हरि लेहीं'। हमारे साथ भी यही हुआ, हमारी बुद्धि को लकवा मार गया था। मित्रों की सलाह ने हमें प्रभावित नहीं किया। वरन् हम भी आज कहीं एमपी-सैम्पी होते, बस मूँछें ही तो मुँड़ानी पड़तीं।

खैर मित्रों की सलाह दरकिनार कर हम अपने चिन्तन में डूबे रहे और जब चिन्तन धारा से बाहर निकल, भीगे कपड़े निचोड़े तो इस नतीजे पर पहुँचे कि राजनीति में मूँछों के अल्पसंख्यक होने का एकमात्र कारण पूँछ का विकसित होना है, क्योंकि राजनीति में पूँछ वालों की ही पूछ है। अतः मूँछें साफ होती गईं और पूँछ लम्बी होती गई।

मूँछों की ऐसी दुर्गति होने या कहिए अल्पसंख्यक होने में उसके स्वकर्मों ने भी महत्त्वपूर्ण भूमिका निभाई है। हालिया जमाने में हाल तो मुंछदर कोई नेता प्रगति कर नहीं सकता, खुदा-न-खास्ता प्रगति कर भी ले तो बेचारा मलाई कैसे चाटेगा, क्योंकि मलाई चाटने के वक्त मूँछें आड़े आ जाती हैं। मूँछों के बावजूद मलाई चाटने का दुःसाहस किया भी तो आधी मलाई मूँछों पर चिपककर रह जाएगी। मलाई भी पूरी हाथ नहीं लगेगी और जग हँसाई मुफ्त में हो जाएगी। जिसे पता नहीं, उसे भी पता चल जाएगा कि नेता मलाई चाट है।

अब आप कहोगे मलाई चाटते ही क्यों हो भइया? मान लेते हैं, आपकी बात नहीं चाटते मलाई तो फिर यह बताओ आकाओं को रोज-रोज मक्खन लगाने के लिए इतना मक्खन लाएँ कहाँ से। मलाई नहीं चाटेंगे तो मक्खन कहाँ से लगाएँगे। मक्खन लगाए बिना और मलाई चाटे बिना राजनीति नहीं चला करती। अतः राजनीति में अस्तित्व बरकरार रखने के लिए मूँछें नहीं, मलाई आवश्यक है। देवता भी मलाई प्रेमी होते थे, अतः मूँछ नहीं रखते थे। आधुनिक देवता भी उसी देवत्व परम्परा का निर्वाह कर रहे हैं।

निष्कर्ष का एक अन्य पहलू यह भी है कि राजनीति में कदम जमाने और जमे कदम उखाड़ने के लिए किसी की नाक का बाल बनना परम आवश्यक है और मूँछ इस परम आवश्यकता की पूर्ति में बाधक है। फिर मूँछ का भार फिजूल में ही वहन क्यों किया जाए। इस प्रकार राजनीति में मूँछ अल्पसंख्यक होती जा रही है। आप चाहें तो राजनीति में ईमानदारी विलुप्त होने के पीछे भी मेरे इन्हीं शोध निष्कर्ष को लागू कर सकते हैं।

चोर मचाए शोर

एक फिल्म थी—'चोर मचाए शोर'। फिल्म देखने का सौभाग्य हालाँकि मुझे प्राप्त नहीं हुआ। शायद इसलिए कि मेरे छात्र जीवन के समय वह रिलीज नहीं हुई थी और जब रिलीज हुई तब तक मैं गृहस्थ आश्रम में प्रवेश कर 'हकीकत' देखने में मशगूल हो चुका था। फिर भी बिना देखे ही फिल्म के शुभ नाम 'चोर मचाए शोर' से मैं आज भी प्रभावित हूँ। भारतीय संस्कृति में नायक से लेकर खलनायक तक सभी के नाम शुभ होते हैं, क्योंकि नाम से दर्शन का कोई वास्ता नहीं है। कोई भी गधा-पालक अपने गधे का नाम मोहनलाल रख सकता है। अभिव्यक्ति की स्वतन्त्रता संविधान प्रदत्त है और नामकरण की स्वतन्त्रता प्रकृति प्रदत्त।

'चोर मचाए शोर' फिल्म का यह नाम मुझे भविष्य की तरफ संकेत करता दिखलाई दिया, इसलिए मैं उससे प्रभावित हुआ। उस समय किए गए संकेत आज स्पष्ट हो रहे हैं, इसलिए फिल्म के नाम का प्रभाव मेरे मन पर आज और भी मजबूती के साथ काबिज हो गया है। आज उत्तर-दक्षिण, पूरब-पश्चिम और ब्रह्म स्थान सभी दिशा-विदिशाओं से भाँति-भाँति के चोर किस्म-किस्म की आवाज में शोर मचा रहे हैं—'चोर-चोर-चोर।'

चोर आने पर पहले कभी मोर शोर मचाया करते थे। मगर अब मोर शोर नहीं मचाते। अब चोर सहज भाव से अपना काम करते रहते हैं और मोर भी समान भाव से उन्हें अनदेखा करते रहते हैं। शायद मोर भयभीत हैं अथवा चोर और सिपाही के बीच अन्तर नहीं कर पा रहे हैं। समझदार व दुःसाहसिक एक-आधा मोर यदि कभी शोर मचाने का दुःसाहस कर भी लेता है तो उसकी आवाज चोरों के शोर में दब कर रह जाती है, क्योंकि अब मोरों की अपेक्षा चोरों की आवाज ज्यादा बुलन्द है, ज्यादा दमदार है। अब मोर मचाए शोर नहीं, चोर मचाए शोर मुहावरा चरितार्थ हो रहा है।

सुलताना डाकू, मानसिंह और राधाचरण जैसे दस्यु सुन्दरों के दिलचस्प किस्से-कहानी बचपन में सुने थे। वे सभी डंके की चोट पर डकैती डालते थे। जब कभी डकैती डालने जाते थे तो पत्र अथवा दूत के जरिए अपने इरादे से असामी और पुलिस को पहले ही अवगत करा दिया करते थे। फिर धड़ल्ले से डकैती डालते। अर्थात् चुपचाप चोरी-चोरी नहीं, शोर मचाकर अपने काम को अंजाम देते थे। एक

और खूबी थी उनमें, लूट के माल से वे गरीब परिवार की कन्याओं की शादी करते, भात भरते। इस खूबी के कारण वे डकैत के साथ-साथ लोकप्रिय भी थे अर्थात् जन-नायक भी।

वे डकैत थे, किंतु उस समय दो-चार ही थे। कभी-कभी तो एक दो ही हुआ करते थे। आज देख रहा हूँ, ऐसे जन-नायकों की तादाद में नित-प्रतिदिन इजाफा होता जा रहा है। अब चोर किस्म के लोग भी उनके बताए मार्ग पर चल रहे हैं, संख्या में इजाफे का यह एक कारण हो सकता है। अन्तर केवल इतना है कि आज के चोर पूर्वज डाकुओं की तरह पुण्य कार्य करने से पहले शोर मचाने में विश्वास नहीं करते। कर्म करना धर्म है फिर फिजूल में पब्लिसिटी क्यों ली जाए।

शोर मचाते भी हैं, मगर तब जब पकड़े जाने के आसार उत्पन्न हो जाएँ अथवा ऐसी किसी सामाजिक बुराई से निजात दिलाने के सम्बन्ध में सभा-गोष्ठियों में भाषण देने की मजबूरी पैदा हो जाए। उनके व्यक्तित्व का यह एक सकारात्मक पहलू है। इसी सकारात्मक लक्षण के कारण शोर मचाने वाले ऐसे सभी चोर अपने पूर्वजों के समान जन-नायक हैं।

भ्रष्टाचार, बेईमानी, असत्य व हिंसा और सामाजिक जीवन में अशुद्धता व राजनीति के अपराधीकरण जैसी सामाजिक व राजनीतिक बुराइयों के खिलाफ जितने जोरदार तरीके से शोर मच रहा है, शायद पहले ऐसा कभी नहीं मचा। बुराई समाप्त हो न हो, मगर शोर मचाया जा रहा है। यह जन-नायकों की सकारात्मक सोच का प्रतिफल है। वरन् अपनी पोल कौन खोलता है, अपने व्यवसाय के प्रति कौन घृणा का प्रचार करता है। ऐसा करना अपने ही पेट पर लात मारने के समान है, मगर वे ऐसा कर रहे हैं, क्योंकि वे समाज व प्राणियों के प्रति सद्भाव रखते हैं।

वे कीचड़ में कमल के समान हैं। कीचड़ में रहना उनकी प्राकृतिक-जैविक मजबूरी है, लेकिन स्वभाव से निर्मल होने के कारण वे कीचड़ में लिप्त नहीं होते। वे निर्लेप भाव से कृष्ण के कर्म-योग सिद्धान्त का पालन कर रहे हैं। कर्म कर रहे हैं, मगर कर्म में लिप्त नहीं हो रहे हैं। अतः जहाँ कहीं सुअवसर प्राप्त होता है, सामाजिक बुराइयों के प्रति जमकर शोर मचाते हैं।

वे अनुभवी लोग हैं। उन्होंने सामाजिक बुराइयों को जीवन में उतारा है। उन्हें नजदीक से देखा है, भोगा है। उनके लिए 'सत्य के प्रयोग' के समान है। सत्य के प्रयोग से प्राप्त अनुभवों को वे शोर मचा-मचाकर जनता-जनार्दन के मध्य वितरित कर रहे हैं। सत्य के ऐसे प्रयोग आज भी जारी हैं और अनुभवों का वितरण भी।

चोर खुद ही शोर मचा रहे हैं। यह खलनायक प्रधान फिल्मों के नायक के समान हैं। दरअसल नायक-खलनायक के मध्य खिंची विभाजन रेखा अब मिटती जा रही है। 'ना जाने किस वेश में बाबा मिल जाएँ भगवान रे' की तर्ज पर अब

नायक के वेश में खलनायक के दर्शन होना सहज बात है, जैसे सिपाही के वेश में चोर। भेद-भाव मिटता जा रहा है, अतः यह सद्भावना का प्रतीक है।

'बुद्धं शरणम् गच्छामि' खलनायक राजनीतिक बुद्धों की शरण में जा रहे हैं। सत्य के प्रयोग के तहत भिन्न-भिन्न तरीके से विभिन्न प्रकार की आत्माओं को मुक्ति प्रदान कर रहे हैं। अँगुलियों की माला गले में डालकर अहिंसा का उपदेश दे रहे हैं। चोर स्वयं शोर मचा रहे हैं, चोर-चोर-चोर।

हादसों पर शगल

कहावत है कि किसी को पुण्य कार्य से भी यश की प्राप्ति नहीं होती और कुछ लोग बिना करे-धरे ही यश के भागी बन जाते हैं। इसे कहते हैं किस्मत का खेल। जो लोग बैठे-ठाले यशदार बन जाते हैं, उन्हें कहते हैं मुकद्दर का सिकन्दर और जिनके करे-धरे पर भी पानी फिर जाता है, उन्हें कहा जाता है मुकद्दर का पोरस।

ऐसे ही एक मुकद्दर के पोरस निकले हमारे नेताजी। ''कौन सीता और कौन राम हनुमान की पूँछ में बेमतलब आग लगा दी'' ऐसा ही कुछ उनके साथ हुआ। न लेना एक न देना दो और बेचारों पर ठोंक दिया गया मुकदमा।

उनका जन्मदिन ही तो था। अब हमारे जन्मदिन पर यदि मुन्नालाल भाँग के लड्डू बाँटने लगे तो इसमें हमारा क्या दोष? हमसे पूछकर तो मुन्नालाल ने लड्डू बाँटने का आयोजन किया नहीं था। हमें तो लड्डुओं से भरे टोकरे पर हाथ रखने-भर के लिए बुला लिया था। बस इतनी-सी बात पर भाँग के लड्डू बाँटने के जुर्म में मुकदमा हमारे ऊपर, है ना सरासर ज्यादती। ऐसी ही ज्यादती का शिकार हुए, बेचारे हमारे नेताजी।

इसे भी किस्मत का ही करिश्मा कहा जाएगा कि जब दुर्दिन आते हैं तो अपनी बिल्ली भी आँख दिखाने लगती है। किसी ने सही ही कहा है, ''गैरों से क्या शिकवा, हमें तो अपनों ने मारा है।'' कल तक तो बहनजी उनके हाथ में राखी बाँध रही थीं और नेताजी उन्हें प्रधानमन्त्री के सिंहासन पर विराजमान होने का आशीर्वाद प्रेषित कर रहे थे। आज नेताजी की पूँछ में जरा लपट क्या लगी बहनजी उन्हें जेल की हवा खिलाने का शाप देने लगीं।

भाई दे आशीर्वाद और बहन दे शाप, घोर कलियुग।

जब एक तरफ से बहे आशीर्वाद की निर्मल-शीतल धारा और दूसरी तरफ से छोड़ा जाए शाप का अग्निबाण तो ऐसे में राजनीतिक यह कथन कि राजनीति में दुश्मनी स्थायी नहीं होती, बेमानी-सा लगता है। उसके स्थान पर राजनीति में रिश्ते-नाते, दोस्ती कुछ भी स्थायी नहीं होते, यह कथन ज्यादा ईमानी-सा लगता है। गठजोड़ की रणनीति की तरह यह कहना ज्यादा उचित होगा, ''नेता की न दुश्मनी अच्छी और न दोस्ती।''

हमारी कोमल भावना का यकायक भड़कने और उस पर इस गहन चिन्तन

का कारण 'नेताजी का साड़ी काण्ड' है। वैसे हम उसे साड़ी काण्ड नहीं, धोती काण्ड कहना ज्यादा उचित समझते हैं। क्योंकि अन्त्योदय की पात्र महिलाओं के लिए साड़ी विलासिता का प्रतीक है, इसलिए वर्जित है। तन ढकने के लिए एक धोती ही काफी है।

वैसे भी आजकल पचास-साठ रुपए में साड़ी कहाँ, धोती का ही माडल प्राप्त किया जा सकता है। जो लोग उस धोती प्रकरण को साड़ी का नाम दे रहे हैं वे नेताजी के घोर दुश्मन जान पड़ते हैं, क्योंकि ऐसा कर वे आयकर अधिकारियों के कान खड़े कर रहे हैं। अर्थात नेताजी को एक नई मुसीबत में लपेटना चाहते हैं।

हालाँकि मानने का कोई कारण नहीं है, फिर भी यदि हम यह मान भी लें कि धोती बाँटने का पुण्य आयोजन नेताजी ने ही किया था तो उसमें गलत क्या किया? इसके पीछे उनकी मंशा हादसा आयोजित करने की तो थी नहीं। हादसा यदि हो गया और 20-22 गरीब महिलाएँ इस नश्वर संसार से कूच कर भी गईं तो उसमें नेताजी का क्या दोष?

भारत उदय में जो थोड़ी बहुत कसर शेष रह गई थी, नेताजी ने तो उसे पूरा करने के लिए आयोजन किया था। आयोजन के पीछे उनकी पाक मंशा इण्डिया शाइन-शाइन की थी। आयोजन के माध्यम से नेता जी ने तो भगवान कृष्ण की भूमिका अदा करने का प्रयास किया था।

गरीबी के चीरहरण से त्रस्त महिलाओं को चीर प्रदान करने का प्रयास किया था। 'गरीबी हटाओ' के जिस नारे को कांग्रेस ने बुलन्द किया था, नेताजी ने उसे अंजाम तक पहुँचाने का आयोजन किया। उसमें यदि चन्द गरीब भी हट गए तो नेताजी का क्या दोष? जब कभी बड़े आयोजन हुआ करते हैं, तो छोटे-मोटे हादसे हो ही जाया करते हैं।

महाराज हर्षवर्धन भी तो तीर्थस्थलों पर जाकर वस्त्र वितरण का आयोजन किया करते थे। नेताजी ने हर्षवर्धन की परम्परा को गति प्रदान की तो कौन जुर्म कर दिया?

क्या बहनजी यह चाहती हैं कि हर्षवर्धन की तरह नेताजी भी अपने तन के वस्त्र दान कर दें और फिर तन ढकने की खातिर एक धोती के लिए बहनजी के सामने गिड़गिड़ाएँ। बस यही कसर शेष है, मगर विपक्ष सही-सलामत रहा तो नेताजी के तन की धोती भी उतर जाएगी।

निर्वस्त्र एक महिला को धोती दान महात्मा गाँधी ने भी किया था और आजन्म एक धोती से ही तन ढकने की प्रतिज्ञा भी। शुभचिन्तकों की यदि इसी प्रकार मेहरबानी रही तो आश्चर्य न होगा कि नेताजी को भी एक दिन गाँधी प्रतिज्ञा करने के लिए मजबूर होना ही पड़ेगा।

अन्त में बस यही कहेंगे गरीबों के साथ ऐसे शगल करना नेताओं का धर्म है, सज्जनोचित कार्य है। हमारे नेताजी भी दोऊ हाथ उलीच कर सज्जनोचित कार्य ही कर रहे थे। बस अन्तर केवल इतना था कि हादसा पहले नहीं बाद में हो गया। अतः हादसा पहले हो या बाद में उस पर राजनीति करना उचित नहीं है। राजनीति करने से अच्छा होता यदि मृत महिलाओं की देह पर एक-एक धोती डाल दी जाती, कम से कम परलोक तो निर्वस्त्र न जातीं।

राष्ट्रवधुएं

आजकल समाचारों में, बाजारों में, सत्ता के गलियारों में कॉलगर्ल छाई हुई हैं। उन्मुक्त रूप से टपक रही हैं, जैसे चमन के अंगूर, इलाहाबाद के अमरूद, कन्धार के अनार, देहरादून की लीची और मलिहाबाद के आम। माँग भी भरपूर, आमद भी चकाचक। दलाल स्ट्रीट में रौनक, सेंसेक्स का ग्राफ आसमान की ओर, आखिर माजरा क्या है?

कॉलगर्ल शब्द कानों में पड़ते ही मुन्नालाल ने मुँह ऐसे बनाया मानों दशहरी आम का टपका चूस रहा हो। प्राकृतिक रूप से मुँह में उत्पन्न रस को पेट के अन्दर धकेलते हुए वह बोला, "इसमें आश्चर्य की क्या बात है, यह तो माँग व आपूर्ति का सिद्धान्त है। आपूर्ति के नए-नए क्षेत्र तलाश करो, बाजार में माल फेंको तो माँग खुद-ब-खुद बढ़ जाएगी। देख नहीं रहे हो कॉलगर्ल का बाजार अब पहले की तरह सीमित नहीं रहा है। सत्ता के गलियारों में इस प्रोडक्ट को एक नया बाजार मिला है। नेता से अफसरशाह तक, वार्ताकार से पत्रकार तक अर्थात् सत्ता से जुड़ा प्रत्येक व्यक्ति अब इसका मुरीद हो गया है। सम्भ्रान्तों की भीड़ में शामिल होने की इच्छा रखने वाले प्रत्येक व्यक्ति का यह प्रोडक्ट स्टेटस सिंबल हो गया है।"

मुन्नालाल का यह दृष्टिकोण बाजारवादी था अर्थात् व्यावसायिक था, मगर समाज के प्रत्येक क्षेत्र में उनके बढ़ते इस वर्चस्व का आखिर कारण क्या है, हमारे चिन्तन का यही विषय था। हमारे चिन्तन के विषय पर गौर फरमाते हुए चिन्तनधर्मी मुसद्दीलाल बोले कुछ खास कारण नहीं, बस संस्कृति करवट बदल रही है।

कॉलगर्ल और संस्कृति, मुसद्दीलाल का यह गठजोड़ी समीकरण सुन हमारा मुँह चील के घोंसले की तरह फटा रह गया। कॉलगर्ल और संस्कृति का यह गठजोड़ हमें वामपन्थी व दक्षिणपन्थियों के बीच गाँठ लगे गठबन्धन-सा लगा। संस्कृति की करवट बदल सलवटें सुलझाने का असफल प्रयास करते-करते हमने पूछा, "क्यों चचा, यह संस्कृति का करवट बदलना कैसे?"

करवट बदल, चचा ने जवाब दिया, "सांस्कृतिक विरासत का इतना भी ज्ञान नहीं, बरखुरदार! अरे भइया, देव-युग में इन्द्र की अप्सराओं के चर्चे क्या नहीं सुने? मध्ययुगीन विष कन्याओं के किस्से-कहानी भूल गए, देव-दासियाँ, नगरवधू, कुलवधू कुछ तो याद होगा? इतिहास का थोड़ा-बहुत तो ज्ञान होगा? कॉलगर्ल उसी विरासत

का आधुनिक स्वरूप है। मुन्ना! धरा पर इन्द्रलोक अर्थात् स्वर्ग उतर रहा है। देवकाल का अवतरण हो रहा है।"

चचा के देव-विचार हमारे जहन में कॉलगर्ल की मुस्कान से छा गए और संस्कृति के साथ-साथ हम भी करवट बदल गए। हमने महसूस किया कॉलगर्ल के सामाजिक-धार्मिक धन्धे में पुलिस के बैरिकेड स्वर्ग अवतरण में बाधा डाल रहे हैं। संस्कृति के विकास में रोड़े अटका रहे हैं और आर्थिक विकास का मार्ग अवरुद्ध कर रहे हैं। बैरिकेड हटा दिए जाने चाहिए। संविधान में प्रदत्त मौलिक अधिकारों के तहत लाइसेंस प्रदान कर दिए जाने चाहिए।

वे तुच्छ मानसिकता के लोग हैं, जो कॉलगर्ल संस्कृति को अपसंस्कृति बताकर उसकी आलोचना करते हैं। कॉलगर्ल को 'कालगर्ल' कहना उनके प्रति अन्याय है। कॉलगर्ल काल रूप नहीं, जीवन हैं, जीवन की ऊर्जा हैं। चाणक्य काल में भी इन अप्सराओं के साथ ज्यादती हुई। अमृत कन्याओं को विषकन्या नाम देकर उनके साथ अन्याय किया गया। ये काल-गरल नहीं, मधु-कन्याएँ हैं।

राष्ट्र के विकास में उनके योगदान को नकारा नहीं, सराहा जाना चाहिए। जहाँ राजनीति फेल हो जाती है, कूटनीति चुक जाती है और 'अर्थ' अर्थहीन हो जाता है, वहाँ ये संस्कृति-महिलाएँ ही तो चुटकी बजाकर चुटकी में कार्य पूर्ण कराती हैं। न जाने कितने नेता उनकी पूँछ पकड़कर राजनीति के एवरेस्ट पर ध्वज फहरा रहे हैं और न जाने कितने नेता उन्हीं की पूँछ के सहारे फतह की आस में साँस रोके मंजिल की ओर गतिमान हैं।

संस्कृति के प्रवाह को कौन रोक पाया है, भला। संस्कृति को सीमाओं में कौन बाँध पाया है। वे लोग प्रतिक्रियावादी हैं जो कॉलगर्ल संस्कृति को वेश्याकरण का नाम देते हैं। वेश्याकरण नहीं, यह उदारीकरण के दौर में संस्कृति का वैश्वीकरण है। नगरवधू व कुलवधू की सीमाओं के बन्धन लाँघ यह राष्ट्रवधू और अन्तरराष्ट्रीय-वधू का युग है। संस्कृति की प्रगति की राह से बैरिकेड हटाओ वसुधैव कुटुम्बकम् के सिद्धान्त को चरितार्थ होने दो। अर्द्धवस्त्रा को निर्वस्त्रा होने दो 'नारी की पूजा-देवताओं का वास' का आदर्श साकार होने दो। संस्कृति करवट बदल रही है, उसे करवट बदलने दो।

एक दैविक फैशन शो

अभी-अभी एक सप्ताह पहले तक राजधानी· फ़िज़ा चकाचक थी। खुशबू आज भी दिल-ओ-दिमाग को महका रही है। नेत्रों में आज तक शीतलता का अहसास है। दरअसल राजधानी में एक फैशन शो का आयोजन किया गया था, जो पूरे सप्ताह लोगों के तन-मन को भिगोता रहा। वस्त्रों के विभिन्न मगर दैविक डिजाइनों का शो था। अलबत्ता देखनेवालों ने वस्त्र कम तन ज्यादा देखे। ऐसा देखना कुछ का शौक रहा होगा तो कुछ की मजबूरी। क्योंकि प्रदर्शन वस्त्रों का कम तन का ज्यादा हुआ। वस्त्रों की अपेक्षा, अल्प वस्त्रों से बाहर झाँकते तन ज्यादा प्रदर्शित हुए। कहा जा सकता है कि तन पर वस्त्र नहीं वस्त्रों पर तन हावी थे।

तन प्रदर्शित करने लायक हों तो प्रदर्शित किए ही जाने चाहिए और प्रदर्शित प्रत्येक वस्तु के दर्शन करना भी परम् धर्म है। न्यून वस्त्रों में सजे तन वास्तव में खूबसूरत थे, मगर यह कहना मुश्किल है कि खूबसूरती का कारण तन पर सजी वस्त्रों की कतरनें थीं अथवा अर्द्धनग्न तन स्वयं।

अर्द्धनग्न शब्द यहाँ उचित नहीं जान पड़ रहा है, क्योंकि यह शब्द अश्लील-अश्लील-सा लगता है, अतः अर्द्धवस्त्रा तन कहना अपेक्षाकृत उचित होगा।

जिन महिला मॉडलों के तन पर कतरनें सजाई गई थीं, हालाँकि वे तन कर चल रही थीं, मगर जन्म-जन्म से भूखी लग रही थीं। शायद पेट-भर भोजन करना उनके लिए वर्जित है।

मॉडलों के साथ महिला शब्द का प्रयोग करना मॉडलों का अपमान होगा। क्योंकि महिलाएँ बोल्ड नहीं होतीं और प्रदर्शित वस्त्र पहनने की कुव्वत उनमें नहीं है। ऐसे दिव्य वस्त्र या तो रैंप मॉडल ही धारण कर सकती हैं अथवा शोरूम में सजे मॉडल पुतले, अतः केवल मॉडल कहना ही उचित होगा।

कुल मिलाकर कहा जा सकता है कि वस्त्र डिजाइन करनेवाले डिजाइनरों ने वस्त्रों में और कतरनें धारण करने वाली मॉडलों ने भोजन में काफी किफायत की है। रोटी, कपड़ा और मकान जिस देश की ज्वलन्त समस्या हो वहाँ ऐसी किफायत आवश्यक भी है। इस तरह की किफायत करने से ही समाजवाद का सपना साकार किया जा सकता है।

डिजाइनर व मॉडलों के मकान देखने का सौभाग्य प्राप्त नहीं हुआ, मगर

मुझे पूरा यकीन है कि मकान के मामले में भी वे पूरी तरह समाजवादी किफायत बरतती होंगी। जिस प्रकार हमारे नेता बरतते हैं। विभिन्न तारा होटल व कोठियों के स्वामी होने के बावजूद बेचारों के नाम केवल डीडीए का जर्जर एमआईजी फ्लैट ही होता है।

पूरे सप्ताह शो के दौरान न मालूम किसने क्या देखा, क्या सोचा। सभी ने अपनी-अपनी रुचि के अनुरूप देखा होगा, बुद्धि के दायरे में सोचा होगा। मगर बहुआयामी उस प्रदर्शनी में हमने बॉडी लैंग्वेज के माध्यम से अभिव्यक्ति की स्वतन्त्रता और भारतीय संस्कृति का बेलाग प्रदर्शन देखा। वास्तव में रैंप पर थिरकती प्रत्येक बॉडी अपने-अपने तरीके से कोई-न-कोई सन्देश दे रही थी। भारतीय संस्कृति के नए-नए प्रतिमान स्थापित कर रही थी।

समीक्षकों ने कहा प्रदर्शित वस्त्र पाश्चात्य एवं भारतीय संस्कृति का बेजोड़ संगम है। हमने कहा हाँ, यह भारतीय संस्कृति का पाश्चात्य संस्करण है। गाँधी संस्कृति का पाश्चात्य स्वरूप 'गाँधियन कल्चर' है। पाँच गज की धोती में लिपटी गाँधी संस्कृति का परिष्कृत स्वरूप है। पाँच गज की धोती में गाँधी केवल एक तन ढकता था। परिष्कृत संस्कृति ने पाँच गज में पचास तन ढक दिए और धोती की किनारी अभी भी शेष है।

समीक्षकों ने कहा फैशन शो में राजनीति का क्या काम। नेहरू से लेकर वाजपेयी तक! क्यों उन्हें रैंप पर उतारा गया। अप्सराओं के मध्य राजनीति के रथ का क्या काम?

उन्होंने कहा राजनीति को दूषित किया गया है।

हमने कहा अच्छा किया है। राजनीति को दूषित कर सुशोभित किया है। राजनीति में फैशनबालाओं के पदार्पण को प्रदर्शित किया है। रैंप पर प्रदर्शित वह चुनावी रथ नहीं था। वह तो सांस्कृतिक राष्ट्रवाद का वाहक था।

संस्कृति ही नहीं रैंप पर तैरती एक-एक मॉडल में हिन्दुस्तान के दिव्य-स्वरूप के भव्य दर्शन थे। बे-परदा कश्मीर, किसी-किसी के भाल पर झीना-झीना-सा पर्दा अथवा छितरा-छितरा-सा जाल, मानों आतंकवाद का साया। उत्तरांचल, हिमाचल की अर्धनग्न पहाड़ियों के समान खुला-ढका-सा वक्षस्थल, नाभि प्रदेश की सीमाओं तक समूचा मध्यप्रदेश मुक्त, द्रविड़ प्रदेश कुछ-कुछ बन्धन युक्त और कन्याकुमारी तक फिर उन्मुक्त। जल की लहरों का-सा आभास कराती रैंप पर तैरती रंग-बिरंगी डिस्को लाइटें। मानों चेहरे से उतरा समूचा पानी पैरों तले एकत्रित हो गया है। उस पर नेपथ्य से राष्ट्रभक्ति से ओतप्रोत 'आओ बच्चो तुम्हें दिखाएँ झाँकी हिन्दुस्तान की' गीत के बोल। हम धन्य हो गए, यही है हिन्दुस्तान की वास्तविक झाँकी। ग्लेमरस राजनीति के इस दौर में और क्या हो सकती है, हिन्दुस्तान की तस्वीर। राष्ट्र के उस विराट स्वरूप को नमन करते हुए, हम बुदबुदाए—वन्देमातरम-वन्देमातरम-वन्देमातरम।

काल का करवट बदलना

चिन्ता की गठरी सिर पर लादे भाई चिन्तादास आचार्यश्री के समक्ष चरणागत जा हुए। आचार्यश्री ने मुस्कराते हुए फील गुड का आशीर्वाद दिया और बोले, ''वत्स! चिन्तादास तुमने नाम बड़े और दर्शन छोटे की कहावत को झुठला दिया है। जैसा तुम्हारा नाम है, वैसा ही चरित्र भी। नाम के अनुरूप सदैव ही चिन्ता का बोझ सिर पर उठाए फिरते हो। खोलो, वत्स गठरी खोलो, देखें आज कौन किस्म की चिन्ता लेकर आए हो अपनी गठरी में।''

चिन्तादास ने बबूल के पेड़ की सूखी छाल से अपने होंठ खोले, ''आचार्य श्री यह क्या हो गया? पासा सीधा फेंका था, उल्टा कैसे हो गया? शकुनी पासा फेंके और उल्टा पड़ जाए, यह तो आश्चर्य हो गया।''

चिन्तादास का वेदना मिश्रित कथन सुन मुसकराहट पर विराम लगाते हुए आचार्य बोले, ''काल ने करवट बदली है, पुत्र और काल जब-जब करवट बदलता है, परिवर्तन की आँधी आती ही है।''

मगर आचार्य, ''इतने तीव्र वेग से कि विशाल वट वृक्ष भी धराशायी हो जाए!''

''हाँ, पुत्र! काल की मार जब पड़ती है तब वट वृक्ष तो क्या पर्वत भी मैदान का रूप धारण कर लेते हैं। काल सृष्टि का भाग्य लिखता है और तू चला उसका भाग्य लिखने! काल के भाल पर कौन इबारत लिख पाया है, भला? चिन्ता चिता समान है। चिन्ता का त्याग कर और चिन्तन में लीन हो जा। अपने कर्मों की समीक्षा स्वयं कर अर्थात् आत्मविश्लेषण। तेरे लिए अब केवल यही एक मार्ग शेष बचा है।''

आचार्य के वचन सुन व्यथितभावा चिन्तादास बोला, ''हे आचार्य! परिणाम के परिणामों की कल्पना मात्र से मेरे अंग शिथिल हो रहे हैं। पात विहीन लता के समान मेरा शरीर कम्पायमान है। मुझमें खड़े होने की भी सामर्थ्य नहीं है। घटक दलों के समान मन ने भी साथ छोड़ दिया है और आप चिन्ता का त्याग कर चिन्तन करने का परामर्श दे रहे हैं! यह कैसे सम्भव है, चिन्ताहरण!''

आचार्य बोले, ''काश! तेरे मन व शरीर की स्थिति पूर्व में भी ऐसी होती। कम-से-कम बाँस से आकाश में सूराख करने का दुःसाहस तो न करता। शून्य में

बाँस घुमाने से वर्षा नहीं हुआ करती, पुत्र। न ही हवा में बाँस चलाने से नाव पार लगा करती है। नाव किनारे लगानी है तो हवा के स्थान पर यथार्थ के जल में पतवार चलाने का उद्यम करना ही पड़ता है। किन्तु तू हवा में तलवार भाँजता रहा अतः सिर मुँड़ाते ही ओले पड़ गए और सिर भी तू पहले ही मुँड़ा बैठा। इसे कहते हैं, पुत्र काल का कमाल।''

''मगर आचार्य...?''

भाई चिन्तादास अपनी बात पूरी भी न कर पाया था कि विराम का बन्धन त्याग आचार्य के मुखमण्डल पर मुस्कुराहट फिर लौट आई और उसे विस्तार देते हुए बोले, ''सुखदुःखे समे कृत्वा लाभालाभौ जयाजयौ। जय-पराजय, लाभ-हानि और सुख-दुख समान समझकर, फील गुड फैक्टर का अनुसरण कर। जा, पुत्र तेरा कल्याण होगा।''

''फील गुड! चरम वेदना की इस वेला में कैसा फील गुड, आचार्य।''

आचार्य बोले, ''वत्स चिन्तादास, आत्मविश्लेषण का यही तो विषय है। गुड़ प्राप्त हो या न हो, मगर फील गुड का अहसास करो, क्या यही तेरा सन्देश आज चारों दिशाओं से टकराकर फील गुड-फील गुड-फील गुड की प्रतिध्वनि के रूप में तेरे कानों में प्रवेश नहीं कर रहा है? अहसास कर, अहसास ''अहसास है मुहब्बत ज़िक्र की चीज नहीं'' हाँ, मुहब्बत की तरह फील गुड भी तो अहसास ही है, इसलिए प्रत्येक दशा में फील गुड का अहसास कर। तू मुकद्दर का सिकन्दर बनने चला था, मगर काल ने तुझे मुकद्दर का पोरस बना दिया। अतः सिकन्दर के समक्ष पोरस जैसा ही व्यवहार कर। सिकन्दर का हृदय विशाल है, वह तुझे वैसा ही सम्मान देगा जैसा उसने कभी पोरस को दिया था।''

मन्त्रीजी का कॉलबैक

कुछ समाचारपत्रों ने अभी हाल में एक चित्र प्रकाशित किया था। चित्र अपने अन्दर अनेक रहस्य समेटे हुए था। चित्र देखकर विचारों के जंगल में हमारा मन वैसे ही भटकने लगा जैसे चुनाव बाद जनप्रतिनिधि की खोज में मतदाता।

विचारों के जंगल में भटकते-भटकते हमें अपना बचपन याद आया। बचपन में हम एक खेल खेला करते थे। जिसका नाम था चोर-सिपाही। हममें से एक चोर बनता था और बाकी सब सिपाही। वरिष्ठ एक साथी एक, दो, तीन तक गिनती गिनता और इसी के साथ चोर एक-दो-तीन हो जाता। सिपाही बने शेष साथी चोर को पकड़ने के लिए उसके पीछे दौड़ते। इसी बीच सिपाहियों को चकमा देकर चोर कहीं छुप जाता और वे उसकी खोज में लग जाते। समाचार पत्र में प्रकाशित उस चित्र को देखकर मेरे मानस पटल पर चोर-सिपाही जैसी ही तस्वीर उभरी।

दरअसल चित्र जनता के साथ नेताजी का था। जनता के हाथ नेता जी की तरफ इस प्रकार उठे थे, मानों वे नेताजी को छूना या पकड़ना चाहते हों। जनता की तरफ उठा नेताजी का हाथ 'ले पकड़-ले पकड़' की चुनौती जैसा कुछ सन्देश दे रहा था। अर्थात् नेताजी का हाथ जनता के हाथ से दूर होता जा रहा था। जनता की तरफ नेताजी का पिछवाड़ा था। नेताजी की भाव-भंगिमा से लग रहा था कि वह जनता की तरफ से मुँह फेर प्रिय कुर्सी को गले लगाने के लिए उतावले हैं।

है ना, रहस्य की बात। सभी बन्धन तोड़ कल तक जो हाथ जनता के साथ हाथ से हाथ मिलने के लिए दर-दर भटक रहा था, आज वही हाथ जनता के हाथ से दूर होता जा रहा है? प्रश्न विचारणीय है। वैसे आज की राजनीति का प्रत्येक पहलू विचारणीय है।

चोर-सिपाही की कहानी के अलावा चित्र देखकर राग-वैराग्य से सम्बन्धित आध्यात्मिक कुछ भाव भी हमारे मन में घुसे। चित्र में हमें राग-वैराग्य का अनूठा संगम नजर आया। हमें महसूस हुआ कि जनता राग और नेताजी वैराग्य भाव से पीड़ित हैं। पीछे-पीछे दौड़ती जनता चीख-चीख कर कह रही है, ''लल्ला हमें छोड़ कर न जा, अभी न जा-न जा।''

जनता नेताजी को पाने के लिए व्याकुल है और नेताजी परम पद पाने के लिए। अतः नेताजी कह रहे हैं, ''नहीं-नहीं मुझे बोध हो गया है, मैं बुद्ध हो गया

हूँ। फिलहाल मैं जय-पराजय के भाव से ऊपर उठ चुका हूँ। मुझे अब केवल परम-पद हथियाना है। जाने दो, मुझे जाने दो, मैं हाथ नहीं आऊँगा। तुम लौट जाओ।''

विचारों के जंगल में भटकते-भटकते हम सोचने लगे चुनाव के दौरान जनता व नेता के बीच 63 का आँकड़ा और चुनाव निपटते ही आँकड़ा 36 का! गणित का यह कौन-सा फार्मूला है? जनता में राग भाव पैदा कर नेताजी ने वैराग्य भाव ओढ़ लिया अध्यात्म का यह कौन-सा सिद्धान्त है?

दरअसल चित्र मतगणना के कई दिन बाद का था। एक, दो, तीन की गिनती पूरा होने के बाद एक-दो-तीन होने के वक्त का था। जनता से मतलब पूरा हो जाने के बाद कुर्सी पर काबिज होने के दौर का था। नेताजी जनसेवक से ऊपर उठकर मन्त्रीजी बन चुके थे। अतः परम-पद के प्रति राग और शेष के प्रति वैराग्य भाव भी स्वाभाविक था।

हम चित्र का पोस्टमार्टम करने में व्यस्त थे, तभी मुन्नालाल आ टपके और बिन मौसम बरसात की तरह हालिया अपने अनुभव के छींटों से हमें भिगोने लगे। मुन्नालाल बोले, ''भइया क्या बताएँ, ससुर! दो दिन हो गए इन्तजार करते-करते, मन्त्रीजी का कॉल बैक नहीं आया। ससुर चुनाव में चरण स्पर्श कर विजयी भव का आशीर्वाद भी ले गए थे, जीत भी गए। चुनाव के वक्त तो फोन घुमाते ही झट लाइन पर आ जाते थे। अब जब-जब भी फोन किया मन्त्रीजी लाइन पर नहीं आए ससुर कभी मीटिंग में तो कभी बाथरूम में। लगता है, भइया! अब मन्त्रीजी का पीए 'लाइन' दे रहा है। बार-बार कॉल बैक-कॉल बैक का नेताई वायदा कर रहा है।''

हमने मुन्नालाल को समझाया, ''परेशान क्यों होता है, मुन्ना! कुर्सी प्राप्त होने के बाद कुर्सीवान दो ही जगह पाए जाते हैं, मीटिंग में या बाथरूम में। मीटिंग उनका कर्मस्थल है और बाथरूम चिन्तन स्थल। पीए 'लाइन' नहीं दे रहा है, सही कह रहा है। नेताजी अभी मधुमास में हैं। मधुमास बीतने दे, कॉल-बैक होगा। लोकतन्त्र ने कॉल-बैक का अधिकार तुझे नहीं दिया है, इसलिए तू नेताजी को कॉल-बैक नहीं कर पाएगा। इन्तजार कर उनका कॉल-बैक खुद ही हो जाएगा। लाइन से उतरे नेताजी फिर लाइन पर आ जाएँगे। सिंहासन डोलने दे, फिर तेरे ही रागी हो जाएँगे।''

सेक्स संस्कृति में क्रान्ति

अमेरिका के राष्ट्रपति चुनाव में 'गर्भपात का अधिकार' एक प्रमुख मुद्दा है। अनुमान यह भी लगाया जा रहा है कि प्रगतिशील यह मुद्दा कहीं राष्ट्रपति जार्ज डब्ल्यू बुश को 'राजग' गति न प्रदान कर दे। उस महान देश की महान 33 प्रतिशत महिलाएँ प्रकृति प्रदत्त इस अधिकार की पक्षधर हैं। उनका मानना है कि प्रजनन क्षमता पर नियन्त्रण ही महिला आजादी का आधार है। अमेरिका की ऐसी साहसी महिलाओं के समक्ष मन चरणागत होना चाहता है, जिन्होंने गर्भाधान संस्कार की स्वतन्त्रता का अधिकार प्राप्त कर अब गर्भपात का अधिकार प्राप्त करने के लिए संघर्ष का विगुल फूँक दिया है। दरअसल अमेरिकी काँग्रेस ने राष्ट्रपति बुश के समर्थन से गर्भपात विरोधी 'अनबार्न विक्टिम्स ऑफ वायलंस एक्ट' लागू किया है और राष्ट्रपति पद के दूसरे दावेदार जॉन केरी गर्भपात अधिकार का समर्थन करते हैं।

अमेरिका के राष्ट्रपति पद के चुनाव में विजय बुश के हाथ लगेगी या केरी के, हमारे चिन्तन का विषय यह कदापि नहीं है। अर्थात् हम यहाँ चुनाव विश्लेषण नहीं करने जा रहे हैं, क्योंकि देश के लोकसभा चुनाव में हमारे प्रीपोल व एक्जिट पोल की पोल पहले ही खुल चुकी है। सात समन्दर पार हो रहे चुनाव के बारे में भविष्यवाणी कर अब हम अपने ढोल की पोल का और खुलासा कतई नहीं करना चाहेंगे।

हमारे चिन्तन का विषय विकास पथ पर आरूढ़ अमेरिकी संस्कृति है, जिसकी पताका आज समूचे विश्व में लहरा रही है। जब-जब भी तरक्की पसन्द अमेरिका के लोगों और विकसित उनकी संस्कृति पर दृष्टिपात करता हूँ, तो मेरा मन ईलू-ईलू करने लगता है। मगर जब अपने देश की संस्कृति का अवलोकन करता हूँ, तो वही मन रंज-ओ-गम के दरिया में डूब हुलक-हुलक कर बैठता है।

भानमती के कुनबे के बल पर आबाद एक देश संस्कृति के नित नए मानक स्थापित कर रहा है और अति-प्राचीन संस्कृति से सम्पन्न अपना देश बस विरासत के सहारे जी रहा है, कैसी विडम्बना है। भानमती के कुनबे की संस्कृति समूचे विश्व में छाई है और हमारे देश की संस्कृति अपने यहाँ भी सिमटती जा रही है। क्यों न हो ऐसा, इस देश में आज भी जब नून-तेल-लकड़ी जैसे मुद्दों पर चुनाव लड़े जाते हैं और वहाँ की साहसी महिला नून-तेल-लकड़ी को तिलांजलि दे गर्भपात

की स्वतन्त्रता जैसे मौलिक अधिकार को चुनावी मुद्दा बना रही हैं। उस देश की 33 प्रतिशत महिलाएँ गर्भपाती मौलिक अधिकार के लिए संघर्षरत हैं और हमारे देश की अबलाएँ संसद में 33 प्रतिशत आरक्षण के लिए विलाप कर रही हैं।

धन्य हैं, अमेरिका की सुसंस्कृत बालाएँ जिन्हें गर्भाधान जैसे प्राकृतिक संस्कार के लिए विवाह जैसे कृत्रिम संस्कार का इन्तजार नहीं है। निर्बाध रूप से स्वतन्त्र यौन सुख प्राप्त कर रही हैं। कुँआरी माता बनने का सौभाग्य प्राप्त कर रही हैं। कैसी विडम्बना है कि अपना देश अभी तक सेक्स एजूकेशन दी जाए अथवा नहीं और दी जाए तो कैसे दी जाए, जैसे प्राथमिक प्रश्नों की चर्चा में ही मशगूल है।

संस्कृति के मामले में पश्चिम हमेशा ही पूरब की तरफ मुँह चिढ़ाता रहा है। अब देखिए ना, प्रेम विज्ञापित करने के लिए हमारे युवाओं को वृक्षों के तनों पर पच्चीकारी करनी पड़ती है। पहाड़ के कठोर हृदय पर प्रेम-मन्त्र उकेरने के लिए मजबूर होना पड़ता है। सार्वजनिक शौचालयों की दीवारों पर खाली जगह ढूँढ़ने की कवायद करनी पढ़ती है। जनाना शौचालय की दीवार पर प्रेम-शब्द लिखने का सौभाग्य प्राप्त हो जाए तो काल के कपाल पर इबारत लिखने के समान जानो, पूर्व जन्म के किन्हीं पुण्य-कर्मों का फल मानो।

किस-किस तरह के पापड़ नहीं बेलने पड़ते कोमल-भाव प्रेमियों को और वह भी चोरी-छिपे। इसके विपरीत ब्रिटेन में देखिए, प्रेम विज्ञापित करने के लिए महानगरों के चौराहों पर होर्डिंग टँगे हैं। जिन पर प्रेमी-प्रेमिका की तलाश से सम्बन्धित विज्ञापन प्रकाशित किए जाते हैं। इसे कहते हैं, अभिव्यक्ति की स्वतन्त्रता, पारदर्शिता और दरियादिली। इस प्रकार की व्यवस्था हमारे देश में क्यों नहीं की जा सकती। पर्यावरण के प्रति चिन्तित महानुभाव व प्रेमियों को इसके लिए संयुक्त प्रयास करने चाहिए।

संस्कृति की गति में उत्पन्न बाधा के लिए स्पष्ट रूप से ऐसे प्यूरेटिन (अतिनैतिकतावादी) उत्तरदायी हैं, जो सार्वजनिक रूप से तो सांस्कृतिक प्रगतिवादियों को गाली देते हैं, मगर अवसर प्राप्त होते ही बेडरूम में अर्द्धवस्त्रा सुन्दरियों की तस्वीर निहारते हैं। विरासत के सहारे जीना जिनकी नियति बन गई है, मगर सांस्कृतिक क्षितिज पर जब कोई नया प्रतिमान उदित होता है तो अपनी प्राचीन विरासत का हवाला देकर हील-हुज्जत करने लगते हैं। उस पर अपना दावा ठोंकने लगते हैं। वह दिन दूर नहीं है अमेरिका में स्थापित गर्भाधान संस्कार की स्वतन्त्रता पर अपना दावा प्रस्तुत करते हुए जब इस देश के प्यूरेटिन सबूत के तौर पर महाभारत की कुन्ती का उदाहरण प्रस्तुत करेंगे।

अपने देश की सांस्कृतिक परम्पराओं को लेकर मैं क्षुब्ध अवश्य हूँ पर निराश नहीं। मेरा मानना है कि प्यूरेटिन अवरोध के बावजूद आज नहीं तो कल अवश्य ही मेरे देश का युवा सेक्स संस्कृति के क्षेत्र में क्रान्ति संचार करेगा। पश्चिम से

दो कदम आगे बढ़कर सेक्स संस्कृति का गुरु कहलाएगा।

मेरी आशा निराधार नहीं है। दूरसंचार क्रान्ति मेरी भविष्यवाणी का आधार है। दूरसंचार के क्षेत्र में जबसे मोबाइल का प्रवेश हुआ है, प्रेमीजनों की मोबिलिटि में इजाफा हुआ है। बॉलीवुड, बॉलीवुडी टी.वी. सीरियल और राष्ट्रीय गौरव प्राप्त कुछ समाचारपत्र इस क्षेत्र में महत्त्वपूर्ण भूमिका निभा रहे हैं।

आजकल की फिल्म व सीरियलों के कथानक जिस प्रकार गर्लफ्रेंड-ब्वॉयफ्रेंड संस्कृति पर आधारित हैं, उसे देखकर मैं देसी संस्कृति के उज्ज्वल भविष्य के प्रति आशान्वित हूँ। चुम्बन दृश्य व नितान्त निजी क्रियाओं का फिल्मांकन कर जिस प्रकार उन्हें गौरव प्रदान किया जा रहा है, वही मेरी आशा का आधार है। एक समाचारपत्र समूह भी अपने अंग्रेजी व हिन्दी समाचारपत्रों में अर्धवस्त्रा महिलाओं के चित्र व सेक्स सम्बन्धी शोध समाचार प्रकाशित कर भारतीय संस्कृति की परिधि में सेक्स संस्कृति के नए आयाम जोड़ रहा है। सेक्स एजूकेशन के क्षेत्र में महत्त्वपूर्ण योगदान दे रहा है।

साधुवाद के पात्र हैं, ऐसे निर्माता और समाचारपत्र समूह के कर्ताधर्ता। मुझे पूर्ण विश्वास है कि ऐसे महानुभाव यदि इसी तरह साहस प्रदर्शन करते रहे तो वह दिन दूर नहीं जब इस देश की संस्कृति अमेरिका से कई कदम आगे होगी और हमारे चुनावी मुद्दे भी नून-तेल-लकड़ी के दायरे से बाहर निकल नितान्त निजी विषय पर आधारित होंगे।

गाँधी ब्राण्ड में जाऽऽन है!

बापू तू उदास न हो!

तू, आज भी प्रासंगिक है। क्योंकि तेरे ब्राण्ड में जान है! देख नहीं रहा है! तेरी जयन्ती हो या पुण्य तिथि, कैसा शोर मचाया जाता है, 'बापू आज भी प्रासंगिक है, गाँधी आज भी प्रासंगिक है, बापू आज भी प्रासंगिक है।' जब तक तेरे ब्राण्ड में जान रहेगी, तू प्रासंगिक रहेगा ही। रहेगा ही नहीं, बापू! रखा जाएगा।

ठीक है, बापू! तेरी चिन्ता जायज है।

हाँ, बापू! जब किसी तथ्य को बार-बार दोहराया जाता है तो उसके साथ सन्देह व आश्चर्य के भाव जुड़ ही जाते हैं। सन्देह व आश्चर्य है, जहाँ प्रश्नचिह्न है, वहाँ।

मसलन, अरे! गाँधी आज भी प्रासंगिक है! नहीं, नहीं इतने लम्बे समय तक तो गाँधी प्रासंगिक नहीं रहना चाहिए था। अजी हाँ, गाँधी आज भी प्रासंगिक है? हाँ, है! प्रसंग, बे-प्रसंग गाँधी आज भी उपयोगी है, क्योंकि इस ब्राण्ड में जान है, इसलिए बार-बार दोहराना पड़ता है, 'गाँधी आज भी प्रासंगिक है।'

हाँ बापू! जब तक तेरा सिक्का स्वेच्छा से चल रहा था, तब तक किसी के मुँह से नहीं सुना था, 'गाँधी आज भी प्रासंगिक है।'

तेरे ब्राण्ड में आज भी जान है, इसलिए तू 21वीं सदी में भी प्रासंगिक है, मगर है ना, फिर तेरी चिन्ता का औचित्य क्या?

बापू! बड़ा विचित्र है, यह राजनीति का बाजार सिक्का भले ही खोटा हो, यदि चल रहा है तो सवा सोलह आने खरा है। सैकड़ों खोटे सिक्के कल भी राजनीति के बाजार में चल रहे थे और आज भी चल रहे हैं। फिर तेरा सिक्का तो सवा सोलह आने पाव रत्ती खरा है, चलेगा ही।

माल चलेबिल हो तो राजनीति में 'एक्सपायरी डेट' नहीं देखी जाती।

अतः हे, बापू! तू एक्सपायरी-वैक्सपायरी के चक्कर में न पड़। बाजार देख, बाजार का रुख देख। बाजार का रुख अभी तेरे पक्ष में है, इसलिए चिन्तित न हो।

इसमें हर्ज क्या है, बापू?

मद्य निषेध निदेशालय यदि तेरे आदर्श के सहारे मदिरा की मार्केटिंग-ब्रांडिंग

कर रहा है, तो साथ में तेरी व तेरे आदर्शों की भी तो मार्केटिंग-ब्रांडिंग हो रही है। सह-अस्तित्व का सिद्धान्त तेरा ही तो था ना बापू।

नहीं-नहीं, नहीं बापू! मदिरा से लेकर डब्ल्यूटीओ तक की गुत्थी अपने इसी सहअस्तित्व के इसी सिद्धान्त के आईने में देख, तुझे तेरी चिन्ता व्यर्थ की नजर आएगी।

बहुराष्ट्रीय कम्पनियाँ!

अरे फिर वही, व्यर्थ का आलाप बापू! तेरी स्वदेशी का तो त्याग नहीं किया ना। अब तो उसे गैरों ने भी अपना लिया है।

चरखा! सुरक्षित तो है, संग्रहालय में ही सही।

अब यह मत देख असली है या नकली। जयन्ती या पुण्य तिथि पर ही सही चरखा चलाया तो जाता है। अखण्ड चरखा यज्ञ का आयोजन कर तेरे स्वदेशी सिद्धान्त की आहुति दी तो जाती है और क्या चाहिए?

टोपी! क्या बापू, टोपी!

अच्छा, एक बात बता बापू, तूने ही कब पहनी थी टोपी? आज तेरे शिष्यों के सिर से यदि गाँधी टोपी गायब है तो इसमें आफत की बात क्या है?

अरे, बाबू! टोपी तेरी हो या मेरी उछलने से बेहतर है, न पहनना। तेरे शिष्य यही तो कर रहे हैं। न पहनकर तेरी टोपी उछलने से बचा रहे हैं।

तूने ही कहा था बापू! अहिंसा कमजोर का नहीं, शक्तिशाली का हथियार है। तेरे इसी आदर्श का अनुसरण करते हुए तेरी ही लाठी तेरे शिष्यों की ताकत का आधार है। तेरी लाठी की मार से ही तेरी अहिंसा सुरक्षित है और तू कहता है, उसका दुरुपयोग हो रहा है। दुरुपयोग नहीं बापू, यह सदुपयोग है। अहिंसा अक्षुण्ण रखने के लिए हिंसा अतिआवश्यक है, बापू!

लूट मची है! कोई देखने वाला नहीं, सुनने वाला नहीं, कोई कुछ कहने वाला नहीं! यह क्या कह रहे हो बापू?

अरे बापू! तूने ही तो कहा था, बुरा मत देखो, बुरा मत सुनो, बुरा मत कहो। अरे, अहसान मान उनका, तेरे ही नहीं तेरे बन्दरों के आदर्शों का भी अनुकरण कर रहे हैं, वे। वैसे भी लूट कहाँ हैं! अरे, बापू! स्वराज भी तेरा, रामराज्य भी तेरा और राम भी तेरा। हाँ, सभी कुछ तो तेरा है। इसे तेरा-तेरे अर्पण के भाव से देख।

राम नाम की लूट है, बापू! 'राम नाम की लूट है, लूटी जाय सो लूट। अन्त काल पछताएगा, जब प्राण जाएँगे छूट।' लूटने दे-लुटने दे, चिन्ता छोड़। तेरे सम्मान में तो कोई कमी नहीं है, ना। तेरा सिक्का तो चल रहा है, ना! तुझे कोई कुछ कहे तो बताना!

और क्या चाहिए बापू! तेरे शिष्य तेरे बताए मार्ग पर चल रहे हैं। तेरे मार्ग

से कहीं भटक न जाएँ इसलिए हर शहर में गाँधी मार्ग निर्मित कर दिए गए हैं। जिन पर चहल-कदमी कर तेरे मार्ग पर चलने के अपने संकल्प को पूरा कर रहे हैं और क्या चाहिए बता?

अतः बापू तू उदास न हो चिन्ता मुक्त रह। तेरे ब्राण्ड में अभी जान है। शक्तिशाली दूसरा कोई ब्राण्ड जब तक राजनीति के बाजार में नहीं उतरेगा, तब तक तू प्रासंगिक है, प्रासंगिक रहेगा।

ग्लेमरस चुनाव

तीस जनवरी की सुबह, गुलाबी ठण्ड, सुहाना मौसम राष्ट्र नायकों ने फादर आफ दी नेशन की समाधि भंग की। हारमोनियम, एकतारा, दोतारा, बहुतारा, खड़ताल व झांझ-मजीरे बजाए गए, राम नाम की धुन पर हरि कीर्तन से शान्त वातावरण में कोलाहल पैदा करने का प्रयास किया गया। समाधि की परिक्रमा की और पुष्पांजलि अर्पित की गई।

समाधिस्थ फादर आफ दी नेशन ने नेत्र खोले और आश्चर्यचकित रह गए। यह क्या इधर के भी उधर के भी, हर तरफ के! मानों कृष्ण के शयन कक्ष में दुर्योधन भी और अर्जुन भी। कौरव व पाण्डव दोनों के प्रतिनिधि। यह क्या, समूचा हस्तिनापुर!

बापू ने पूछा, "हे राष्ट्र की धरोहर! हे राष्ट्र पुत्रो कहो, यहाँ आने का कारण क्या है? क्या कोई संकट आन पड़ा, कष्ट निवारण हेतु मैं क्या कर सकता हूँ? कहो पुत्रो, कहो।"

समाधि पर एकत्रित विभिन्न प्रकार के राष्ट्र नायक एक सुर में बोले, "महासंग्राम का शंखनाद हो चुका है। संग्राम की तैयारियाँ शुरू हो गई हैं, सेनाएँ सजने लगी हैं। खाली सिंहासन हमारी प्रतीक्षा में है।"

"सिहांसन खाली है, तो उस पर जा कर बैठ क्यों नहीं जाते, पुत्र!"

"नहीं, बापू! ऐसे नहीं, संग्राम में विजयी ही सिंहासन का स्वामी होगा और जनता जिसके प्रति विश्वास व्यक्त करेगी वही विजयी कहलाएगा।"

पुत्रों के वचन सुन बापू हँस दिए, "कैसा विश्वास! जाओ पुत्रो परस्पर सौदा कर लो। कुछ पद तुम ले लो, कुछ उन्हें दे दो। गठजोड़ कर सत्ताजोड़ करो और सत्ता सुखभोग करो। जनता तो भोली है, जैसे समझाओगे समझ जाएगी।"

"नहीं बापू, लोकतन्त्र की कुछ मर्यादाओं का तो पालन करना ही होगा, संग्राम की औपचारिकता का तो निर्वहन करना ही होगा। सत्ताजोड़ तो बाद में करना ही होगा।"

"तो आदेश करो, पुत्र! तुम्हारे और हस्तिनापुर के लिए मैं क्या कर सकता हूँ?"

हाथों में पुष्प लिए विनीत भाव से एक सुर में राष्ट्र नायक बोले, "बस

आपका आशीर्वाद चाहिए, बापू।''

''केवल आशीर्वाद!'' आशीर्वाद की मुद्रा में बापू ने हाथ ऊपर उठाए, मगर ठिठककर रह गए। विजयी भव का आशीर्वाद आखिर किसको दूँ। इनमें अर्जुन कौन और कौन दुर्योधन? चेहरा-मोहरा छोड़ कोई भी अन्तर तो नहीं दोनों पक्ष के सेनानायकों में। दोनों की कथनी-करनी समान, लहजा एक, रीति-नीति समान। मानों एक ही तस्वीर को अलग-अलग फ्रेम में सजा दिया गया है।

बापू ने दोनों हाथ ऊपर उठाए और मन ही मन बोले—हे, राम! इस राष्ट्र की रक्षा करना। आसमान की तरफ उठे बापू के हाथों का दोनों पक्षों ने अपनी-अपनी तरह, अपने-अपने हित में अर्थ लगाया और चलते बने।

आश्चर्यचकित मुन्नालाल बोला, ''यह क्या बापू, दोनों को ही विजयी भव का आशीर्वाद!''

शंका समाधान करते हुए बापू बोले, ''वत्स! मैं तो उस मतदाता के समान हूँ, जो किसी भी दल के प्रति अपना पूर्ण विश्वास व्यक्त नहीं करता, फिर भी गठजोड़ की रीति-नीति के सहारे उसके विश्वास मत के नाम पर सरकार बना ली जाती हैं। तू, चिन्ता मत कर वे मेरे आशीर्वाद के लिए भी कोई न कोई फार्मूला ईजाद कर लेंगे।''

सैन्यबल में वृद्धि करने की इच्छा से दुश्मन-दोस्त का भाव त्याग गठजोड़ होने शुरू हो गए थे। सड़क छाप प्रदर्शनों से दिशाएँ गुंजायमान थीं। गधे-घोड़ों की टाप से कुरुक्षेत्र के मैदान में धूल उठने लगी थी। रथी-महारथी अपने-अपने रथों पर सवार हो कर विजय की आशा से संग्राम स्थल की तरफ निकल पड़े थे। मगर किसी भी महारथी ने फादर ऑफ दी नेशन को न तो अपना सारथी ही बनाया और न ही अपने रथ के ध्वज पर स्थान दिया। बापू को उम्मीद थी कि संग्राम में सक्रिय भागीदारी निभाने की इच्छा लेकर कोई न कोई पक्ष तो पुनः उनके पास आएगा।

बापू समाधि से निकल कभी जनपथ की तरफ निहारते तो कभी राजपथ की तरफ, मगर एक भी कदम उनकी तरफ आता नहीं दिखलाई दिया।

निराश बापू ने आखिर एक दिन मुन्नालाल से पूछ ही लिया, ''पुत्र क्या कारण है, क्या इस राष्ट्र को अब मेरी आवश्यकता नहीं रह गई है? क्या मैं इतना अप्रासंगिक हो गया हूँ?''

मुन्नालाल बोला, ''हाँ बापू! अब तेरे पास बचा ही क्या है, आशीर्वाद के सिवा। आशीर्वाद भी इसलिए कि जनता के दिल में कहीं न कहीं तेरे लिए थोड़ा-बहुत स्थान अभी भी शेष है, इसलिए आशीर्वाद माँगने का दिखावा करने आ ही जाते हैं, राष्ट्र नायक।''

मुन्नालाल बोला, ''बापू! तेरी बकरी में अब इतनी ताकत नहीं रही है कि

वह किसी का विजय रथ खींच सके। तेरी लाठी में बूथ कैप्चर करने की सामर्थ्य नहीं है। बदलते मूल्यों की बदलती परिभाषाओं के तहत तेरे आदर्श, तेरे सिद्धान्त अब बेमानी हो चुके हैं। सड़क से उठाकर राज्य सिंहासन तक पहुँचाने में वे कारगर नहीं हैं।''

''और तू, बापू ग्लैमर-हीन! उन्हें ग्लैमर-हीन फादर आफ दी नेशन की नहीं, ग्लैमर-युक्त मिस इंडिया, मिस्टर इंडिया, मिस वर्ल्ड, मिस यूनिवर्स और स्वप्न सुन्दरियों की आवश्यकता है। उन्हें आवश्यकता है, भांड और मिरासियों की जो कूल्हे मटका-मटका कर भीड़ जुटा सकें और उन्हें राज्य सिंहासन तक पहुँचा सकें। तू मटका लेगा कूल्हे, बापू! नहीं ना, तो जा सो जा, आराम कर, हरि कीर्तन कर, बापू।''

भामाशाह

बापू को नसीहत दे मुन्नालाल अपने घर लौट गया। बापू ने भी सोने का प्रयास किया मगर नींद नहीं आई। मुन्नालाल तू अभी तक समाधिस्थ है? चल उठ, समाधि तोड़। चल तुझे लोकतन्त्र का मेला दिखाता हूँ। दिल्ली के भामाशाहों से तेरी मुलाकात कराता हूँ।

बापू ने धोती सँभाली, लाठी उठाई और दाण्डी मार्च की मुद्रा में मुन्नालाल के साथ हो लिया। वह बापू को एक पार्टी के कार्यालय ले गया। रास्ते में एक उम्मीदवार का नामांकन जुलूस टकराया।

बापू ने पूछा यह क्या?

मुन्नालाल ने जवाब दिया, ''लोकतन्त्र का जुलूस।''

बापू का सिर चकराया, ''लोकतन्त्र का 'जुलूस' अभी से!''

मुन्नालाल ने बताया, ''आज से नहीं, तेरे समाधिस्थ होने के तुरन्त बाद से!''

बापू ने पार्टी कार्यालय पर जुटी भीड़ देखकर पूछा और यह हुजूम!

मुन्नालाल बोला टिकट लेने वालों की भीड़ है।

'सरकस के' बापू ने पूछा।

मुन्नालाल मुस्कुराया, ''हाँ, सरकस के। लोकतन्त्र के सरकस के। बापू! सरकस-वरकस के नहीं, ये सभी राष्ट्र भक्त हैं, दिल्ली के भामाशाह हैं। राष्ट्र सेवा करने के लिए टिकट माँग रहे हैं।''

''राष्ट्र सेवा के लिए भी टिकट!'' बापू ने आश्चर्य के साथ पूछा।

''हाँ बापू! जब माँग से ज्यादा आपूर्ति होने लगे तो व्यवस्था कायम करने के लिए टिकट लगाना आवश्यक हो जाता है।''

राष्ट्र-भक्तों की तादाद और उनका अदम्य उत्साह देख बापू गद्गद हो गए और उनके मुँह से निकला, ''राष्ट्र भक्ति का ऐसा जोश तो स्वतन्त्रता संग्राम के दिनों में भी देखने को नहीं मिला था। मेरा सपना साकार हो गया। धन्य है तू, भारत माँ। मगर मुन्नालाल तू इन्हें भामाशाह क्यों कहता है?''

''चल उनसे तेरी मुलाकात करा देता हूँ, तु खुद समझ जाएगा।'' मुन्नालाल ने फरमाया।

''बापू, ये शर्मा जी हैं, राष्ट्रवादी हैं। कभी लाटरी का धन्धा करते थे। अब

सट्टा खिलवाते हैं। इनका हृदय परिवर्तन हो गया है। सट्टे में जितना कमाया है, उसे अब राष्ट्र सेवा में निवेश करने की इच्छा रखते हैं। शर्मा जी टिकट लेने के लिए पचास लाख तक देने के लिए तैयार हैं और चुनाव में एक करोड़ रुपए तक खर्च करने का इरादा रखते हैं।''

''बापू, ये सुराना साहब हैं। कबाड़ी का धन्धा करते-करते अब राजनीति के कबाड़ की खरीद-फरोख्त के धन्धे में हाथ आजमा रहे हैं। टिकट पर सबसे बड़ी बोली इन्हीं की है। किसी भी हद तक जाने के लिए कटिबद्ध हैं। इनसे मिल बापू! ये सिंह साहब हैं, समाजवादी हैं। शराब तस्करी इनका पेशा है। धन्धे में टाँग अड़ाने वाले कई महानुभावों की आत्माओं का मिलन परमात्मा से करा चुके हैं। सिंह साहब के भी हृदय का डायलेसिस हो चुका है, इसलिए राष्ट्र प्रेम जाग्रत हुआ है। इनके लिए राष्ट्र सेवा के सामने धन-बे-धन है। अर्थात् कोई कीमत नहीं रखता।''

''देख, ये दलाल साहब का जुलूस आ रहा है। दलाल साहब गाय-भैंसों की दलाली करते-करते राजनीति के बाजार में हाथ आजमाने लगे हैं। राजनीतिक हलकों में इनका नाम बहुत आदर के साथ लिया जाता है। सरकारें बनाना-गिराना इनके बाएँ हाथ का खेल है। दलाली के धन्धे में हैं, जितना गुड़ डालेंगे उतना मीठा होगा, इसलिए पैसा इनके लिए हाथ का मैल है। किसी और से मिलाऊँ या बस।''

मुन्नालाल की 'मिलाऊँ या बस' के साथ ही बापू ने आँख और कान दोनों पर एक साथ हाथ रख लिए। मुन्नालाल समझ गया कि बापू के मस्तिष्क का अब डायलेसिस हो चुका है। लेकिन बापू का मुँह अभी खुला था। वह बोला, ''हृदय परिवर्तन तो ठीक है, मगर साध्य और साधन की पवित्रता?''

मुन्नालाल ने तपाक से जवाब दिया, ''डेंगू के कारण मौत हो गई।''

बापू का अगला सवाल था, ''भामाशाह! तो ठीक है, मगर महाराणा प्रताप?''

''महाराणा प्रताप! महाराणा प्रताप उस ऊदबिलाऊ की खोज में जंगल-जंगल भटक रहा है, जो उसके पुत्र से घास की रोटी का टुकड़ा छीनकर ले गया था।''

बापू का अब मुँह भी बन्द हो गया था और वह लाठी टेकता-टेकता पुनः समाधि की ओर चला गया।

गाँधी का आत्म-परिचय

दो दिन पूर्व के दृश्य पर उसे यकीन नहीं हुआ। समाधिस्थ हो चिन्तन करने लगा, ''यह कैसे हो सकता है, एक भी देश भक्त शेष नहीं, एक भी भामाशाह नहीं? आदर्श, राजनीतिक लफ्फाजी तो नहीं यह कि मौसम की तरह हर तीसरे माह बदलती रहे? संस्कृतियाँ 40-50 साल में नहीं बदला करतीं। युग-युगान्तर में जाकर थोड़ा-बहुत परिवर्तन आता है, संस्कृतियों में। जरूर कहीं दृष्टि दोष रहा होगा।''

दो दिन पूर्व लोकतन्त्र का जुलूस उसने मुन्नालाल की आँखों से देखा था। इस बार उसने अपनी आँखों से देखने का निश्चय किया और आँखों पर से कानों से और मुँह से हाथ हटाए। एक आत्म परिचय हाथ से लिखा और लाठी टेकता-टेकता, भीड़ को चीरता-चीरता जा लगा टिकट की खिड़की पर।

टिकट की लाइन में लगे कई महानुभावों ने उसे गौर से देखा और फिर टिकट चिन्ता में रम गए, यह सोचकर कि चुनाव की घोषणा होने के बाद इस तरह के जीव अकसर ही अवतरित हो जाते हैं।

उसकी बारी आई, नेतानुमा क्लर्क के हाथ में आत्म परिचय थमाया। उसने आत्म परिचय पर दृष्टिपात किया, मुस्कराया और चौधरी साहब की तरफ बढ़ा दिया। चौधरी साहब ने भी उस पर अपनी दृष्टि डाली, मगरमच्छ की तरह अँगड़ाई ली, बन्दर की तरह दाँत निपोरे और दूसरे नेता को हाँक लगाई, ''लो, मेहत्ता साब तुस्सी ही निपटो इस बाजीगर से।''

मेहता साहब ने आत्म परिचय पर गौर फरमाया और उसे नजदीक बुलाकर नख-शिख अवलोकन किया। ऊपर से नीचे तक निरीक्षण-परीक्षण कर बोले, ''चौधरी साब बाय डेटा तो बिलकुल गाँधी के सगे भतीजे का सा लगै, इस सीमेंट में जाऽऽऽन हतै। पर सकल सै धरती पकड़ सा लगै।''

चौधरी साहब बोले, ''अरे, देख, जदाद का परमाण पत्तर है का ना, अर जरा जे भी देख कै बता कोई मुकदमा-वुकदमा तो ना है। अर हो तो करदे रिजक्ट।''

''जदाद के नाम पै तो भले मानुस के पास एक धोती, एक लंगोटी, एक लाठी और एक बकरी लिखी है। रहवै है, राजघाट पै कहीं। जरूर राजघाट की झुग्गियों में रहता होगा। मुकदमे तो कई हैं, चौधरी साब। पर हैं सब अँग्रेजन के जमाने के।''

चौधरी और मेहता साहब का वार्तालाप सुन-सुन बापू मुस्कुराता रहा और चेहरे पर आए भाव बेभाव मिटाता रहा।

चौधरी ने उससे पूछा, ''अच्छा टिकट चाहिए। चुनाव में कित्ता खर्च कर देग्गा। तेरे पल्ले तो एक कानी कोड्डी भी को ना। बकरी बेच्चेगा के! पर बकरी बेच कै तै चुनाव ना लड़ा जावै। अच्छा चल बता, तेरे छेत्तर में तेरी बिरादरी के कित्ते वोट सै।''

''एक भी नहीं!''

''ऐंऽऽऽऽऽ, एको ना! पैसा तेरे पे ना, बिरादरी की वोट तेरे पे ना, चला चुनाव लड़ने।''

चौधरी ने कटाक्ष किया, ''अच्छा चल बता, भीख माँगने का या झूठ बोलने के टिरेनिंग ली किसी सकूल में।''

''क्या, या भी ना! हर बात में जीरो! नाम के बताया?''

''मोहन दास वल्द करम चंद, मोहन दास करम चन्द गाँधी।''

चौधरी ने फरमाया, ''नाम तो कोई चौख्खा सा रख लेत्ता। अच्छा चल चौख्खा सा कोई होर नाम बता।''

चौख्खा-चौख्खा करते चौधरी चौंका और मुर्गे की तरह गरदन को झटका देते हुए बोला, ''ऐंऽऽऽऽ! सच में। तेरा नाम गाँधी ही सै। सच्ची-सच्ची बता।''

उसी लहजे में बापू बोला, ''हाँ, सच्ची-सच्ची, गाँधी ही है।''

सोच में पड़ गया, चौधरी! मोहन दास करम चन्द गाँधी, बकरी, लाठी, धोती-लंगोटी! राजघाट, अँग्रेजों के जमाने के मुकदमे! सकल-सूरत भी वही, कहीं सच में यह वही तो नहीं! बैठे-बिठाए क्यूँ झंझट मोल लेवे है, बेट्टे।

और सोच की प्रदूषित नदी से निकल, चौधरी ने उसका आत्म-परिचय उसके हाथ में थमाया और उसे आलाकमान की तरफ खिसका दिया। चारों तरफ अफवाह फैल गई 'गाँधी' ने भी टिकट के लिए दावा किया है। आलाकमान ने भी मामला गंभीरता से लिया और कार्यसमिति की आपात् बैठक तलब कर ली गई।

अफवाहों का ज्वार लिए-लिए वह कार्यसमिति के सामने तलब हुआ। कार्यसमिति के सदस्यों ने उसे गौर से देखा, अफवाह हकीकत में तब्दील हो गई और इसी के साथ कानाफूसी शुरू हो गई। सच में! महात्मा गाँधी ही है। एक ने कहा तो अब आएगा चुनाव में रंग। चुनाव जीता-जिताया समझो।

दूजा बोला, ''श्रीमन्, चुनाव में रंग या रंग में भंग?''

''क्या कह रहे हो जनाब! रंग में भंग नहीं, भंग में रंग कहो, भंग में रंग। गाँधी को टिकट दे दिया तो लोगों के सिर पर चढ़कर बोलेगा, सिर पर चढ़कर, नबी साहब। मेरे विचार में तो टिकट देना चाहिए।''

अग्रवाल साहब बोले, ''आउट आफ डेटिड! अब गाँधी का क्रेज कहाँ रहा

है, लोगों में। गाँधी को फटेहाल देख बैठे-बिठाए एक इश्यू जरूर मिल जाएगा, विपक्ष को।''

सिंह साहब ने सलाह दी, ''टिकट न सही, चुनाव प्रचार में तो इस्तेमाल किया जा सकता है, स्टार कम्पेनर हो सकता है।''

अग्रवाल साहब ने जोर का ठहाका लगाया, ''हेमामालिनी के सामने टिक पाएगा, ग्लैमर लैस।'' चूँ-चूँ-में-में सुनने के बाद अध्यक्ष ने नम्रता के साथ बापू से कहा, ''बापू! वक्त बदल गया है। चुनाव में तो हम आपको हैल्प नहीं कर पाएँगे। वैसे भी सक्रिय राजनीति से आप पहले ही संन्यास ले चुके हैं। अब यदि चुनाव में उतरोगे तो आपकी ही छवि खराब होगी। हम आपका आदर करते हैं बापू, इसलिए आपको संग्रहालय में सुरक्षित रख देते हैं। आप भी सुरक्षित रहोगे और आपकी छवि भी...''

अध्यक्ष अपना अध्यक्षीय वक्तव्य अभी पूरा भी न कर पाया था कि नबी साहब ने उनके कान में एक आइडिया डाला, ''संग्रहालय में नहीं श्रीमान्। संग्रहालय में रखेंगे तो डम्प हो जाएगा। वक्त जरूरत पर याद भी नहीं आएगा। ऐसा करते हैं, बापू को पार्टी कार्यालय के प्रांगण में स्थापित कर देते हैं। निगाहों के सामने रहेगा तो गड़बड़ी भी नहीं कर पाएगा। दूसरे दल में शामिल होने का खतरा भी टल जाएगा। आँगन में खड़ा-खड़ा कुछ तो वोट बटोरेगा।''

नबी साहब का आइडिया अध्यक्ष को भा गया और बापू को ससम्मान प्रांगण में स्थापित कर दिया गया। बापू तभी से वहाँ स्थापित हैं। साल में दो बार उन्हें झाड़ा-पोंछा जाता है। चुनाव आने पर धोया भी जाता है।

क्यूँ बावला हो रिया है, बापू

''चलो उन्हें भी देख लें। सुना है वे भी स्वदेशी की वकालत करते हैं। मेरे राम के भी भक्त हैं। मुझे राष्ट्रपिता भी मानने लगे हैं। अपने आदर्श पुरुषों के साथ मेरे भी चित्र चस्पां कर लिया है। सुना है लाठी भी उन्हीं के पास है, टोपी भी। टोपी होनी चाहिए रंग से क्या फर्क पड़ता है। ज्यादा जिद्दी भी होना ठीक नहीं है।'' यह सोचते-सोचते बापू ने अकबर रोड से अशोका रोड की राह पकड़ी।

चिन्तन करता-करता बापू भटक गया और राजपथ पहुँच गया। सामने राष्ट्रपति भवन दिखलाई पड़ा। सोचा, चलो उनसे भी मिल लिया जाए और ऐसा विचार कर राष्ट्रपिता ने राष्ट्रपति से मिलने के लिए मुख्यद्वार की तरफ कदम बढ़ाए। कुछ कदम चलने के बाद बापू राष्ट्रपति भवन के मुख्य द्वार पर पहुँच गया। अगला कदम बढ़ाता कि एक मजबूत हाथ ने रास्ता रोक दिया। बापू ने सोचा शायद हाथ वालों को अक्ल आ गई है, इसलिए वापस बुलाने आ गए हैं।

बापू ने हाथ से पूछा, ''तुम कौन हो भाई।''

हाथ वाले सिपाही ने जवाब दिया, ''अबे दीखनी रा लोकतंतर का पैरेदार हूँ। लोकतंतर हमारे अर पोट्टा के सहारे ही जिन्दा है। अर तू बता, तू कौन सै, कहाँ जारिओ सै?''

बापू प्रसन्न हुए, चलो एक तो मिला, लोकतन्त्र का रक्षक। विनय भाव से बापू बोले, ''भई राष्ट्रपति जी से मिलने की इच्छा है।''

''पास दिखा ना।'' पुलिसिया अन्दाज में सिपाही बोला।

''भाई पास तो नहीं है। मैं राष्ट्रपिता हूँ, इधर से निकल रहा था, सोचा मिलता चलूँ।''

'यहाँ ते तेरे बरकी जो भी अवै, हमारा बाप ही अवै है।' सिपाही मन ही मन बड़बड़ाया और बोला, ''अर! राष्ट्रपिता है! राष्ट्रपति तो को ना। पितान नै कौन पूच्छे रे बावली पूँछ, पतिन के सामी'' और इसी के साथ सिपाही ने जोर से ठहाका लगाया।

ठहाके पर विराम लगा वह फिर बोला, ''अच्छा तू जे बता, तेरे जैसे जनपथी जीव कू राजपथ पै किसने घुसने दियो। हूँ, जरूर कोई बावला दरोग्गा खड़ा होग्गा। ना भाई-ना पुलिस में बावलों का के काम सै, जरूर पैसे देक्के एण्ट्री ली होग्गी।

चल फूट, ना तो बन्द कर दूँगगा, पोट्टा में।''

बापू ने विनम्रता के साथ कहा, ''भाई पहचाना नहीं, मैं महात्मा गाँधी हूँ, मोहन दास वल्द करमचन्द गाँधी, मोहनदास करमचन्द गाँधी।''

सिपाही ने राजदण्ड से अपना सिर खुजलाया और मन ही मन सोचा, 'सकल-सूरत ते तो लाग्गै गाँध्धी सा ई, नाम भी जेई बतावे। हो सकै वाई हो।' सिपाही ने बीड़ी सुलगाई और हाथ पकड़ बापू को मुँडेर पर बैठाया, ''अरे, तू सकल-सूरत ते तो गाँध्धी सा ही लग्गै, पर जे राजपथ सै, यहाँ खद्दरधारी बेरूपिया भी घने फिरें। अर हर कोई अपने को गाँध्धी का ही सगा भतीजा बतावै। पर तू तो असल में गाँध्धी बापू सा ही लाग्गै। सच्ची-सच्ची बता तू गाँध्धी ही सै।''

बुरे फँसे भाव के साथ बापू ने किसी तरह अपने गाँधी होने का उसे विश्वास दिलाया। सिपाही ने आखरी कश खींच बीड़ी मुँडेर पर रगड़ी और निश्चिन्त भाव से बोला, ''चल, मान लेवें हैं तू गाँध्धी ही हतै। न भी हुआ तो मेरी कौन... ।'''

पुलिसिया अन्दाज का त्याग कर पारिवारिक अन्दाज में सिपाही बोला, ''मेरे बाब्बा ने भी तेरे साथ मिल कर आजादूदी की जंग लड़ी थी। मेरा बाप्पू तेरी अर उसकी बहादुरी के किस्से सुनावैं हैं। मैं तो तुझे खूब जानूँ सै। पर तू जे बता ईहाँ करन के आयो?''

बापू ने सहज भाव से कहा, ''चुनाव का टिकट लेने आया था।''

बापू की मंशा सुन सिपाही की आँखें नम हो गईं और उसने एक बार फिर ठहाका लगाया। फिर बोला, ''क्यूँ बावला हो रिआ सै, बाप्पू। कौन ससुर, तन्नै टिकट देग्गा। तेरी बताई राह पै चलकै कुरसी तो दूर इब नेत्ता राजपथ तक भी ना आ सकै। बाप्पू! तेरी राह सत्ता की तरफ ना दिल्ली से बाहर ले जावै है।''

आँखों से प्रवाहित हर्ष-विषाद और करुणा का मिश्रित जल साफ कर सिपाही ने अपनी बात जारी रखी, ''देख्खा, तुन्ने कहीं! या राष्ट्रपति भवन, संसद अर बड्डी-बड्डी इन सरकारी इमारतन के आसपास अपने नाम का मारग? ना-है-ना! तेरा मारग सत्ता तक ले जात्ता तो नेड़े-धोरे की किसी सड़क पर तेरे नाम का भी पत्थर लगा होत्ता। सत्ता की ओर ना ले जावै तेरा मारग, या ईं लईंया तेरे नाम का मारग दिल्ली के बाहर है। वाई पै तेरा पत्थर लगा सै, 'गाँध्धी मारग' पड़ा रै इक तरफ्फा। गाँध्धी मारग दिल्ली से बाहर जाने वालन के लईंया है, ना।''

बापू बोला, ''टिकट लेने नहीं आया, टिकट के बहाने लोकतन्त्र का मार्ग देखने आया था। अकबर रोड देख ली है, अशोक रोड भी देख लूँ। सुना है, वे बड़े राष्ट्रवादी हैं, मेरा भी सम्मान करते हैं।''

''के देखखेगा! मैं तन्ने याँ ही बैठ्ठा-बैठ्ठा बता दूँ। तू जिसे सम्मान समझे है, वा सम्मान ना है। कोई सम्मान-वम्मान ना करैं, तेरा। सबके सब दुकनदार हैं, दुकनदार! तेरे नाम की सकीम चला कै, अपना-अपना सौदूदा बेच्चे हैं। तेरे नाम

की सकीम अभी जनता में चल जावै है ना।''

''तू अशोक रोड वालों की सुदेस्सी की बात कहवै है। अशोक रोड वाला कौन तेरी तरह खद्दर की धोती में लिपटा पावै। पावै है कोई चल तू ई बता बाप्पू। सबके सब खीमखाफ का सफारी पैरें हैं, खीमखाफ की अर रिबकस के जुत्ते पैनै, बाहर की गाड़ियान में चलैं। अर बात करें तेरी सुदेस्सी की। या इ है, उनन की सुदेस्सी।''

''कुछ बात अकल में धँसी कै और बताऊँ? तै लै सुन, अर तू राम की बात करै सै? कोई ससुर राम-राम ना करैं। सबन के जात्तक गुड मारनिंग करैं सै। चों बावला है रा सै, बाप्पू! सुसर कोई राम-वाम का भगत ना है। जैसे तेरे नाम पै दुकनदारी चलै है, वां ईं भाँत राम के नाम पै चलै सै। तेरे नाम कू भी बेचैं, वै सैई रामजी का नाम बेच्चे हैं। जब तलक बिक्केगा, बेच्चेंगे। जिब ना बिकेगा तै कच्ची दिवार के आले में भी ना रखैं तेरी अर तेरे राम की तसवीर। इब तू बता, के करेगा वां जक्कै, आतमहतया करनी हो तो चला जा। मैं भी भिग्गी आँखन तें एक पर्चा दाखिल कर दूँग्गा थाणे में, मोहनदास वल्द करमचन्द गाँधी उर्फ बाप्पू ने आतमहतया कर ली।''

बापू को समझाते-समझाते सिपाही की आँखों में व्याप्त नमी किनारे लाँघ गाल पर बहने लगी। उसने जेब से एक नई बीड़ी निकाली और अँगुलियों के बीच उसे रगड़ता-रगड़ता बोला, ''देख, बाप्पू बावला ना बन! मैं जान रिआ हूँ, राजघाट ते तेरा मन उचट गिया। अच्छा, चल मेरे घर चल। मुझे भी लगेगा, जैसे मेरा बाब्बा जिन्द्दा है गया। अपनी बात बत्ताइयों, जात्तक नै आजाद्दी के किस्से सुनाइयों। कहवैं हैं, जात्तक का मन कौरी सलेट हो वै सै। हो सकै तेरी बात्तें उनकी सलेट पै उतर आवैं, आज नहीं तो कल ही सही वे असल के रासटरवादी बन जावैं। देश का आज ना सही हो सकै कल सुधर जावै। चल मेरे संग घर चल, अपने घर चल।''

श्री सत्ताधर्मी व्रतकथा

प्रथम अध्याय

व्यास जी बोले, एक बार तीर्थ स्थल इन्द्रप्रस्थ में विभिन्न दलों के कार्यकर्ता राजनीति के परम पण्डित विनोबा महाराज को घेर कर बोले—''राजनीति के मर्मज्ञ एवं सर्वोदय की इच्छा रखने वाले, हे महामुने! कष्ट निवारण कर हमारा भी उद्धार करने की कृपा करें।''

कार्यकर्ताओं के हृदय विदारक वचन सुन विनोबा महाराज बोले, ''हे, देश के भावी कर्णधारों कहो, क्या कष्ट है? जन-जन के कष्ट निवारण की सद्इच्छा लेकर ही मैं राजनीति की तीर्थस्थली इन्द्रप्रस्थ पधारा हूँ।''

ज्वार-भाटे की तरह चेहरों पर वेदना के भाव उतारते-चढ़ाते कार्यकर्ता बोले, ''हे, महामुने! जिस व्रत अथवा तप से मनचाहा फल प्राप्त हो, वह हम सब सुनना चाहते हैं।''

विनोबा जी बोले, ''एक बार लोकनायक जे.पी. ने भी यही प्रश्न महात्मा गाँधी से पूछा था। तब 'बा' पति बापू ने जो कुछ कहा वह तुम सब सुनो।''

दूसरों की भलाई करने की इच्छा से लोक-लोकांतरों में घूमते हुए लोकनायक एक बार मृत्युलोक जा पहुँचे। मृत्युलोक में उन्होंने कार्यकर्ताओं को तरह-तरह के कष्ट भोगते देखा। विभिन्न दलों में उत्पन्न कार्यकर्ता अपने कर्मफलानुसार दुख भोग रहे थे। उन्होंने देखा, कुछ कार्यकर्ता उनके समय भी जलसे-जुलूसों में दरी बिछाने का कार्य करते थे। वे आज भी उसी महती कार्य के माध्यम से दल की सेवा में जुटे हैं। दूसरी तरफ अपने काल में जिन लोगों की शक्ल भी नहीं देखी थी, वे सत्ता का निर्बाध सुख भोग रहे हैं। ऐसा दृश्य देख लोकनायक के भाल पर स्वेद कण दृश्यमान होने लगे। वे सोच में पड़ गए, दुखी इन कार्यकर्ताओं का कष्ट निवारण कैसे हो। वह कौन-सा व्रत है, जिसे पूर्ण कर ये निरीह आत्माएँ भी सत्ता के गलियारे तक पहुँच सकें?

ऐसा विचार करते-करते लोकनायक बापू धाम पहुँचे। श्वेत धोती में लिपटे बापू विश्राम की मुद्रा में गीता पाठ कर रहे थे। 'बा' उनके चरण दबा रही थी। एक बगल में लाठी, दूसरी तरफ चरखा और नजदीक ही टायर सोल की चप्पल

व शांत भाव से खड़ी बकरी, बकरी मानों बापू के मुख से गीता में उद्धृत कर्मयोग पर प्रवचन सुन रही हो।

आकर्षित करने वाला बापू का ऐसा दिव्य स्वरूप देख लोकनायक उनकी स्तुति करते हुए बोले, हे युगपुरुष आप की महिमा अनन्त है। आप शक्ति, मन-वाणी और मन की पहुँच से परे हैं। राजनीति के आप आधार हैं। आप स्वयं में ही सम्पूर्ण राजनीतिशास्त्र हैं, नीतिशास्त्र हैं। सत्ता आपकी चरण वन्दना करती है। फिर भी आप सत्ता से दूर है। मगर निकृष्ट कार्यकर्ता को भी सत्ता तक पहुँचाने का महती कार्य समय-समय पर करते रहते हैं।

घृत एवं शक्कर में पगे मृदु वचन सुन जिह्वा का होंठों से स्पर्श कराकर बापू बोले, हे वत्स! यहाँ आने का अपना उद्देश्य और मन में फँसी इच्छा प्रस्तुत करो।

लोकनायक बोले, हे, बापू! समाज सेवा की भावना से जुड़े मृत्युलोक के कार्यकर्ता तरह-तरह की पार्टियों से सम्बद्ध होकर भाँति-भाँति के दुख-कष्ट भोग रहे हैं। हे नाथ, उनके कष्ट निवारण हेतु कोई सरल-सुगम व शीघ्र फलदायक कोई उपाय बताइए, ताकि वे भी सत्ता सुख को प्राप्त हो सकें।

बापू बोले, हे वत्स, कार्यकर्ताओं की भलाई करने की इच्छा से परमार्थ की बात तुमने मुझसे पूछी है। जिस व्रत के करने से एक साधारण कार्यकर्ता भी नेता बन जाता है और नेता सत्ता तक पहुँच जाता है, वही व्रत आज मैं तुम्हें बताता हूँ। वह पुण्य फल प्रदान करने वाला व्रत है। उस व्रत के करने से मनुष्य धन-धान्य से परिपूर्ण हो और मृत्युलोक में सर्वसुख उपभोग करता है।

बापू के ऐसे वचन सुन लोकनायक तत्परता से बोले, हे नाथ, वह व्रत क्या है और करने की विधि क्या है? वह व्रत पहले किसने किया था? ये सब बातें आप विस्तारपूर्वक यथाशीघ्र बताएँ।

द्वितीय अध्याय

बापू बोले, हे वत्स, अन्तरात्मा की आवाज सुनना ही वह महान व्रत है, जिसके करने से सत्ताविहीन सत्ता को प्राप्त हो सकता है। सत्ता प्राप्त मनुष्य बिना किसी आधि-व्याधि के निरन्तर सत्ता का सुखोपभोग करने में सक्षम हो जाता है। निर्धन नेता भी धन-धान्य से परिपूर्ण हो जाता है।

बापू के हितकारी ऐसे वचन सुन लोकनायक के सुखद आश्चर्य की सीमा नहीं रही। आत्मभाव का प्रदर्शन करते हुए वह बोले, हे, बापू! आत्म-तत्त्व तो मैंने सुना भी था और पढ़ा भी है। आत्म का अनुभव भी किया है। परन्तु यह अन्तरात्म-तत्त्व क्या है? इसके बारे में न कहीं पढ़ा और न ही सुना है। इसलिए हे महामना, कृपया इस रहस्य की विवेचना विस्तार के साथ करने का कष्ट करें।

बापू बोले—हे वत्स, अन्तरात्म-तत्त्व सभी प्राणियों में समान रूप से विद्यमान है, किन्तु विद्वान उसे विकसित कर सफलता का मार्ग प्रशस्त कर लेते हैं और सत्ता का सुखभोग करते हैं। अन्तरात्म-तत्त्व तुम्हारे अन्दर भी विद्यमान था, परन्तु तुम आत्मा की ही आवाज सुनते रहे और सर्वोदय के लिए कार्य करते रहे। अन्तरात्मा की आवाज तुमने सुनी ही नहीं, क्योंकि सम्बद्ध व्रत कर तुमने उसे विकसित ही नहीं किया।

लोकनायक ने कहा। यह मेरा दुर्भाग्य था बापू कि मैं अन्तरात्म-तत्त्व का साक्षात्कार नहीं कर सका। लोक कल्याणार्थ अब आप इस रहस्य पर से पर्दा उठाकर मुझे अन्धकार से प्रकाश की ओर ले चलो। ताकि मृत्युलोक में कष्ट भोग रहे कोटि-कोटि कार्यकर्ताओं का हित हो सके।

बापू बोले, हे वत्स, मैं तुम्हारी कल्याण की भावना से प्रसन्न हुआ। अतः मैं रहस्यमयी इस तत्त्व की सविस्तार विवेचना करता हूँ।

हे वत्स, मेरी बात ध्यान से सुनो। प्रत्येक मनुष्य में काम, क्रोध, लोभ, मोह व अहंकार नामक पाँच विकार विद्यमान हैं। मनुष्य में जब किसी एक भी विकार की प्रधानता हो जाती है तब 'आत्म-तत्त्व' की स्थिति मेघाच्छादित सूर्य के समान हो जाती है। तब आत्म-तत्त्व गौण व अन्तरात्म-तत्त्व प्रधान हो जाता है। ऐसी स्थिति में मनुष्य आत्म-तत्त्व की आवाज न सुन अन्तरात्म-तत्त्व अर्थात् अन्तरात्मा की ही आवाज सुनने लगता है। हे वत्स, यह स्थिति बिरले मनुष्यों को ही प्राप्त होती है।

बापू के ऐसे वचन सुन लोकनायक बोले, हे महामना, आप जन-जन का कल्याण करने वाले हैं। 'बहुजन हिताय' आपके जीवन का परम उद्देश्य रहा है। अतः मुझे वह व्रत बताएँ जिससे बिरले ही नहीं आम जन-मानस भी अन्तरात्मा की आवाज सुनने के योग्य बन सकें।

बापू बोले, हे ऋषि, इस रहस्य को रहस्य ही रखने के लिए वचनबद्ध हूँ, परन्तु आपके मन में प्रस्फुटित सर्वोदय की भावना व बहुजन के प्रति चिन्ता देखते हुए मैं आज अपना वचन भंग करता हूँ। बापू ने 'रामजी' की तरफ में मुँह उठाया और बोले, "हे राम, लोकनायक की जिद के सामने मैं परास्त हुआ। वचन भंग के इस दोष के लिए मुझे क्षमा करना।

अपने इष्ट से प्रार्थना करने के बाद बापू ने कहा, हे वत्स, अन्तरात्मा की आवाज सुनने के लिए मनुष्य को अपनी आत्मा का हनन करना होगा। यह व्रत यद्यपि कठिन है, तथापि इस व्रत के पूर्ण होने के उपरान्त मनुष्य को प्रत्येक अभाव से छुटकारा प्राप्त हो जाता है।

अब मैं आपको आत्म-हनन व्रत की विधि बताता हूँ। आत्म-हनन करने के लिए मनुष्य को मान-अपमान से परे होना पड़ेगा। मृत्युलोक की सर्वप्रिय भाषा में जिसे 'इंसेल्ट प्रूफ' कहते हैं। इंसेल्ट-प्रूफ होने के लिए 'पाँव, पान, पूजा' सर्वसरल पद्धति है। उसके लिए केवल 'स्वार्थ' प्रधान होना चाहिए। जिस किसी मनुष्य में

उसे अपनी स्वार्थ-सिद्धि के दर्शन होते जान पड़े, भेद-भाव रहित हो उसके नित्य-प्रति चरण स्पर्श करें।

चरण-स्पर्श मात्र से भी यदि हित साधन में बाधा दिखलाई दे तो विधि-विधान के साथ उसकी पूजा करना शुरू करें। आवश्यकता पड़े तो अर्थ आदि दान भी करे, ऐसा करने पर मनुष्य की आत्मा शनैः-शनैः क्षीण होने लगेगी और अन्तरात्म-तत्त्व प्रबल होने लगेगा। ऐसा व्रत करने वाले मनुष्य को जब आभास होने लगे कि अब वह मान-अपमान व शुभाशुभ के भेद से परे होता जा रहा है। तब उसे समझ लेना चाहिए कि अब वह अन्तरात्म स्थिति को प्राप्त हो रहा है।

हे वत्स, इस प्रकार ऊपर बताई विधि के अनुसार श्रद्धा-भक्तिपूर्वक यह व्रत करने पर मनुष्य वांछित फल प्राप्त कर सकता है। विशेष रूप से मृत्युलोक में, कलियुग में यही लघु और सरल उपाय है। जिसे सभी कर सकते हैं।

तृतीय अध्याय

बापू बोले, हे सन्त, अब मैं उन बिरले मनुष्यों में से एक की कथा सुनाता हूँ, विकारों की प्रधानता के कारण जिसे सर्वप्रथम अन्तरात्म स्थिति प्राप्त हुई। रमणीय इन्द्रप्रस्थ नगर में एक अति सम्भ्रान्त विदुषी रहती थी। उसके पिता इन्द्रप्रस्थ के राजा थे। उनके स्वर्गवास के बाद उस विदुषी के मन में अपने पिता के स्थान पर राजकाज चलाने की सदिच्छा जाग्रत हुई। परन्तु विदुषी राजनीति में निपुण नहीं थी। उसके पिता के समकालीन अन्य सभासद् राजनीति के कुशल खिलाड़ी थे। अतः वे सभी एकजुट हो राजनीति में उस विदुषी के पाँव नहीं जमने दे रहे थे। सत्ता-प्राप्ति की चिन्ता में वह भूख और प्यास से व्याकुल प्रतिदिन इधर-उधर हाथ-पैर पटकती फिर रही थी।

राजनीति के जंगल में भटकते देख पिता पर नहीं रहा गया। पुत्री-प्रेम के वशीभूत एक दिन वह वृद्ध ब्राह्मण का रूप धारण का पुनः मृत्युलोक में अवतरित हुआ। राजनीति के गलियारों में भटकती अपनी प्रिय पुत्री के समक्ष प्रस्तुत हो उस वृद्ध ब्राह्मण ने कहा, हे, पुत्री! आए दिन तुम इधर-उधर भटकती रहती हो। तुम्हारे मुख पर छाई कालिमा बता रही है कि तुम किसी व्याधा-व्याधि से पीड़ित हो। हे पुत्री, मैं तुम्हारे पिता समान हूँ। अतः अपनी व्यथा व्यक्त कहो, ताकि मैं उसका निवारण कर सकूँ।

वृद्ध ब्राह्मण के मृदु वचन सुन वह विदुषी अपने आप पर संयम नहीं रख पाई और अपनी सम्पूर्ण व्यथा ब्राह्मण समक्ष प्रस्तुत कर दी। विदुषी ने कहा, "पिता तुल्य हे ब्राह्मण! मेरे पिता इस नगर के राजा थे। इसलिए उनके बाद राजसिंहासन पर सर्वप्रथम मेरा अधिकार बनता है। परन्तु पिता के सभासद् ऐसी इच्छा नहीं

रखते। वे सभी मेरा विरोध कर रहे हैं। हे देव, यह मेरे साथ अन्याय है। इसी चिन्ता में दिन-रात जल रही हूँ। तुम्हारे पास यदि कोई उपाय है तो मुझे विस्तार से बताएँ।''

विदुषी के ऐसे वचन सुन वृद्ध ब्राह्मण बोला, हे, पुत्री! तुम्हारे पिता एक लोकप्रिय राजा थे। जनता उनका सम्मान करती थी। अतः तुम्हारे विरोधी सभासद् गिनती में दो-चार ही हैं। फिर तुम अपने स्वर्गीय पिता के नाम का लाभ उठाते हुए पार्टी में भीतर-घात क्यों नहीं करतीं। ऐसा करोगी तो बहुमत तुम्हारे साथ होगा।

ब्राह्मण के वचन सुन विदुषी ने कहा, हे पिता तुल्य विप्र! विरोधी सभी सभासद् पितातुल्य हैं। यदि ऐसा करूँगी तो यह नीति-विरुद्ध भी होगा और मेरे स्वर्गीय पिता की आत्मा भी व्यथित होगी। अतः सरल व नीति सम्मत अन्य कोई उपाय बताएँ।

वृद्ध ब्राह्मण बोला, मैं समझ गया पुत्री, तुम अन्तरात्मा की आवाज की अवहेलना कर आत्मा की आवाज का अनुसरण कर रही हो। यही तुम्हारे दुख का कारण है। यदि राजनीति में सफल होना चाहती हो और सत्ता-प्राप्ति की अपनी इच्छा पूर्ण करना चाहती हो तो आत्मा का हनन कर अन्तरात्मा की आवाज सुननी होगी। हे पुत्री, राजनीति में शुभाशुभ, पाप-पुण्य और नैतिक-अनैतिक सभी नैतिक मूल्य अर्थहीन हैं। विद्वान 'साम-दाम-दण्ड भेद' की नीति को राजनीति के लिए सर्वोत्तम नीति बताते हैं। अतः तुम भी इसी नीति का अनुसरण करो।

विदुषी ने कहा, आपका कथन उचित ही है, हे विप्र! परन्तु इस व्रत की विधि तो बताएँ।

ब्राह्मण बोला, ध्यान से सुनो पुत्री, मैं तुम्हारे अन्दर अहंकार के बीज तो देख रहा हूँ। केवल उन्हें विकसित करने की आवश्यकता है। तुम राजा की पुत्री हो, सत्ता पर तुम्हारा अधिकार है। ''तुम श्रेष्ठ हो, शेष सभी तुच्छ हैं'' चिन्ता का त्याग कर इस मन्त्र का जाप करो। ऐसा करने पर सुषुप्त अवस्था में पड़ा तुम्हारा अहंकार वटवृक्ष का रूप धारण कर लेगा। इस तरह आत्मा के स्थान पर अन्तरात्मा प्रधान हो जाएगी और तुम आत्मा के स्थान पर अन्तरात्मा की आवाज सुनने लगोगी। इस तरह तुम्हारे सभी कष्ट दूर हो जाएँगे और तुम अपने पिता का स्थान प्राप्त करोगी। इतना कहकर वृद्ध ब्राह्मण अंतर्ध्यान हो गया। बापू बोले, हे लोकनायक, विदुषी ने सफलतापूर्वक इस व्रत का निर्वाह किया और अन्तरात्मा की आवाज पर वह जीवनपर्यन्त सत्ता-सुख भोगती रही।

चतुर्थ अध्याय

बापू बोले, हे वत्स अभी मैंने जिस कथा का वर्णन किया यह उन बिरले मनुष्यों में से एक की थी, जिन्हें विकारों की प्रधानता के कारण अन्तरात्मा की लाभदायिनी

आवाज प्राप्त हुई है। अब मैं उन आम मनुष्यों में से कुछ की कथा का बखान करता हूँ, जिन्होंने मान-अपमान से परे होकर 'पाँव, पान, पूजा' की विधि से व्रत कर अन्तरात्मा स्थिति प्राप्त की है।

एक निर्धन नौजवान तीर्थ नगरी प्रयागराज से शिक्षा ग्रहण कर इन्द्रप्रस्थ नगरी आया। अपने परिवार का भरण-पोषण करने के लिए यहाँ उसने शिक्षक की नौकरी की। राजनीति की तरफ उसका रुझान था, परन्तु अल्प वेतन होने के कारण राजनीति तो दूर अपने परिवार का भरण-पोषण भी भली भाँति नहीं कर पा रहा था। वह निर्धन शिक्षक अपने दल के ही अन्य कार्यकर्ताओं को देखकर मन-ही-मन चिन्तित भी रहता था। वह दुखी था कि आखिर किस तरह उसके साथी राजनीति में भी और धन-धान्य में भी परिपूर्ण होते जा रहे हैं। चिन्ताग्रस्त उसका मन न तो शिक्षण कार्य में लगता और ना ही राजनीति में। इसी चिन्ता से ग्रस्त वह दिन-रात राजनीति के गलियारों में भटकता फिरता था।

राजनीति के जंगल में भटकते-भटकते एक दिन उसे एक नेता मिला। उसने नेता से पूछा, हे महाभावो! आप यहाँ बैठे किस व्रत का जाप कर रहे हैं।

नेता बोला, "हे, वत्स! मैं राजनीति में सफलता प्राप्त करने के मूलमन्त्र का जाप कर रहा हूँ। इस मन्त्र के सफलतापूर्वक जाप करने से आम कार्यकर्ता सत्ता हासिल कर सकता और धन-धान्य से भी सम्पन्न हो सकता है।

नेता के वचन सुनते ही उस निर्धन शिक्षक ने साष्टांग प्रणाम किया और चरणस्पर्श करते हुए बोला, हे गुरु, मैं भी एक साधारण कार्यकर्ता हूँ और सत्ता के गलियारों में प्रवेश करने की इच्छा रखता हूँ, लेकिन सफल नहीं हो पा रहा हूँ। अतः लाभदायिनी व्रत का मर्म मुझे भी बताने का कष्ट करें।

नेता बोला, हे वत्स इस व्रत का प्रथम पाठ तो तुम पहले ही से जानते हो। साष्टांग प्रणाम, जिसका उत्तम प्रयोग अभी-अभी तुमने किया, कल्याणदायी उस व्रत का प्रथमपाठ है। शेष विधि भी मैं तुम्हें बताता हूँ।

इस प्रकार नेता द्वारा बताए व्रत और उसका विधि-विधान की गाँठ मन में रख वह निर्धन शिक्षक खुशी-खुशी अपने घर लौट आया। घर जाकर उसने यह 'राज' अपनी पत्नी को बताया। इसी के साथ वह व्रत पूर्ण करने में जुट गया।

बापू बोले, हे लोकनायक इसी व्रत का फल है कि वह निर्धन शिक्षक आज सत्ता के शिखर पर है और 'लक्ष्मी' उसके चरण दबाती है।

हे वत्स, इस इन्द्रप्रस्थ नगरी में ऐसे कई नेता हुए हैं, जो पूर्वजन्म के कर्मफल और अथक परिश्रम के बल पर सत्ता के शिखर तक तो पहुँच गए। परन्तु जीवन पर्यन्त निर्धन ही रहे। ऐसा अन्तरात्मा की आवाज की अवहेलना करने व आत्मा की आवाज को प्रधानता देने के कारण हुआ।

व्यास जी बोले, इस प्रकार विनोबा महाराज श्री सत्ताधर्मी व्रत कथा के माध्यम

से अन्तरात्मा का रहस्य कार्यकर्ताओं को समझा अन्तर्ध्यान हो गए। तभी से प्रत्येक दल का राजनीतिक कार्यकर्ता अन्तरात्मा की आवाज के सहारे सत्ता शिखर पर पहुँचने के प्रयास में संलग्न है।

इतिश्री राजनीति पुराणे प्रथम खण्डे श्री सत्ताधर्मी व्रत कथा।

●●●